战典 ⑬

李 涛 著

中国人民志愿军征战纪实

上

作家出版社

前　言

　　中国人民解放军是中国共产党缔造和领导的人民军队，诞生在武装斗争中，成长于浴血奋战里，至今已经走过了八十八年的辉煌历程。

　　这支历经磨难、英勇善战、百炼成钢的军队自诞生起便展现出历史上一切剥削阶级军队从未有过的风貌，英勇顽强，不怕牺牲，冲破艰难险阻，纵横山河疆塞，战胜了一个个强悍凶恶的敌人，创造了无数个军事史上的奇迹，上演了一场场气势恢宏的英雄活剧。众所周知，我军所走过的并非一条平坦大道，是极其曲折和无比艰辛的。其间经历过苦难，遭受过挫折，甚至陷入过绝境，充满着鲜血与泪水。八十八年来，我军历经大大小小上千次战役战斗，既有陆战、海战、空战，也有山地战、平原战、丛林战；既有敌后游击战、运动战、阵地战，也有大兵团围歼战、追击战、攻坚战；既有进攻战、伏击战、奇袭战，也有防御战、遭遇战、突围战；既有运筹帷幄、决胜千里的经典传奇，也有英勇果敢、以柔克刚的战争奇观；既有酣畅淋漓的大胜，也有刻骨铭心的失利……这一次次战役战斗汇成了人民军队从无到有、由弱转强的发展壮大史，令世人叹为观止。

　　习近平总书记指出：历史是最好的教科书，也是最好的清醒剂。只有熟悉历史、读懂历史、借鉴历史，才会认清昨天、珍惜今天、放眼明天，不会为浮云遮望眼；才会热爱党、热爱祖国、热爱人民军队，不会迷失政治方向；才会以史鉴今、承前启后、继往开来，不会在前进的行途中走弯路。在不久前召开的全军政治工作会议上，习近平着眼实现中国梦强军梦的战略运筹，强调要着力培养有灵魂、有本领、有血性、有品德的新一代革命军人。军队因战争而存在，军人以打赢而荣耀。当前，我军由机械化向信息化迈进任重道远，必须牢记强军目标、坚定强军信念、献身强军实践，认真学习和研究人民军队的战争史，从历史的角度加以审视，用辩证的眼光加以剖析，更好地把握治军规律、带兵要则、指挥方略，不断提高驾驭未来信息化战争的能力，勠力同心追寻强军兴军的光荣梦想。这也正是编写《战典》丛书的初衷。

本丛书按照土地革命战争、抗日战争、解放战争和抗美援朝战争四个历史时期，分别撷取了中国工农红军第一方面军、第二方面军、第四方面军和西北红军；八路军、新四军和东北抗日联军；中国人民解放军第一野战军、第二野战军、第三野战军、第四野战军和华北野战部队，以及中国人民志愿军所属各支部队具有鲜明代表性的近300个战例，力求在浩瀚的史料中寻找那幅血与火、生与死的历史画卷和不朽传奇。需要指出的是，这些林林总总的战役战斗，根本无法穷尽人民军队所走过的惊心动魄的战斗历程、所书写的荡气回肠的英雄传奇、所孕育的凝心聚魂的革命精神，只是力图运用权威的文献资料、珍贵的历史照片和当事人的亲身经历，以纪实的手法和生动的语言，崭新的视野和独到的见解，还原历史真相，讲述传奇故事，展现英雄本色，揭示我军血脉永续、根基永固、优势永存的根本所在。

由于作者水平及查阅资料等因素所限，书中难免有不当之处，恳请读者批评指正。在编写过程中，参考了一批历史文献和当事人的回忆文章，得到了军事图书资料馆等单位和有关同志的大力支持与帮助，并由军事科学院军史专家进行审读把关，军事科学院政治部宣传部包国俊副部长为丛书的最终付梓付出了艰辛劳动，在此表示衷心感谢。

李　涛

2015 年 3 月

中国人民志愿军征战纪实（上）
目录

1. 两水洞战斗

1950 年 6 月 25 日拂晓，战火的硝烟突然笼罩在北纬三十八度线上空。朝鲜战争爆发了。

正在密苏里休假的美国总统杜鲁门，接到了国务卿艾奇逊的电话后，震惊不已，匆匆赶回华盛顿。美国政府从其称霸世界的全球战略和遏制共产主义势力发展的战略利益出发，悍然违反《联合国宪章》关于"不得干预本质上属于任何国家内部管辖之事件"的规定，迫不及待地采取了武装干涉朝鲜

1950 年 6 月 27 日，当联合国安理会开始投票时，苏联代表缺席。表决的结果是联合国同意使用武力给予南朝鲜以"必要的援助"

内战的政策。

26 日，杜鲁门命令美国驻远东的空军、海军部队进驻朝鲜半岛，配合南朝鲜李承晚军队作战。同时命令美国海军第 7 舰队侵入中国台湾海峡，目的就是牵制新生的中华人民共和国，迫使中国首尾不能相顾。

27 日，美国故意歪曲朝鲜国内战争的性质，以"紧急援助"南朝鲜李承晚集团为名，操纵联合国安全理事会在没有苏联和中国两个常任理事国参加的情况下，通过了美国的提案，要求各会员国在军事上给予南朝鲜以"必要的援助"。

30 日，杜鲁门下令将美国驻日本的地面部队投入朝鲜战场。

7 月 7 日，美国又操纵联合国安全理事会通过非法决议，给美国及英国、法国、希腊、荷兰、南非、泰国、新西兰、加拿大、土耳其、比利时、卢森堡、菲律宾、澳大利亚、哥伦比亚、埃塞俄比亚共 16 个国家的侵朝军队披上"联合国军"外衣，并任命美国驻远东军总司令道格拉斯·麦克阿瑟为"联合国军总司令"。

朝鲜半岛烽烟顿起，局势急剧恶化。朝鲜人民为争取独立、统一的国内革命战争，演变成了反对帝国主义侵略的民族解放战争。

战争初期，金日成领导的朝鲜人民军势如破竹，迅速突破南朝鲜军防线，一举越过"三八线"，仅用三天就攻下了汉城（今首尔）。随后，朝鲜人民军挥师南下，相继发起水原战役、大田战役和八月攻势，将李承晚的南朝鲜军和

1950 年 7 月 5 日，美军史密斯特遣队抵达朝鲜半岛大田火车站

前来援助的美军第 8 集团军压缩在洛东江以东的狭小地区，解放了南朝鲜 90% 以上的土地和 92% 以上的人口，统一朝鲜的胜利曙光就在眼前。

中共中央和毛泽东主席密切注视着朝鲜战局的发展，认为朝鲜战争已趋于复杂化，成为国际斗争的焦点，并对战局的发展做出了两种可能的估计：一是速决，即朝鲜人民军很快取得胜利，将以美国为首的"联合国军"赶下海去；二是持久，即美帝国主义不甘心失败，继续增兵，甚至在朝鲜北部登陆，扩大战争规模，转入进行持久的战争。

中央军委和毛泽东未雨绸缪，决定抽调中国人民解放军第 13 兵团第 38、第 39、第 40、第 42 军和炮兵第 1、第 2、第 8 师，以及 1 个高炮团、1 个工兵团，共 25 万余人，组成东北边防军，集结于安东（今丹东）、凤城、辑安（今集安）、通化、辽阳、海城、本溪、铁岭、开原等地，执行保卫东北边防安全和必要时援助朝鲜人民抗击美国侵略者的任务。

后来的事实证明，毛泽东早早在东北投下的第 13 兵团这枚棋子，对以后扭转朝鲜战局起到了至关重要的作用，验证了中国的一句至理名言：有备无患。

果然，朝鲜战局发生了意想不到的逆转。

9 月 15 日，麦克阿瑟指挥美军陆战第 1 师、步兵第 7 师等部 7 万余人，在 260 余艘舰艇和 500 架飞机的配合下，乘朝鲜人民军主力在洛东江地区作战之际，出人意料地在朝鲜西海岸仁川登陆，随即向汉城、水原方向发起猛烈进攻，切断了朝鲜人民军的后方补给。

1950 年 9 月 15 日，美国军队在朝鲜西海岸仁川登陆

1.

两水洞战斗

正在洛东江战线苦苦支撑的美军第 8 集团军司令官沃克中将，趁势指挥美军、南朝鲜军 10 个师开始大举反攻。

战局急转直下。朝鲜人民军陷入美军南北夹击的困境中，不得不转入战略退却。

28 日，美军攻占汉城。29 日，美军推进至"三八线"地区。麦克阿瑟公开宣称："在我们力量使用方面，'三八线'并不成其为问题，我认为我们可以在朝鲜全境采取军事行动。"

在此危急形势之下，朝鲜劳动党主席金日成给毛泽东发来急电，请求中国出兵援助。

面对美帝国主义赤裸裸的侵略行径，中国政府发出严正警告。周恩来总理召见印度驻华大使潘尼迦，请印度政府向美国当局转达中国政府的警告：如果美军越过"三八线"，中国就出兵援助朝鲜。

当时，作为世界头号强国的美国拥有强大的装备与技术优势。单就国力而言，美国的 GDP 占全世界的一半，新中国连它的零头都不够。刚刚打完第二次世界大战的美国在军事实力上更是占尽优势，作战经验丰富，武器装备精良，并且还纠集了英、法、澳、土等 16 个国家的军队组成所谓的"联合国军"，人多势众，拥有绝对的制空权和制海权。更何况在西方人眼里，刚刚成立才一年的新中国还是一个积贫积弱的国家，军队也不堪一击。

的确，翻开中华民族的近代史册，中国先后遭遇过上百次西方列强入侵，几乎所有的西方帝国主义国家都曾侵略过中国。

1840 年，英国派遣 16 艘军舰、4000 名士兵，在中国东南沿海登陆，接连打败了十几万清军，如入无人之境。最后，一股 2000 多人的英军从上海沿长江一直打到南京，迫使清政府签订了中国近代史上第一个不平等条约——《南京条约》，赔款 2100 万银元并割让香港岛。

此后，1860 年英法联军入侵北京、1894 年中日甲午战争、1900 年八国联军入侵北京，清军屡战屡败，割地赔款，以至于英国人公开宣称：只要有一个团的兵力，就可以攻占中国的任何目标。西方评论家甚至是美国政客都感到，无法想象中国军队如何与"联合国军"交手？

于是，美国当局视中国政府的警告为"恫吓""政治讹诈"，根本不予理睬，命令"联合国军"越过"三八线"，企图迅速占领全朝鲜。麦克阿瑟还以最后通牒的口气要朝鲜人民军立刻"放下武器，停止抵抗"。

1950 年夏，美海军陆战队士兵从在釜山战役中被击毁的朝鲜人民军 T34 坦克边绕过

与此同时，美军空军不断侵犯中国领空，轰炸扫射中国东北边境地区城镇和乡村，海军不断炮击中国渔船和商船，将战火引向中国，企图一举占领朝鲜并以此为跳板，进一步扩大对中国的侵略。

面临日益严重的安全威胁，要不要出兵参战，要不要与以美国为首的"联合国军"进行战争较量？新生的共和国面临需要做出重大的战略抉择。

当时，新中国刚刚诞生一年，长期的战争创伤尚未恢复，财政经济状况非常困难，城市有三四百万工人和知识分子失业，农村有三四千万农民遭受水旱灾害。新解放区的土地改革尚待进行，国民党小股武装和土匪也亟待剿灭。在军事方面，人民解放军海、空军尚处于初创阶段，陆军装备相当落后。中国政府面临着迅速医治战争创伤、恢复正常的生产和生活秩序，以及稳定全国政治局势的繁重任务，无意进行一场大规模的战争。

中国人民是爱好和平的，但从来不惧怕帝国主义强加到中国人民头上的战争。中朝两国一衣带水，唇齿相依。有道是："城门失火，殃及池鱼"，况且战火已经烧到了自家大门口。对于外强的干涉与侵略，只有坚决抵抗才是唯一的出路。

10 月 2 日，毛泽东电告斯大林，中国决定以"志愿军名义派一部分军队至朝鲜境内和美国及其走狗李承晚的军队作战，援助朝鲜同志"，同时请求苏联政府对中国提供武器装备援助。

毛泽东号召打败美帝国主义的任何挑衅

4日和5日，中共中央政治局在北京中南海召开会议，讨论出兵朝鲜问题。会上，毛泽东指出："就目前的情况来看，朝鲜战争持久化的可能性正在逐渐增大。"他还分析了美军的长处和短处，概括起来就是"一长三短"——

"它在军事上只有一个长处，就是铁多，另外却有三个弱点，合起来是一长三短。三个弱点是：第一，战线太长，从德国柏林到朝鲜；第二，运输路线太远，隔着两个大洋，大西洋和太平洋；第三，战斗力太弱。"

在充分讨论、权衡利弊之后，会议认为"应当参战，必须参战，参战利益极大，不参战损害极大"，毅然做出了"抗美援朝，保家卫国"的重大战略决策，决定组成中国人民志愿军赴朝参战。

8日，毛泽东签署组成中国人民志愿军的命令：

（一）为了援助朝鲜人民解放战争，反对美帝国主义及其走狗们的进攻，借以保卫朝鲜人民、中国人民及东方各国人民的利益，着将东北边防军改为中国人民志愿军，迅即向朝鲜境内出动，协同朝鲜同志向侵略者作战并争取光荣的胜利。

（二）中国人民志愿军辖13兵团及所属之38军、39军、40军、42军，及边防炮兵司令部所属之炮兵1师、2师、8师。上述各部须立即准备完毕，待令出动。

（三）任命彭德怀同志为中国人民志愿军司令员兼政治委员。

（四）中国人民志愿军以东北行政区为总后方基地，所有一切后方工作供应事宜，以及有关援助朝鲜同志的事务，统由东北军区司令员兼政治委员高岗同志调度指挥并负责保证之。

（五）我中国人民志愿军进入朝鲜境内，必须对朝鲜人民、朝鲜人民军、

中国人民志愿军征战纪实（上）

朝鲜民主政府、朝鲜劳动党（即共产党）、其他民主党派及朝鲜人民的领袖金日成同志表示友爱和尊重，严格地遵守军事纪律和政治纪律，这是保证完成军事任务的一个极重要的政治基础。

（六）必须深刻地估计到各种可能遇到和必然遇到的困难情况，并准备用高度的热情，勇气，细心和刻苦耐劳的精神去克服这些困难。目前总的国际形势和国内形势于我们有利，于侵略者不利，只要同志们坚决勇敢，善于团结当地人民，善于和侵略者作战，最后胜利就是我们的。

同日，毛泽东将组成中国人民志愿军的有关情况通过中国驻朝鲜大使馆通报给了金日成。

9日，彭德怀和高岗在沈阳主持召开了东北边防军军以上干部会议，传达了中共中央政治局的决策，正式宣布了中国人民志愿军的组成，并进行动员和研究部队入朝的具体部署。

然而就在这关键时刻，情况又发生了突变。

10日，斯大林单方面取消了原先与中国达成的关于对志愿军提供空中支援的协议，称苏联空军的活动范围只能到鸭绿江边，不能配合志愿军入朝作战。这就意味着志愿军在战场上根本无法得到有力的空中支援，朝鲜战场的制空权将完全掌握在敌方手中，志愿军面临着更为严重的困难。

与此同时，"联合国军"越过"三八线"向朝中边境大举推进，计划在西线（太白山脉以西）占领平壤，东线（太白山脉以东）占领元山后，两线部队

1950年10月，美军骑兵第1师第5团通过燃起大火的村庄，路旁为被击毁的朝鲜人民军坦克

1.
两水洞战斗

东西对进，会合后再向北发展。

15日，杜鲁门和麦克阿瑟在威克岛就朝鲜战局举行秘密会议。会后，"联合国军"加快进攻速度，直逼平壤。

形势愈加严峻起来。18日，毛泽东主持召开中共中央会议，再次研究志愿军出兵朝鲜计划。会上，毛泽东表示，现在敌人已围攻平壤，再过几天就打到鸭绿江边了，不论有天大的困难，志愿军渡江援朝不能再变，时间也不能推迟，仍按原计划入朝。

19日，"联合国军"占领平壤。被胜利冲昏了头脑的麦克阿瑟认为，平壤的陷落"象征着北朝鲜的彻底失败"，朝鲜人民军有组织的抵抗已不复存在。于是命令"联合国军"继续高歌猛进，挥师北上，向鸭绿江边蜂拥而来。

麦克阿瑟做梦也没有想到，就在这天黄昏时分，中国人民志愿军秘密渡过鸭绿江，向龟城、泰川、球场、德川、五老里一线开进。

志愿军入朝后，在战略上最紧迫的任务就是打退敌人的进攻，迅速稳定并扭转战局。

面对装备上占绝对优势的"联合国军"，能否打好出国第一仗，痛击敌人的嚣张气焰，阻敌北犯，对于稳住战局、振奋民心、鼓舞士气，具有十分重要的意义。为此，彭德怀带着随行参谋和两名警卫员，在朝鲜人民军次帅朴一禹

1950年9月17日，麦克阿瑟和一群新闻记者在仁川一阵地查看阵亡的朝鲜人民军士兵。戴迷彩头盔的陆战队士兵手中拿的是苏式波波沙冲锋枪，它被美国士兵戏称为会打饱嗝的武器

的陪同下，先行乘车跨过鸭绿江桥进入朝鲜，与金日成共商作战大计。

在几千年古今中外的军事史上，这都是一个特例。战争一方的最高统帅在己方部队出发之前便独自深入战场，危险是不可想象的，只有"横刀立马"的彭大将军敢这样做。

21日黎明前，彭德怀辗转到达金日成指定的会晤地点——朝鲜著名四大金矿之一的大榆洞。

位于平安北道朔州郡的大榆洞，在东仓和北镇之间的南北两座大山中，夹着一条东西走向的山沟。沟中有条小路，路两侧有一些简易工棚。沿着小路进去，左边南山脚下有一个圆圆的矿洞。洞口侧上方50米左右是座长方形的大木板房子，据说是矿山的木工房。

见到彭德怀，早已等候多时的金日成激动万分，紧紧握住彭老总的双手，好像看到了救星一般。因战事危急，二人顾不上过多地寒暄，便进入了会谈的主题。

彭德怀首先谈了中共中央和中央军委制定的战略方针和作战部署："志愿军第一批入朝作战部队为第38、39、40、42军共12个步兵师及3个炮兵师，此外还有高射炮团、工兵团、汽车团等部共约25万人。另有24个师正在调集，作为第二、第三批入朝作战的部队。我们入朝后打算先在平壤、元山一线以北，德川、宁川一线以南地区构筑防御工事，阻敌北进，以保持一块歼敌基地。希望人民军继续组织抵抗，尽量迟滞敌人前进，掩护我军开进。"

金日成则介绍了朝鲜人民军当前的情况："美军9月仁川登陆后，把人民

金日成与彭德怀亲切交谈

军的 2 个军团十几个师隔断在'三八线'以南，使人民军处于腹背受敌的不利态势。现在仅仅有 3 个师在我手上，1 个师在德川、宁远以北，1 个师在肃川，1 个坦克师在博川，还有 1 个工兵团和 1 个坦克团在长津附近。阻隔在南边的部队正在逐渐地往北撤。"

战场的形势比彭老总预想的还要坏。入朝前，中央军委曾设想先组织防御，稳定战局，掩护朝鲜人民军北撤整顿，然后等待有利时机，再举行反攻。但"联合国军"推进的速度实在是太快了，已经不容许志愿军先敌占领预定的防御地区了。

由于志愿军利用夜间隐蔽跨过鸭绿江，采取昼伏夜出，且保密措施得力，躲过了美军的空中和地面侦察，以至于当几十万志愿军进入朝鲜北部的崇山峻岭时，"联合国军"竟没有丝毫察觉。麦克阿瑟仍十分乐观地认为，中国和苏联出兵干预的可能性很小。

许多年后，韩国战史编纂委员会编写的《韩国战争史》一书也是这样认为的：

中共军会不会参战？这是从战争爆发起就一直讨论的问题。对其参战的可能性，有过各种各样的臆测，但却得出了中共军已错过时机这样一个判断。理由是：如果国军和联军在洛东江战线进行防御的那个时期介入了，他们也许能达到参战的目的，但在现在，我军已经进抵国境，掌握了制空权，地面军即将胜利完成作战任务，因而，即便参战也不能达成目的。

1950 年 9 月 17 日，美军在朝鲜仁川登陆后，麦克阿瑟与海军陆战队第 1 师师长奥利弗·史密斯少将交谈

到 10 月中旬，由于不费吹灰之力攻占平壤，麦克阿瑟更加趾高气扬，错误地认为"北朝鲜的劳动党已彻底失败"。在此情况下，刚刚建立新政权的中共是不敢出兵参

战的，即便出兵也不可怕，因为"有利的时间已经过了"。况且这位西点军校的高才生、经历过两次世界大战洗礼的名将，压根没把从山沟里走出来的中国共产党人放在眼里。于是，他向杜鲁门夸下海口："朝鲜战争将在感恩节前全部结束。"

美国人大卫·哈伯斯塔姆在《最寒冷的冬天：美国人眼中的朝鲜战争》一书中写道：

麦克阿瑟坚信，中国不会介入进来。当时的美军一往无前、所向披靡，而朝鲜人却溃不成军、望风而逃，因此，麦克阿瑟的将令也变得越来越不受约束、越来越含混不清。形势很明显，他志在挺进鸭绿江，直趋朝中边境，而对于华盛顿意欲强加于他却又不敢强加于他的那些步步紧逼的限令，麦克阿瑟根本就不屑一顾。就连参联会禁止派遣美军进入任何毗邻朝中边境省份的命令也丝毫没有放慢他北上的步伐。其实，这件事没有什么值得大惊小怪的地方，因为人人心里都十分清楚，麦克阿瑟只会听从一个人的命令，而这个人就是他自己。众所周知，中国军队早已在鸭绿江的对岸虎视眈眈。对他们意欲何为，麦克阿瑟自认为要比杜鲁门政府的高官更了如指掌。他曾经在复活节岛上告诉总统，中国绝对不会参战。即使他们真的参战，他也完全有能力把朝鲜战场变成人类历史上最大规模的杀戮场——这一点只怕人们早就有目共睹。对于麦克阿瑟及其手下来说，顺利穿越这片与阿拉斯加州有着相似气候与地貌的不毛之地，就等于从仁川登陆开始的北伐行动取得了决定性的胜利。这不仅仅是一场伟大的胜利，还是一段颇具传奇色彩的佳话——因为华盛顿的大多数人极力反对时，麦克阿瑟将军却力排众议。

为此，麦克阿瑟迅即改变原定的作战计划，命令东西两线部队采取以师其至以团或营为单位，分兵多路向朝中边境以最快速度推进，先控制边境要点，堵住朝鲜人民军退路，防止中国军队介入，而后再行全面占领。

这时，"联合国军"地面部队为23万余人，在"三八线"以北作战的有13万余人，具体态势是：

西线为美军第8集团军，共6个师另1个旅、1个空降团。其中，美军第1军（辖第24师、英军第27旅及南朝鲜军第1师）由平壤地区向新义州、朔州、碧潼方向推进；南朝鲜军第2军团（辖第6、第7、第8师）由成川、阳德地区

1950 年 10 月，美军骑兵第 1 师士兵经过朝鲜一个被战火摧残的村庄，继续向北推进

向楚山、江界方向推进；美军骑兵第 1 师（机械化师）及空降第 187 团为第 8 集团军预备队，位于平壤、肃川地区。

东线为美军第 10 军及其指挥的南朝鲜军第 1 军团，共 4 个师。其中，美军第 10 军（辖第 7 师、陆战第 1 师）由咸兴、利原地区向江界及惠山镇方向推进，南朝鲜军第 1 军团（辖首都师、第 3 师）沿海岸铁路线向图们江边推进。

虽然"联合国军"已抵近或进至志愿军预定防御地区，但仍未发现志愿军入朝，继续大胆前进，兵力逐渐分散。其中，西线右翼南朝鲜军第 2 军团态势突出，且与东线部队之间敞开 80 余公里的缺口。这为志愿军在运动中对敌实施分割包围、突然打击创造了有利条件。

在瞬息万变的战场上，战机稍纵即逝，远在北京的毛泽东深知此理。

鉴于志愿军徒步开进，已来不及在预定地区组织防御，21 日 2 时 30 分、3 时 30 分和 4 时，毛泽东连续三次电示志愿军改变原定计划，在运动中歼灭敌人，明确指出："现在是争取战机问题，是在几天之内完成战役部署，以便几天之后开始作战的问题，而不是先有一个时期部署防御，然后再谈攻击的问题。"

彭德怀据此调整部署：西线集中第 40、第 39、第 38 军（附第 42 军第 125 师）在温井、云山、熙川以北地区，分别歼灭南朝鲜军第 6、第 1、第 8 师；第 66 军主力立即入朝，向铁山方向前进，准备阻击英军第 27 旅；以第 42 军（欠

志愿军某部指战员赴朝参战前宣誓

第125师）在东线黄草岭、赴战岭及其以南地区阻击美军第10军及南朝鲜军第1军团，保障西线主力的翼侧安全。

22日，志愿军政治机关发布动员令，号召全体官兵发扬爱国主义和国际主义精神，勇敢顽强地战斗，打好出国第一仗，为国争光。

为确保赴朝第一个战役发起的突然性，彭德怀在过江前曾规定各部队入朝后要控制电台，封锁消息，严密伪装，昼伏夜行，向指定的作战区域隐蔽开进。由于朝鲜北部山高路窄，加上美机袭扰，志愿军进入朝鲜后，前进速度很慢。因此，彭德怀到达大榆洞时，对各军、师处在什么位置都弄不清楚，一时也无法联系上。

大战在即，这怎能不令彭德怀心急如焚呢？

24日天亮后，志愿军第40军第118师在师长邓岳和政治委员张玉华的率领下，经过连续5天的急行军，赶到了大榆洞。

别看邓岳年纪不大，时年只有32岁，却是个不折不扣的老革命了。1930年，年仅12岁的邓岳在老家湖北麻城参加了中国工农红军，成为一名"红小鬼"。

长征途中，邓岳染上重疾，连日高烧不退，班长就拿出10块大洋，让他离开部队养病。邓岳死活就是不干，非要跟着队伍走。

一天，正在路边因高烧缩成一团的邓岳恰巧被陈赓看到了。陈赓被这个小红军的倔劲所感动，就把自己的战马让给他骑。邓岳不肯骑，便用双手死死拉住马尾巴跟在后面走，硬是迷迷糊糊地走完了长征。

两水洞战斗

抗日战争时期，邓岳历任中国人民抗日军政大学第 1 分校区队长、干部营营长，冀南军区第 4 军分区参谋长，八路军第 129 师副团长等职。解放战争时期，历任副旅长、副师长、师长等职。

1986 年，邓岳在沈阳军区《党史资料通讯》上发表《入朝首战温井歼敌记》一文。文中写道：

根据志愿军司令部命令，我 118 师作为首批志愿军部队入朝后，连续行军五天，24 日到达北镇西北的大榆洞。敌情虽然还不清楚，但一群群携家带口逃难的朝鲜群众和一队队向北撤退的人民军队伍，都在说明局势越来越严重。突然听到几十公里外响起了炮击声，根据地图判定大约是在温井方向，看来，北犯之敌已经抢先占领了温井。我和师政委张玉华从车上下来，准备研究一下情况。这时，在路旁的山脚边有四个朝鲜人民军战士朝我们走来，从装束上看，不像是北撤的人民军战士。警卫班的战士迎上前去，向他们了解情况后报告说，这些人民军战士是金日成将军的警卫队，人民军总部就在前边山沟。听到这个情况，我和张政委就带着警卫班向路边山沟走去。当我们到了人民军总部时，一位人民军军官向我们简单说了几句，就请我和张政委直接去见彭德怀同志。

邓岳压根儿就没有想到自己会在这里遇见彭老总，更没有料到他的部队竟然成为整个志愿军的前锋，并最早与"联合国军"交火。

中国人民志愿军跨过鸭绿江，开赴朝鲜

彭德怀在抗美援朝战场前线

彭德怀高兴地对邓岳说："你们来了，太好了，我的人都挤在后面公路上，上不来了。这里情况很紧急，金日成同志也在这里，你们把部队拉上去，在温井一带，准备做个口袋，相机歼灭一部冒进的敌人，打击一下敌人的气焰。"

随即把手里早已拟好的电文交给邓岳，命令道："发给邓华，我在这儿不走了，这头一仗，看看你们行不行。"

"请彭总放心，我们一定打好出国第一仗！"

邓岳心想这头一仗关系到国威、军威，也关系到金日成和彭德怀的安全，立即同张玉华一起研究作战方案，决定前卫354团火速赶往温井，在温井以北的丰下洞、富兴洞地区修筑工事，准备阻击敌人；353团在两水洞公路西侧展开；352团在北镇西北侧展开；师指挥所位于两水洞西侧山坡下。其中352团的部署既是袋形又是环形，可以把敌人放进来打，也可以在"大门口"阻击敌人。

当晚，354团赶到了作战地域，人马未歇就开始构筑工事。具体部署如下：

2营4连配属重机枪2挺，控制公路边的216高地，负责正面阻击；3营在富兴洞以北的239.8高地，以火力控制公路；1营位于长洞，沿212高地两侧，隐蔽防空，宿营休息，随时准备支援2营、3营战斗，歼灭北犯之敌；团指挥所设在490.5高地。为保证战斗发起的突然性，全团进行严密伪装，管制灯火，架设有线电话联系。

就在一天前，南朝鲜军第2军团军团长刘载兴少将，接到美军第8集团军

1950 年 9 月 30 日，南朝鲜第 3 师越过"三八线"向北推进

司令官沃克中将的命令，要他率部迅速向中朝边境推进。

刘载兴心里叫苦不迭。他知道周围美军第 24 师、英军第 27 旅有的已停下，有的缓慢前进，如果他带领部队往前猛冲，弄不好就会钻进对方的口袋里。而他的部队虽然是清一色的美式装备，但大都是刚刚强征入伍的新兵，毫无作战经验，每个师只有 1 个炮兵营，和美军火力相差太远。

"狡猾的美国人，自己不冲，却让我们冲在前面。"刘载兴心里暗暗骂道。无奈军令难违，只得下令给第 6 师师长金钟五准将，命第 2 团 2 个营向温井挺进。

25 日的天气一改前几天的晴朗，突然阴沉下来，并刮起了寒冷刺骨的北风。清晨，两辆中型卡车载着全副武装的南朝鲜士兵，沿着温井通往北镇的公路开过来。这是南朝鲜军第 6 师第 2 团先头第 3 营的尖兵。

时任志愿军 118 师供给部联络员的徐圣贵回忆道：

敌军尖兵已闯入我军阵地，他们既不下车搜索，也不开枪进行火力侦察，嘴里啃着苹果，嚼着口香糖，哼着流行曲，打闹嬉戏如入无人之境；尖兵车转过一条山脚驰过一座涵洞桥。嘭！嘭！两声，轧响了我们埋设的两颗触发雷。因为不是速发雷管，没有伤着汽车。他们居然连车都没停，若无其事地继续前

向北推进的一支南朝鲜军炮兵部队

进。尖兵车后面是三辆满载步兵的大卡车，再往后便是中型卡车牵引的榴弹炮一辆接一辆，一共是 12 辆。后面又是二十多辆大卡车载运着步兵和辎重，整个队伍都显得趾高气扬，好像"江东无人"，他们就是天下无敌的王牌军。

隐蔽在山林里的 354 团将士们如同看到猎物入网一样既兴奋又紧张，个个摩拳擦掌，跃跃欲试。

团长褚传禹立即打电话向师长邓岳报告："敌人先头部队来了，是打还是放？"

"有多少人？"

"大约三四十辆汽车，不会超过两个营！"

邓岳果断命令："把敌人放进来打！"

谁知，敌人的尖兵车竟径直开到离 118 师指挥部驻地很近的两水洞地区。徐圣贵回忆道：

师指挥机关正在山村里休息，首长们的指挥车就停在路边的树底下防空，师对军联系的电台车也停在公路桥的桥洞里。敌人尖兵发现了目标一面前进，一面开枪射击，机枪子弹把我指挥车的风挡玻璃打得粉碎，司机正在后排座上睡觉，立即跳下来往山沟飞跑，报话员也急忙抱着无线电台往山上转移。这时师首长和前指机关人员正在吃早饭，听到枪声立刻放下碗筷仓促占领阵地。

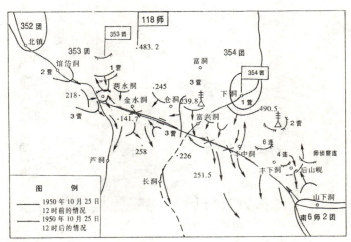

两水洞地区遭遇战斗经过图

驻在村口的师侦察连立刻抢占阵地开火还击。只见志愿军的机关枪和掷弹筒，一阵狂轰猛射，最前面的汽车被打得歪横在路旁。车上的敌人惊慌失措，争先恐后地往下跳，顿时人仰马翻，乱成一团。

侦察连长不等敌人展开，立即命令3排拦腰插过去。侦察员们勇猛追击，都想抓几个南朝鲜兵。

敌人一面逃，一面不时地回头张望。眼看越追越近了，他们就开始扔东西，毯子、大衣、杂物……边跑边扔，最后竟连子弹、枪支也扔了，只恨爹娘给他们少生了两条腿。

志愿军战士边追边喊："志愿军宽待俘虏！缴枪不杀！"

南朝鲜兵听不懂中国话，志愿军越喊，他们跑得越凶……

见前面打得激烈，后面的南朝鲜军立即跳下汽车，企图抢占公路旁的山头。志愿军战士一个个都是"铁脚板"，自然比南朝鲜军快得多。当志愿军抢上山头时，敌人还在离山头三十多米的山腰处拼命往上爬呢！

战士们居高临下一阵手榴弹，把敌人打得蒙头转向，像一群没头的苍蝇四处乱撞，纷纷退回公路抢着爬上汽车，调头想往回跑。

志愿军的迫击炮瞄准最尾部的汽车开炮，炮弹在空中划出一道美丽的弧线，直接命中那辆卡车的车头。随着一声巨响，汽车燃起冲天大火，敌人的车队被堵在了公路上。

这门迫击炮立下头功，为志愿军首战全歼敌军发挥了重要作用，如今陈列在中国人民革命军事博物馆里，供后人参观。

14时30分，邓岳命令353团1营、3营同时出击，配合354团3营围歼进至两水洞、仓洞的敌人。在激昂的冲锋号声中，志愿军发起勇猛冲击，如快刀斩乱麻，把敌人分割成数段。霎时间，公路上、山坡上到处都是志愿军战士围追堵截溃散的敌人。

一个小时后，战斗结束。118师采取前堵后截、拦腰斩断的战法，干净利落地歼灭了南朝鲜军1个步兵营和1个炮兵中队，毙伤俘484人，其中有美军顾问1人，缴获各种枪163支、火炮12门、汽车38辆。

1955年被授予少将军衔的邓岳

时任118师政治部主任的刘振华回忆道：

通过翻译，我审讯了一个叫赖特斯的美军少校。这家伙从军衣口袋里掏出一张印有八国文字的投降书，毕恭毕敬地递了过来，连连表示："只要你们不杀我，我什么都可以告诉你们。"我向他说明了我军宽待俘虏的政策，他表示相信。并说，他被俘以后，给中国士兵钢笔和金表都不要，证明你们中国军队是很仁义的。接着，他供认"和南朝鲜军这个先头部队是执行'袭击金日成总部'任务的，但没想到在这里碰到了中国军队，并当了俘虏"。

"铃铃铃……"一阵急促的电话铃声在志愿军总部的木板房里激荡着。

"彭总，118师邓师长来电。"参谋报告。

"怎么样？"彭德怀一个箭步抢过电话问，"吃了肉包子没有？"

"吃上了，还是全肉馅的。敌人一个营和一个炮兵中队被包圆儿了！"邓岳的声音因为兴奋而有些发颤。

"好，打得好！"彭德怀激动地说，"总部要通令嘉奖你们！"

放下电话，彭德怀长舒了一口气，喊道："快给毛主席发电，报告首战胜

志愿军战士"举杯"庆祝胜利

利，让他放心！"

捷报传到了北京中南海，毛泽东极为心慰，发来贺电："庆祝你们的初战胜利。"

两水洞战斗是中国人民志愿军出国作战的第一仗，打出了国威、军威，揭开了抗美援朝战争的序幕。后来，毛泽东亲自提议把 10 月 25 日定为中国人民志愿军出国纪念日。

2. 云山进攻战斗

　　1950 年 10 月上旬，"联合国军"大举越过"三八线"，向朝中边境迅速推进。为彻底击败朝鲜人民军，在感恩节前饮马鸭绿江，结束朝鲜战争，"联合国军"总司令麦克阿瑟制定了"钳形攻势"。

　　麦克阿瑟，1880 年生于美国阿肯色州小石城一个军人世家。曾就读于西得克萨斯军校中学。1899 年以第一名的成绩考入美国陆军军官学校，即著名的西点军校。四年后，他以优异成绩毕业，到工程兵部队任职，赴菲律宾执勤。其间曾随其父到日本、中国、印度及东南亚地区考察军事，回国后一度担任总统随从副官。

　　1912 年，麦克阿瑟调到美国陆军部任职。1917 年出任陆军第 42 师参谋长，远赴法国参加第一次世界大战。1919 年升任西点军校校长。三年后调任菲律宾马尼拉特区司令。1925 年回国任第 3 军区司令。1928 年任美军驻菲律宾司令。两年后升任美国陆军参谋长，大力促进美军现代化改革。1935 年任菲律宾军事

在二战中出尽风头的麦克阿瑟做梦也没有想到，他会在朝鲜战场上遭遇"滑铁卢"

顾问，翌年被授予菲律宾陆军元帅称号。1937年，57岁的麦克阿瑟退出现役。

第二次世界大战的爆发，使麦克阿瑟的军事生涯达到了顶峰。

1941年7月，麦克阿瑟复入军界，出任远东美军司令。太平洋战争开始后，曾在菲律宾指挥美菲军抵御日军进攻。1942年出任西南太平洋盟军总司令，指挥盟军取得了巴布亚战役的胜利，随后挥师西进，运用"蛙跳"战术多次实施两栖登陆，至1944年7月夺取新几内亚，12月晋升陆军五星上将。1945年率部攻占整个菲律宾群岛，8月出任盟军最高统帅，执行对日占领任务。9月2日，代表盟国接受日本投降。

二战中的无比辉煌，加之仁川登陆的巨大成功，使原本心高气傲的麦克阿瑟更加目空一切，迷信美军强悍的武力，压根没有把"小米加步枪"的中国军人放在眼中。

他计划先以地面部队进行试探性进攻，查明中国军队的实力和行动企图，同时以航空兵摧毁与封锁鸭绿江上所有桥梁和渡口，阻止中国继续向朝鲜战场增兵；然后以美军第10军在东线经长津湖西进，美军第8集团军在西线由清川江北上，两军在江界以南武坪里会合，再向北推进，赶在鸭绿江冰封前抢占全朝鲜。

19日晚，中国人民志愿军开始秘密渡过鸭绿江，进入朝鲜。此时，"联合国军"尚未发现志愿军大举入朝，仍放胆前进，其西线右翼南朝鲜军第2军团

1950年9月15日，一架海盗式战机在为参加仁川登陆的美军舰队提供保护

态势突出，并且与东线部队之间敞开了 80 余公里的缺口。

21 日，根据毛泽东关于在运动中歼敌的作战方针，志愿军司令员兼政治委员彭德怀决定在西线集中第 40、第 39、第 38 军（附第 42 军第 125 师）于温井、云山、熙川以北地区，分别歼灭南朝鲜军第 6、第 1、第 8 师；在东线以第 42 军（欠第 125 师）于黄草岭、赴战岭及其以南地区阻击美军第 10 军及南朝鲜军第 1 军团，保障西线主力的翼侧安全。

25 日，40 军 118 师在温井西北两水洞打响了志愿军走出国门的第一枪，全歼南朝鲜军第 6 师第 2 团第 3 营和 1 个炮兵中队，从而揭开了抗美援朝战争的大幕。

26 日，南朝鲜军第 6 师先头营进至鸭绿江边的楚山，并炮击中国边境，师主力位于熙川地区；南朝鲜军第 8 师主力由德川经球场进至熙川；南朝鲜军第 1 师主力进至云山地区；美军第 24 师、英军第 27 旅分别进至龙山洞、博川地区。

28 日，40 军主力在温井以东龟头洞地区，向南朝鲜军第 6、第 8 师各 2 个营发起攻击，至次日晨将其大部歼灭。118 师进至古场地区，于 29 日晚将南朝鲜军第 6 师第 7 团大部歼灭。

与此同时，39 军进至云山地区，对南朝鲜军第 1 师构成三面包围。66 军进至龟城以西地区，准备迎击美军第 24 师。38 军在南朝鲜军第 8 师南撤后占领熙川。

志愿军某部举行出国参战誓师大会

至此，西线志愿军主力已进至古军营洞、塔洞、泰川以北、云山以北、温井、熙川一线，完成了战役展开。

这时，"联合国军"已发现志愿军入朝参战。据韩国国防部战史编纂委员会编写的《韩国战争史》披露：

我第1师正向云山推进。……于11时30分，抓到1名俘虏。白善烨准将刚刚返回师部，亲自审讯俘虏，查明他是中国南方广东人，属中共军正规部队。他供出："在云山和熙川北部，有2万名中共军正在待命。"白善烨师长立即将这一情报报告米尔本军团长。

但这并未引起"联合国军"的高度重视，坚持认为中国只是象征性出兵，对志愿军的兵力估计不足。

在麦克阿瑟看来，小股中国军队的出现，不过是中国政府外交棋盘上的小步骤，是金日成请求毛泽东搞的一种心理战，因此并未放弃既定作战计划，稍事调整后继续向北推进，以期迅速占领朝鲜全境。

31日，英军第27旅进至定州、宣川，继续向新义州方向前进；美军第24师进至泰川、龟城，继续向朔州方向前进；美军第1军预备队骑兵第1师（机械化师）由平壤调至云山、龙山洞地区，接替南朝鲜军第1师；南朝鲜军第1师主力撤至宁边及其东北地区（1个团仍位于云山），第8师退至球场地区，第7师则由龙山洞地区东调球场及德川地区；美军第2师北调安州地区作为第8集团军预备队。

"联合国军"虽调整部署，在清川江以北的兵力猛增至5万多人，但仍处于分散状态。而西线志愿军可集中10~12个师、12~15万人作战，兵力占据绝对优势。

据此，志愿军总部决心采取向敌侧后实施战役迂回、结合正面突击的战法，集中兵力，各个歼灭云山、泰川、球场地区之敌，首先求得消灭战斗力较弱的南朝鲜军第8、第7、第1师，而后视情况再歼美、英军。

毛泽东复电同意了这一作战计划。志愿军司令部做出如下部署：

38军迅速歼灭球场之敌，而后沿清川江左岸向院里、军隅里、新安州方向突击，切断敌人退路。42军125师向德川突击，并占领该地，坚决阻击由东、南两个方向来援之敌，保障志愿军侧翼安全。40军以主力迅速突破当面之敌，

1950年8月29日，阿盖尔·萨瑟兰高地人团的风笛手在釜山迎接上岸的苏格兰团和英国米德尔赛团1个营，他们是第一批与美国和韩国军队会合的英军地面部队

于1日晚包围宁边南朝鲜军第1师主力并相机歼灭之，得手后向龙山洞以南灯山洞突击，切断龙山洞地区敌之退路，另留一部于上九洞地区防止云山之敌逃窜。39军于1日晚攻歼云山之敌，得手后准备协同第40军围歼龙山洞地区之美军骑兵第1师。66军以一部于龟城以西钳制美军第24师，军主力视情况从敌侧后突击，歼灭该敌。50军主力进至新义州东南地区，防敌西犯，保卫新义州。42军主力于原地积极抓住当面之敌，并相机歼其一部，以策应西线作战。总攻时间定于11月1日黄昏。

按照命令，39军集中8个步兵团和2个炮兵团、1个高射炮兵团向云山进攻。军长吴信泉、政治委员徐斌洲决心以正面突击与侧后攻击相结合的战法，首先攻占云山，而后向龙山洞方向发展进攻。具体部署是：

116师担任主攻，由西北方向沿三滩川两岸山麓经龙埔洞、262.8高地、间洞、朝阳洞向云山攻击前进，并以一部兵力向上九洞方向发展进攻；左翼117师主力由东北方向实施助攻，首先歼灭三巨里之敌，而后协同第116师围攻云山，同时以1个团插至上九洞断敌退路；右翼115师以1个团由云山以西的诸仁洞沿公路两侧向立石上洞、立石下洞、栖凤洞、下草洞攻击前进，另以1个

志愿军部队开赴前线

团进至云山至龙山洞公路之龙头洞，切断公路，阻击由龙山洞增援云山之敌；115 师 344 团仍留置泰川以北，阻击美军第 24 师北援，保障军主力侧后安全。

志愿军 39 军是由中国人民解放军第 39 军改编而成，原系东北野战军第 2 纵队，其前身可追溯到徐海东领导的红 15 军团和黄克诚领导的新四军第 3 师，是东北野战军五大主力纵队之一。该军从东北的黑土地上一路过关斩将，攻城略地，克锦州，夺天津，战衡宝，一直打到广西的友谊关，是人民解放军赫赫有名的王牌军之一，可谓一只勇猛无敌的"东北虎"。

此次云山之战，他们面对的是美军的王牌部队——骑兵第 1 师。

提起美军骑兵第 1 师，可谓声名显赫。它创建于美国独立战争时期，为美国首任总统华盛顿开国时组建的精锐部队，也是美国军队历史最悠久的部队，被称做"开国元勋师"。在两次世界大战中，该师战功卓著，常常充任开路先锋的角色，号称建军 160 年来从未吃过败仗，享有"先驱师"和"常胜师"的美誉，是美国陆军中的"天之骄子"。

以骑兵起家的骑 1 师虽说早已在 20 世纪 40 年代改装为彻头彻尾的机械化步兵师，但一直保留着骑兵师的番号，士兵的臂章仍然采用最初的马头图案，这是一个令所有美国军人羡慕的符号，也是骑 1 师荣耀的象征。

朝鲜战争爆发后，骑 1 师作为第一批美军地面部队入朝参战，从洛东江反攻到突破"三八线"、进攻平壤，一直担负主攻任务。师长霍巴特·盖伊少将在第二次世界大战中曾担任巴顿将军的参谋长，作战经验丰富，尤以精通装甲战术而著称。然而骑 1 师的官兵们做梦也没有想到：在冰天雪地的朝鲜北部山区，灾难降临了。

云山位于朝鲜平安北道，通向东北的云（山）温（井）公路、通向西北的云（山）昌（城）公路、通向东南的云（山）宁（边）公路、通向西南的云（山）博（川）公路在此交会，地理位置十分重要，是朝鲜北部的交通枢纽，历来为兵家必争的要塞之一。

作为朝鲜民主主义人民共和国平安北道云山郡政府所在地的云山城，并不大，仅有千户人家，但地势险要，北有三滩川，东有温田川，西有龙兴江，南有九龙江，四周群山连绵，丛林茂盛，河流纵横。

11月1日清晨，云山地区大雾弥漫。

39军预定19时30分发起进攻。然而战场形势瞬息万变。时任志愿军政治部主任的杜平在回忆录中写道：

下午3点多，我前沿观察员发现，云山外围的敌坦克、汽车、步兵开始向后移动，云山街附近的敌人往来频繁……种种迹象表明，美骑兵第一师的骑士们可能要抛弃历史荣誉，甘愿当一次可耻的逃兵。

吴信泉、徐斌洲当机立断，命令部队在炮兵火力支援下提前发起进攻。

下午4时，配属39军的野战炮兵部队和各师团直属炮兵分队对敌实施炮火急袭，39军装备的六管火箭炮也首次投入实战，对敌纵深目标实施两次齐射。10分钟后，116师、117师向云山城发起全面进攻。

志愿军某部在云山向美军骑兵第1师发起攻击

骄横狂妄的"联合国军"

　　总攻发起前，39 军虽得知美军骑 1 师已经向云山地区移动，但并不知晓其已接替南朝鲜军的防务，因此一直在作围歼南朝鲜军第 1 师的准备。直到进攻发起后，39 军各部攻入敌阵，才发现交战的竟然是美军，而且还是王牌骑 1 师。

　　久经沙场的吴信泉可不信邪，对徐斌洲说："老伙计，咱本想吃肉，却先啃上了骨头，怪不得火力这么强，原来是美军的王牌军。继续进攻，老子才是王牌！"

　　听说与美军的王牌部队交手，39 军的官兵斗志更旺，一股英雄豪气陡然而生。一位班长说："它是王牌，老子就是王中王，专克狗日的王牌军！"

　　历史的巧合使中国的"东北虎"与美国的"马头军"在朝鲜北部的云山来了一个惊天大碰撞。

　　担任主攻云山任务的是 39 军 116 师。师长汪洋决定以 347 团、348 团为第一梯队，并肩实施进攻；347 团一部从云山右翼正面进攻，主力从云山西南侧后包围进攻；348 团 1 营从左翼正面进攻，团主力插到云山东南，切断通向上九洞的公路，与 347 团对云山之敌构成四面包围的态势；346 团为师的第二梯队，支援 347 团、348 团的战斗。

　　左翼 348 团 2 个营突破前沿后，相继攻占了 262.8 高地、间洞和朝阳洞。1个营于 2 日 3 时进至云山南 2 公里公路交叉口处，发现敌坦克、步兵正在掩护1 个榴弹炮南撤。时任该营教导员的王林在《忆云山夜战》一文中写道：

连长即令1排抢占公路拐弯东北100.3高地，2排抢占有利地形，控制博川、宁边公路的交叉处，3排随2排前进。5班长李运贤带第一组前进至公路边，当敌先头坦克接近时，突然跃进，将爆破筒塞至敌坦克履带下，将其炸毁，堵住了后面车辆。全排乘势跃过公路，占领了公路两侧制高点。敌为夺路南逃，组织排至连的兵力三次反击，均被4连二、三排击退。3时30分，敌又向4连二、三排攻击，当敌进至距我二十多米时，二、三排所有火力一齐开火，敌乱成一团。指导员范喜财适时组织二、三排迅速发起冲锋，与敌人展开了肉搏战，4班战士吴潘火连续捅死三个敌人，身上几处负伤仍坚持战斗。经15分钟激战，解决了这一股南逃之敌，毙敌40余名，并生俘了7名钻到汽车下面的美军士兵，缴获坦克4辆、榴弹炮9门、汽车30余辆。副连长张玉峰率1排向100.3高地疾进中遇公路东侧敌野战机场守敌阻击。他立即组织攻击，令2班迅速抢占100.3高地。1班和3班摸到敌机场，突然开火，毙敌30余名。敌机企图起飞逃窜，1班副班长李连华带领全班冲向敌机，迫使敌驾驶员投降，该班缴获敌机4架。

348团1个营于朝阳洞投入战斗，向云山以南发起攻击。该营1个排在云山街区与撤退的300余名美军遭遇，展开激战，与由西向东追击的347团一部共同将其大部歼灭。营主力于2日3时在云山东南5公里处切断公路，阻击分队毙敌60余人，缴获榴弹炮8门、汽车12辆。

右翼347团2个营突破前沿后，1个营直插龙浦洞，歼南朝鲜军第12团1个多连；另1个营绕过277.4高地，插至云山西北角，遭到阻击。该营利用雨

志愿军在云山战斗中俘虏的美军军官

裂沟隐蔽接敌，勇猛冲击，将守军击溃。追击中，1个连于西街十字路口，向在坦克引导下东撤的10余辆满载美军的汽车发起冲击，以冲锋枪、手榴弹大量杀伤敌人。汪洋回忆道：

战斗十分残酷，骑1师利用飞机、坦克和火炮的绝对优势拼死抵抗，战斗持续到11月2日1时，我师仅占领了云山市的外围。11月2日2时，我将第二梯队投入战斗。三个团从东、西、北三个方向先后攻入云山市内，与美军展开了短兵相接的肉搏战，杀声四起，刺刀见红，美国兵从未见过如此神速的猛扑，更不适应近距离的白刃战，渐渐乱了阵脚，溃不成军，战斗终于在11月2日凌晨3时半胜利结束。我目睹了胜利后的战场，到处都是佩带"马头"臂章的美军尸体和坦克、大炮、汽车、给养，盛名百年的美军"王牌"，终于败在了志愿军手下。

在嘹亮的冲锋号中，志愿军发起凌厉的攻势。美军骑1师从未碰到过如此神速的猛扑，如此果敢的拼杀，终于全线崩溃了，一个个如同患了"撤退症"，争先恐后地沿着公路逃跑。美国人大卫·哈伯斯塔姆在《最寒冷的冬天：美国人眼中的朝鲜战争》一书中写道：

他们听到了一种类似于某种亚洲风笛一样的乐器声音。一开始，有些军官

志愿军吹起冲锋号，向美军发起勇猛攻击

还以为是英国旅的援军到了。然而那种声音却不是风笛发出的，而是从军号与喇叭里发出的一种诡异的声响。对于这种声音，只怕很多人会在此后终生难忘，因为他们很快就知道，这种声音不仅代表着中国军队即将投入战斗，同时还是对敌人的一种强大的威慑力。

美军战史则是这样描绘的：

中国人胡乱开火，不断向车里扔手榴弹、炸药包，车被打着了。可指挥所周围的有些分队还在孤洞或隐蔽工事中呼呼大睡，显然他们在等待撤退的命令。其中一个士兵以后回忆说，醒来时仗早已打响了……有人叫醒我后问我听没听见一群马在奔腾嘶鸣……片刻间我们的驻地被打得千疮百孔……当我听到远方的军号声和马蹄声，我以为我还在梦乡，敌人仿佛腾云驾雾般从天而降，人影模糊不清，他们见人就开枪，甚至用刺刀捅。

117师于1日17时30分从东、东南、北三面，向三巨里南朝鲜军第15团发起进攻。经3个多小时激战，于21时攻占三巨里。师主力随即协同116师左翼团歼灭朝阳洞地区之敌，而后向云山进攻。117师351团由三巨里向上九洞方向发展进攻。

担负断敌退路任务的115师345团于1日17时30分发起进攻。

云山城南约5公里处，九龙江蜿蜒曲折，形成了一个形似"骆驼鼻子"的弯曲部，龙兴江由此注入九龙江，云山通往龙山洞的公路也在此通过，江上的诸仁桥是云山之敌南撤的必经之路。

345团突破当面之敌阵地后，以1个营攻占桥南的324.2高地，歼灭美军1个排，随后向云山攻击前进；以2个营沿龙兴江右岸直插诸仁桥。

位于云山西南6公里、云山至博川公路上的诸仁桥，是连接九龙江南北交通的咽喉，占领该桥便可切断敌人南逃博川的退路。

2日凌晨1时许，2营4连抵达诸仁桥南山北坡。

连长周仕明果断命令1排从东侧、2排从西侧突然夹击，全歼守敌，占领诸仁桥，将美军骑1师第8团直属队及第3营740余人包围压缩在诸仁桥以北开阔地。周仕明回忆道：

志愿军振臂高呼，坚决打败侵略者

　　我乘势率部队冲入敌群，以压倒一切的英勇气概，同敌人展开了白刃搏斗。2排长郭怀祥率部队冲击，虽负伤仍坚持指挥。我不断地呼喊着指令，通信员刘万生紧随我左右。月光下，他发现一辆炸坏的汽车旁，一个美国兵正用机枪向我瞄准。刘万生毫不犹豫地一个箭步将我扑倒在地，而他自己则被射过来的机枪子弹击中，当场牺牲。……手榴弹纷纷在敌群中爆炸，被困在指挥所大散兵坑里的二十多个敌人有15人被炸死。敌3营营长罗伯特·奥蒙德少校则被炸成致命伤。

　　2日上午8时整，美军在四架飞机的轰炸扫射下，以六辆坦克掩护一个连的兵力向我连防御阵地连续发起三次攻击。我连以两挺重机枪、六挺轻机枪组成严密的火力网，并以六零火箭筒击毁敌坦克一辆。激战中，1排3班阵地被敌突破，3班七名战士在阵地上与敌展开了肉搏。3班长邹德贵拿一枚手榴弹与敌人滚打在一起。当五个美国兵冲到他身边时，邹德贵毅然拉响了手榴弹与敌同归于尽。临死他的嘴里还咬着敌人的一只耳朵。我立即令预备队9班出击，奋力夺回了3班阵地。这时又一股敌人冲上了5班阵地，班长吕文志一连刺死了三个美国兵，负伤倒在了阵地上，最后5班阵地上只剩下战士李海一人顽强地坚守着。

　　为挽救濒临灭顶之灾的第8团，美军骑1师立即组织第5团在强大的空地火力掩护下，从博川方向向云山攻击前进。

　　担任阻援任务的343团于1日10时30分由明堂洞出发，进至龙城洞至龙

在朝鲜战场上的美军骑 1 师部队

头洞之间公路附近高地时，与美军骑 1 师第 5 团迎面遭遇，双方随即展开了激烈战斗。

185.9 高地位于龙头洞北 1 公里处，正处在志愿军前进的道路上。若被敌人占领，可居高临下，封锁云山至博川的公路，将 343 团压制在沟里不能前进。

团长王扶之命令 3 营 9 连不惜一切代价，先敌抢占 185.9 高地。许多年后，王扶之在《龙头洞阻击战》一文中回忆道：

9 连是个红军连，也是 3 营的主力连，屡屡打胜仗，这一仗也不负众望，在敌火力封锁下奋勇向前，一鼓作气，先敌一分钟抢占了 185.9 高地主峰，以密集火力将敌人赶下了山。敌人退到了龙头洞村里，在山峰上则留下被打死打伤之敌三十余人。

不甘心失败的敌人发起了疯狂的反扑。343 团坚决阻击，寸步不让。

美军动用飞机、重炮、坦克狂轰滥炸，对志愿军坚守的阵地上洒上汽油，投下火箭弹、燃烧弹，使整个阵地变成了一片火海。

英勇的志愿军战士浴血拼杀，死战不退。在 343 团 3 连的阵地上，空中是美军几十架战斗机在扫射轰炸，地面上是一波又一波的坦克配属步兵的冲击，阵地上原来茂密的树林已经变成了枯枝焦叶。全连 160 人，打到最后只剩下几十人，依然死死地守住了阵地。

2.
云山进攻战斗

志愿军在云山战斗中缴获的美军汽车

激战两昼夜，343 团打退美军骑 1 师第 5 团十余次进攻，将其阻于龙头洞以南，击毙团长约翰逊上校以下 400 余人。

严酷的现实使美军骑 1 师师长盖伊认识到：任何企图救援第 8 团的努力都将是徒劳的，而且可能会给整个师带来更大的危险。他不得不做出了一个痛苦的决定：放弃救援，让他们自行突围。

2 日黄昏，西线美军、南朝鲜军开始向清川江以南撤退，云山地区守军残部亦向南寻路突围。

然而，在志愿军铁桶般的包围和勇猛的攻击前面，敌人的任何突围努力无疑都是徒劳的。激战至 3 日晚，被围的云山守敌被全歼。现代化装备的美军骑 1 师遭到了它"历史上第一次令人沮丧的失败"。

5 日晚，美军主力撤至大宁江以西、清川江以南，云山战斗结束。

此战是中国人民志愿军首次同美军直接交手。在这场王牌军的对决中，志愿军第 39 军获得完胜，以劣势装备歼灭具有现代化装备的美军骑兵第 1 师第 8 团大部和南朝鲜军第 1 师第 12 团一部，击溃美军骑兵第 1 师第 5 团和南朝鲜军第 15 团，共毙伤俘敌 2040 余人，其中美军 1840 余人，击落飞机 3 架、缴获 4 架，击毁和缴获坦克 28 辆、汽车 176 辆、各种火炮 119 门，以及大批军用物资。

杜平回忆道：

在这场中、美两军第一次交锋中，我志愿军战士英勇善战与美军士兵贪生怕死形成鲜明对照。从云山撤退的美军遭我伏击后，公路上很快就塞满了被我击毁的车辆，他们的重炮和重型坦克虽仍在向四周发射，而步兵却在一片慌乱中四散奔跑，许多士兵藏在汽车底下，一动不动。与此相反，面对敌人55吨重的重型坦克，我军战士无所畏惧，高呼："同志们！向坦克攻击，立功的时候到了！"战斗中曾发生过这样一件事：志愿军有个战士叫王有，他爬上一辆坦克与敌搏斗时，在离坦克不远的地方趴着5个美国兵，瞪着眼看着，却一枪不放。等王有打完坦克回来向他们扑去时，那些家伙才想到跑，但已经来不及了。

彭德怀在战后总结会上高度评价了云山之战："39军在云山打美军骑兵第1师打得很好……起初我们还担心在没有制空权的情况下，和美军作战，我们要吃亏。现在看来，这个困难是可以克服的，一样可以打仗，打胜仗！美国军队没有什么了不起，我们不只打了韩军，也打了美国的'王牌师'，这个师在美国很有名又一直没有吃过败仗，这回吃了败仗，败在我们39军的手下嘛！"

39军战史里有一段记录：

云山战斗中，美军运尸体的8辆"道奇"大汽车被我们截住，车上每层10具尸体，头脚颠倒放置，一共装了5层，共计50具，8车共400具，每具都穿一套全新的白线衣裤。以此来推算，美军在我师正面上伤亡即在1200至1600

美军正在搬运被志愿军击毙的士兵尸体

人以上，而这个数字只是按其收容的数字计算的。实际情况还有许多死伤者被遗弃在战场上。因此，实际伤亡人数将大大超过1400人。因美军伤亡主要是被我轻武器所致，故伤的比例较大。

大卫·哈伯斯塔姆写道：

这次战斗结束后，8团原有的2400人中死伤800余人。时运不济的3营原有的800余人，只有近200人成功突围。迄今为止，这是朝鲜战场上美军伤亡最惨重的一次败仗。美军经过4个月的苦战，眼看就要胜利在望时，战场形势却突然逆转。这一结果对于一向战无不胜的美军来说尤其让人感到痛心疾首。中国军队仿佛突然从天而降，转瞬之间就将美军的一个精英师打得溃不成军。在云山战役中，8团死伤过半，还损失了许多先进武器，包括12门榴弹炮、9辆坦克、125辆卡车与数十支无后坐力步枪。

虽说在云山战斗中美军伤亡数量上中美双方还存在着较大的差异，但这并

云山进攻战斗示意图

不能否认此战是美骑 1 师在其辉煌军史上第一次惨败，该师第 8 团 3 营更是几乎被全歼。11 月 6 日，美国陆军被迫撤销了这个营的番号。

美国王牌军在朝鲜战场上被中国人民志愿军部队击败的消息震动了白宫，震惊了世界，在西方军界更是引起了强烈的反响。

时任美国陆军参谋长的乔·柯林斯在回忆录中写道："作为乔治·巴顿将军的部属，霍巴特·盖伊怀着沉痛的心情，咽下了一杯苦酒。"

美国总统杜鲁门的女儿玛格丽特在《哈里·杜鲁门》一书中写道："在朝鲜开始发生了惊人事件，第 8 骑兵团几乎溃不成军。"

后来接替麦克阿瑟出任"联合国军"总司令的李奇微在他的回忆录中写道：

当李承晚节节败退之际，为了挽回失败的态势，这时麦克阿瑟和第 8 集团军军长沃克中将决心起用位于二线的"王牌师"骑兵第 1 师。这个师在独立战争时期是常胜师。二次世界大战中，也是号称常胜师。该师技术装备先进，然而被小米加步枪、加点小炮装备的中国人民志愿军打败。这是麦克阿瑟和沃克中将用兵中不可测到的惨败。……中国人对云山西面第 8 骑兵团第 3 营的进攻，也许达到了最令人震惊的突然性……天明以后，只剩下 66 名军官和 200 名士兵还能战斗。在工事周围方圆 500 码的环形防御圈内，发现有 170 名伤员，阵亡人数没有计算。冲进去救 3 营的努力白费了。

美军士兵高举双手，当了志愿军的俘虏

　　日本陆上自卫队干部学校编著的《作战理论入门》，将云山战例编入书中，作为军官的基本教材。书中认为：对中国军队来说，云山战斗是与美军的初次交战，尽管对美军的战术特点和作战能力还不十分了解，"还是取得了圆满的成功"。主要原因是"忠实地执行了毛泽东的十大军事原则。对孤立分散的美军集中了绝对优势的兵力进行包围，并积极勇敢地实施了夜战白刃战"。

　　几十年后，一位参加过云山之战的美军军官在接受记者采访时，仍心有余悸地说："云山？我的上帝，那是一次中国式的葬礼！"

3. 黄草岭阻击战

1950 年 10 月上旬，"联合国军"越过"三八线"向朝中边境推进。为彻底击败朝鲜人民军，在感恩节前结束朝鲜战争，"联合国军"总司令麦克阿瑟制定了"钳形攻势"，企图在西线占领平壤、东线占领元山后，东西两线部队对进，会合后再向北猛扑。

19 日晚，中国人民志愿军开始秘密渡过鸭绿江。此时，"联合国军"尚未发现志愿军大举入朝，仍放胆前进，其西线右翼南朝鲜军第 2 军团态势突出，

"联合国军"向中朝边境迅速推进

与东线部队之间敞开了 80 余公里的缺口。

21 日，根据毛泽东关于在运动中歼敌的作战方针，志愿军司令员兼政治委员彭德怀决定在西线集中第 40、第 39、第 38 军（附第 42 军第 125 师）于温井、云山、熙川以北地区，分别歼灭南朝鲜军第 6、第 1、第 8 师；在东线以第 42 军（欠第 125 师）于黄草岭、赴战岭及其以南地区阻击美军第 10 军及南朝鲜军第 1 军团，保障西线主力的翼侧安全。

22 日，42 军主力奉命进至长津以南，迅速向黄草岭推进，以阻止东线敌军经长津迂回江界。

黄草岭位于长津湖以南，海拔在千米以上，地形极为险要，是朝鲜北部的军事要冲。麦克阿瑟的"钳形攻势"能否实现，首先要看能否夺取黄草岭、赴战岭，打开长津通往江界、惠山的门户。

志愿军 42 军是由中国人民解放军第 42 军改编而成的，下辖第 124、第 125、第 126 师，是一支年轻的部队，前身为成立于 1948 年 3 月的东北野战军第 5 纵队，首任司令员万毅、政委刘兴元，曾参加过辽沈、平津、安新、鄂西等战役，而后在第二野战军指挥下进军大西南。

军长吴瑞林的年龄也不大，时年只有 35 岁，却是一员勇冠三军的猛将，人称"吴瘸子"。1932 年，他从家乡四川巴中加入红军，历经百战，先后 7 次负伤，被敌人打瘸了一条腿，身上留下了大大小小 13 处伤疤和一块尚未取出的弹片。

当 42 军到达江界以南地域时，侦察处长孙照普向吴瑞林报告："侦察分队已经与朝鲜人民军在元山、咸兴一带抗击南朝鲜军第 3 师的进攻，估计敌人有抢占黄草岭之势。"

"先敌抢占黄草岭，打好出国第一仗！"吴瑞林立即下达了战斗动员令。

由于没有制空权，汽车也少得可怜，志愿军部队只能全凭战士的两条腿在夜间行进。吴瑞林在心里大致估算了一下，如果按每夜 60 至 70 公里的速度急行军，那么也至少需要四五天的时间才能赶到黄草岭，很难抢在摩托化敌军之前。

想到此，吴瑞林当机立断，命令军直属汽车营将所载运的弹药粮食，统统卸在山沟里隐蔽起来，前锋 124 师组成先遣队，由副师长肖剑飞率领，携带电台，乘两辆汽车赶赴黄草岭地区，先头 370 团紧随其后。

在离黄草岭还有 90 余公里时，先遣分队急电报告："南朝鲜军首都师第

向前线开进的志愿军部队

18 联队，于 20 日由五老里北犯，23 日至上通里，其前哨分队已抢占了黄草岭南部仅一河之隔的摩峰山，正集结待发。"

吴瑞林下令部队轻装前行，把每夜行军 130 里的速度提高到 180 里，要不惜一切代价先敌抢占黄草岭。

军令如山，370 团的将士们一路狂奔。真是天助我也。当先头部队行进到柳潭里附近时，朝鲜人民军的汽车队及时赶来了。志愿军立即乘坐汽车向黄草岭方向急驰而去。

24 日深夜，370 团 2 个营分别抢先登上黄草岭、赴战岭两个要点，转入防御准备。几个小时后，370 团 1 个营也赶到黄草岭以南草芳岭、烟台峰等地，与人民军 1 个炮兵大队、1 个装甲兵联队协同防御，抗击南朝鲜军首都师的进攻。

26 日，美军第 10 军所属陆战第 1 师自元山登陆，企图经咸兴、长津迂回江界；南朝鲜军第 3 师主力由元山地区开向咸兴，第 26 团进抵上、下通里接替首都师防务，准备向黄草岭进犯；首都师则东移，向赴战岭、丰山、城津推进。

27 日，42 军主力杀到，即以 124 师并配属炮兵第 8 师第 45 团部署于黄草岭以南草芳岭、烟台峰地区，并以该师 1 个加强营控制小白山要点；以 126 师 1 个团部署于赴战岭以北地区，以另 2 个团为军预备队。

124 师接受任务后，决定以 370 团在黄草岭以南的 1115 高地、草芳岭、796.5 高地一线展开。

黄草岭、赴战岭为长津湖以南地带高山分水线。四周群山起伏连绵，北高南低向远方伸延。两条沙土公路在山区中分别越过黄草岭、赴战岭，北通江

美海军陆战队在 M26 潘兴坦克的掩护下行进

志愿军在黄草岭修工事

界，南至五老里会合，通向元山海港。两条公路中间有一条小型铁路。

在这里，志愿军的防御兵力为 42 军的 2 个师，而"联合国军"陆续投入了 4 个师的兵力，即南朝鲜军首都师、第 3 师和美军陆战第 1 师、第 7 师，还有 1 个坦克团、2 个坦克营和 3 个炮兵团。此外，敌人还有空军支援，兵力和火力远远超出志愿军。

370 团 2 营 4 连守卫的 796.5 阵地是黄草岭的南大门，也是志愿军的前沿阵地。南朝鲜军第 3 师在飞机和火炮的支援下，以 1 个连至 2 个营的兵力连续发起集团冲锋。双方围绕黄草岭的争夺战就此打响了。

清晨时分，十多架敌机黑压压地飞到志愿军阵地上空。重型炸弹、燃烧弹暴风骤雨般地倾泻下来。一时间，阵地上烈焰冲天，硝烟四起。敌机轰炸后，敌人的炮群又开始实施猛烈炮击。志愿军的阵地完全笼罩在炮火之中。

炮火刚刚停息，大批敌军就从三面向4连阵地发起了集团性的连续冲击。4连官兵顽强抗击，尽管大量杀伤了敌人，但损失也越来越严重。战斗中，连长身负重伤，仍坚持指挥。指导员意识到敌众我寡，不宜久战，便命令连队边战斗边向南收缩。部队终于退到了一片乱石堆，依靠一块块一人多高的巨石作掩护，形成了一道新的防线。

敌军集中2个加强营向4连新阵地合围过来，攻势更加凶猛，发起一波接一波的冲锋，但都被英勇的4连官兵一次次击退。激战至黄昏，4连与营部的联系已被切断，电话线也被燃烧弹烧毁，成了一支孤军。

在这种极端困难的条件下，指导员鼓励大家："同志们，一定要挺住，坚持就是胜利！"渴了，战士们从山坡上挖出草根放在嘴里嚼；饿了，吃几个土豆充饥；没有枪弹，就趁夜晚从被打死的敌人那里补充……

28日，敌人出动数十架飞机和大炮对4连阵地进行狂轰滥炸。阵地上，岩石被炸得粉碎，泥土被炮火犁了一遍又一遍。山可炸，石可碎，但英雄的坚强意志不可摧。4连官兵只有一个信念，那就是寸土不让，坚决阻击住敌人。

就这样，4连在黄草岭血战三天三夜，打垮敌军20多次冲击，歼敌260余人，胜利完成了阻击任务，战后被志愿军总部授予"黄草岭守备英雄连"称号。

29日，敌人又发起了新一轮进攻。遮天盖日的飞机轮番轰炸半小时后，又用重炮轰击40分钟，掩护多路步兵出击。

志愿军第42军370团2营4连在黄草岭战斗中，荣获"黄草岭守备英雄连"光荣称号

3.
黄草岭阻击战

此时，124 师已收缩前沿阵地，形成三面布网一面开口的阵势，以诱敌深入。当敌人进入到预设阵地后，突然炮声轰鸣，上百颗炮弹直向敌群飞去，顿时炸成一片火海。敌人惊慌失措，抱头鼠窜。370 团全力发起反冲锋，居高临下，势如猛虎下山，打垮了南朝鲜军第 3 师和首都师 7 个营。

随后，124 师对作战部署重新进行了调整：将夺取的新阵地作为第一道防线，由 371 团担任防御；370 团的原来阵地作为第二道防线，由 370 团 2 个营担任防御；372 团为师预备队控制黄草岭，作为第三道防线。

为了不让敌人沿公路向纵深突击，124 师确定以烟台峰为防御重点，将 372 团 1 个营放在公路中间的馆坪地域防御，并调军工兵营 2 个连协助第 371 团构筑工事，准备迎击敌人新的进攻。

烟台峰位于通向黄草岭的公路右侧转弯处，与对面的 727 高地相呼应。站在峰顶俯视公路，所有目标历历在目。烟台峰是黄草岭的门户，也是敌人攻占黄草岭的必经之路。

371 团 2 营 4 连坚守烟台峰；左侧的公路上有一个横水坝，由 2 营 6 连坚守，既可阻敌沿公路深入，又可防止敌人迂回烟台峰后侧；2 营 5 连为营预备队，位于烟台峰北山脚附近，可随时支援 4 连和 6 连作战；1 营坚守 727 高地，与 2 营对来犯之敌呈夹击之势；3 营为团预备队，位于道洪里，即烟台峰后侧的公路附近，负责阻敌沿公路突破和随时支援 1 营、2 营作战。

11 月 1 日，美军第 10 军急调陆战第 1 师参战。师长奥利弗·史密斯分兵

"联合国军"向志愿军阵地发动攻击

两路：陆战第1师主力和南朝鲜军第3师残部进逼黄草岭，另以一部兵力由古老里直取赴战岭。

2日，美陆战第1师与南朝鲜军第3师在50余架飞机、40余辆坦克配合下，以1个营至1个团的兵力，向烟台峰一带高地发起进攻。

敌人的战术依旧是先出动飞机对志愿军阵地滥炸，紧接着是重炮轰击。趁着浓烟烈火，300多名美国兵蜂拥而来，直扑烟台峰。

面对气势汹汹的敌人，371团2营4连指战员毫不畏惧，沉着应战。当敌人距离阵地只有30多米时，轻重机枪、冲锋枪、六〇炮一齐开火，将敌人死死阻击在阵地前沿。

这时，数辆敌军坦克从烟雾中钻出来，沿公路直奔6连阵地——横水坝冲来。眼看坦克就要冲到阵地上了，6连爆破组的两名战士抱着炸药包一跃而起，飞身冲向敌坦克。

"轰！轰！"两声巨响，最前面的那辆坦克冒起浓烟，不动了。2营预备队5连趁势冲杀过来增援。两个连队紧密配合，一阵猛打猛杀，将敌人赶出堤坝之外。

激战一直持续到黄昏时分，美军陆战第1师损失300余人，仍毫无进展。天完全黑沉下来，如一只巨大的铁锅倒扣在黄草岭的上空。美军拖着疲惫的身体停止了进攻。

黑夜是属于中国人的。124师副参谋长郭宝恒指挥4个营分两路向美军陆战第1师的炮兵阵地摸去。一顿手榴弹猛砸过去，美军的几十顶帐篷飞上了天，

一名志愿军士兵站在一辆被击毁的美军坦克上

20 多门火炮也被炸成了一堆废钢铁。

战斗中，2 营的尖刀班悄悄摸上美军阵地，隐约看到 30 多个横七竖八的睡袋，正准备开火，猛然发现露在睡袋外的竟是一个个黑脑袋。从山沟里长大的志愿军战士哪里知道世界上还有黑人，以为撞见了鬼，慌忙退了回来。

副营长赵际森可不信邪，带着 2 个排的战士就冲了上去。一阵冲锋枪外加手榴弹，将这群美国兵送上了西天。望着十几个美国黑人士兵的尸体，志愿军战士还在纳闷：这些人咋长得这般黑，比戏里的张翼德、包黑子还要黑的多。有几个战士干脆用手巾沾上雪水使劲地擦他们的脸，看看是不是真的……

天亮了，美国人又来了劲头，向烟台峰展开了猛烈攻击。至中午时分，敌人将烟台峰团团包围起来。这时，烟台峰阵地上只剩下 14 名战士，所有的连、排干部和班长、骨干全都壮烈牺牲了。

危急时刻，司号员张群生毅然挺身而出："我代理连长，我们要坚决战斗到底，哪怕剩下一个人也要坚守阵地！"

在张群生的指挥下，14 名勇士爬上了峰顶，以悬崖峭壁、石缝洞口当掩体，顽强阻击敌人，一直坚持到日落西山。

黄昏时分，团长于庆华命令赵际森率领 5 连增援 4 连作战。当赵副营长带兵赶到烟台峰时，敌人已把峰顶围了个水泄不通。

赵际森一声令下，暴雨似的子弹从背后向敌群射去，接着是一阵猛冲猛杀，敌人措手不及，乱作一团，纷纷溃逃。

烟台峰解围了，14 名战士获救了。英雄的 4 连打退了美军陆战第 1 师的多次进攻，用鲜血和生命守住了烟台峰。战后，第 42 军党委授予 4 连 "烟台峰英雄连" 的光荣称号。

4 日，美军和南朝鲜军以 40 余辆坦克、200 余辆汽车和装甲车组成快速突击部队，在飞机掩护下突进草芳岭。

为阻止敌人坦克沿路突破，124 师以 372 团 6 连为主组成爆破队，连长李金山担任队长。爆破队分为 10 个爆破组，每组 7 至 10 人，配有 2 至 3 挺轻机枪，每人一包炸药。在三巨里到水田口北山约 4 公里的路程上，沿公路靠山边挖了许多打坦克洞，并用草木、石块等做好伪装，以防敌人察觉。此外，朝鲜人民军的 7 辆坦克也埋伏在水田口北山的拐弯处，随时准备阻止敌人坦克前进。

5 日，敌人又向黄草岭发起了更猛烈的进攻。

晨8时许，30多架敌机轮番在黄草岭上空轰炸。炸弹、凝固汽油弹纷纷倾落，阵地上飞沙走石。特别是敌机接连投下重磅炸弹，每个弹坑直径足有6米，深达1米多，将志愿军的地面工事全部摧毁。在两个多小时的狂轰滥炸后，敌军的几十门大炮又开始轰击。

124师集中50余门火炮迅速标定方位，对敌炮群进行压制射击。

敌人恼羞成怒，派出30多辆坦克沿着崎岖的山路，向黄草岭冲来。步兵在坦克后面跟进，多路出击，企图分隔第372团的左右阵地，迂回到侧后去袭击。

美军轰炸机对志愿军坚守的阵地实施轰炸

早已守候在那里的朝鲜人民军坦克迎头射击，一连击毁敌军3辆坦克。与此同时，志愿军的爆破组一跃而起，又炸毁了数辆坦克。敌人的坦克乱作一团，向前走不动，调头回不去，互相冲撞，有的竟翻下山沟。

跟在坦克后面的敌军步兵不敢冒进，缓缓地往上爬，爬爬停停，停停爬爬，距离志愿军的阵地越来越近了。

"打！给我狠狠地打！"隐蔽在阵地上的吴连长发出命令。所有的轻重机

志愿军某部指挥员在黄草岭阵地上指挥战斗

枪、手榴弹、冲锋枪、步枪一齐吼叫起来，织成了一片火网，打得敌人连滚带爬，向山下溃散。

7日，吴瑞林下达了最新作战命令："西线歼敌1.5万余人，胜利地结束了第一次战役。志愿军司令部命令我们撤出黄草岭，另有新的任务。黄草岭阵地由志愿军第9兵团接防。"

就这样，42军124师在黄草岭、烟台峰，与南朝鲜军第3师、首都师及美军陆战第1师等部激战13个昼夜，白天守晚上攻，坚决阻击了敌人优势兵力的多次进攻，共歼敌2700余人，有力地配合了西线主力作战，获志愿军总部的嘉奖。

彭德怀高兴地说："黄草岭战斗说明美国人的飞机大炮也没有什么了不起！"

4. 飞虎山阻击战

　　1950 年 10 月 25 日，中国人民志愿军第 40 军第 118 师在温井西北两水洞地区全歼南朝鲜军第 6 师第 2 团第 3 营和 1 个炮兵中队，从而揭开了抗美援朝战争序幕。

　　至 11 月初，志愿军各部队连续作战，屡克强敌，进展顺利。其中，40 军主力在温井以东龟头洞地区歼灭南朝鲜军第 6、第 8 师各 2 个营大部，随后进至古场地区，将南朝鲜军第 6 师第 7 团大部歼灭；39 军进至云山地区，至 3 日歼灭美军王牌部队骑兵第 1 师第 8 团大部和南朝鲜军第 1 师第 15 团大部，重创美军骑兵第 1 师；42 军主力在东线黄草岭、赴战岭英勇阻击美军第 10 军的进

美军在朝鲜的冰天雪地里士气全无

攻；66 军主力进至龟城以西、以北地区，将美军第 24 师先头团阻于大安洞以南；志愿军预备队 50 军主力渡过鸭绿江，150 师进至新义州以南地区，准备阻击南市洞的英军第 27 旅。

然而出乎所有人的意料，志愿军头等主力 38 军在这次战役中却跌了一个大跟头。按战前部署，38 军并指挥 42 军 125 师直插熙川，歼灭南朝鲜军第 8 师主力，一举击垮敌人西线右翼，然后迅速穿插迂回到敌人左翼背后，将西线敌军合围歼灭于清川江以北地区。很明显，这是一项非常艰巨且关系全局的任务。

志愿军 38 军原为第四野战军头号主力，由中国人民解放军第 38 军改编而成的，之前是东北野战军第 1 纵队。要知道东北野战军 12 个纵队中没有一个是吃素的，能列为第 1 纵队，可见其战斗力之强悍。该部参加过解放战争东北战场上几乎所有的重大战役。在平津战役解放天津的作战中，与 39 军共同担负由西向东主要突击任务，攻占国民党军天津警备司令部，生擒中将司令官陈长捷。后随四野主力南下，相继参加宜沙战役、衡宝战役、广西战役、滇南战役，从冰天雪地的东北黑土地一直打到四季如春的云南昆明，硬是用两条腿走了大半个中国。

彭德怀虽然是第一次直接指挥这支部队，但对 38 军的勇猛善战早有耳闻，因此毫不犹豫地把这一重任交给了他们。

战役打响后，志愿军打得顺风顺水，屡有上佳表现，唯独 38 军一反常态，直到 28 日才赶到熙川，比原定计划晚了大半天。更令军长梁兴初窝火的是，前锋 112 师得到"熙川有美国黑人团"的误报，没有贸然进攻。结果等到 29 日黄

志愿军某部向熙川进军

昏时分才发起攻击，占领熙川。不过战机已失，南朝鲜军第8师抢先一步弃城南逃。38军得到的是一座空城，战果仅仅是毙伤俘敌军19人。

彭德怀气得马上命令梁兴初赶快追击敌人，在电话中吼道："梁兴初，你误了军机，我饶不了你！你给我追，向院里、军隅里攻击前进，切断敌人退路！"

见其他兄弟部队打得风生水起，而38军仗打得竟如此窝囊，梁兴初懊恼无比，马上下令："分兵两路南下，113师先打新兴洞，而后攻击球场，逼近院里、军隅里；112师拿下苏民洞，攻占飞虎山，直接威胁军隅里，绝不能让敌人撤到清川江以南。"

112师335团奉命长途奔袭苏民洞。刚刚新婚燕尔的团长范天恩是条山东大汉，作战勇猛、足智多谋，也是梁兴初麾下的一员爱将，人称"范老虎"。

在日本人编写的《朝鲜战争名人录》里，范天恩是唯一一名入选其中的志愿军团长。他原在军里任作战科长，入朝前夕主动要求到作战部队任职。梁兴初经不住范天恩的软磨硬泡，就把他调到335团任团长。在入朝前的誓师大会上，范天恩喊出了"创造模范团"的口号，并向兄弟部队提出挑战，挑战的条件是"以我一个团消灭敌人的一个团"。

领受任务后，范天恩立即率全团官兵冒着似雪非雪的冷雨，跑步接近目标。经过激烈战斗，一举抢占苏民洞，随后进逼飞虎山。

飞虎山位于价川东北，俯瞰价川、军隅里，与两地形成等边三角形，距离均不过10公里。由于价川和军隅里都是朝鲜北部的交通枢纽，南通顺川、平壤、东连德川、古城江，西抵龟城、新义州，北接军隅里、球场、熙川、江界、满浦，"联合国军"如向鸭绿江进犯，军隅里是必经之地，同时也是北进的补给总站。志愿军如控制了军隅里，就等于卡住了北进之敌的脖子，也切断了敌人的后路。因此，飞虎山的地理位置十分重要。这里地势险要，进可攻、退可守，扼制平壤至满浦公路。

11月4日4时10分，范天恩下令："攻击开始！"

担任主攻的2营在副营长陈德俊的带领下，轻装上阵，向通往飞虎山主峰的一片两公里宽的开阔地冲击，那里是美军炮火严密封锁的地段。

驻守飞虎山主峰的是南朝鲜军第7师第5团和美军第2师的1个炮兵营。2营的战士们在敌军的炮火中顽强地向主峰接近，不断有人中弹倒下。终于，2营冲破敌军火网，跑步通过开阔地。

志愿军迫击炮开火，掩护部队进攻

　　5连指导员李玉春亲率突击排冲锋，连夺数个山头，消灭敌人1个连部，俘敌30余名。在2营的猛攻下，敌军崩溃了。2营一鼓作气冲上主峰，占领了飞虎山主阵地622.1高地。1营、3营也分别占领了东西两侧的高地。

　　这时，第一次战役即将结束。美军第8集团军在遭到志愿军的连续打击下，于3日起全线撤退。至4日，西线"联合国军"除以一部兵力扼守清川江北滩头阵地外，主力全部撤至清川江以南地区，并占领沿江有利阵地。彭德怀判断"联合国军"可能重新组织进攻，提出了巩固胜利、克服当前困难、准备再战的方针，如敌再进，让其深入后歼击之。

　　果然，麦克阿瑟下令"联合国军"西线各部队开始试探性的北进，其中以南朝鲜军第7师和美军一部在价川和军隅里地区的前进最为迅速。

　　价川和军隅里都是"联合国军"配合东线美军第10军完成麦克阿瑟"钳形攻势"的必经之路，也是迂回到江界的必经之路。为了打通南北通道，并解除其侧后威胁，美军第8集团军立即组织南朝鲜军第7师及美军一部，向飞虎山发起猛攻。

　　为了不让"联合国军"北进的速度太快而影响志愿军的调动和威胁志愿军的侧后，335团必须依据飞虎山之险，坚决阻击住敌人，不能后退一步。

　　由进攻突然转入防御，摆在范天恩面前的第一个难题就是没有锹、镐等修筑工事。在进攻飞虎山的战斗中，全团都换成了轻装，背包和锹、镐等工具早就扔掉了。现在需要坚守阵地，就必须挖工事。

　　范天恩一声令下："有刺刀的用刺刀掘，没有刺刀的用手挖。"

志愿军某部正在构筑工事

这时天上正飘着霏霏细雨，寒风瑟瑟。战士们穿着湿漉漉的棉衣，用刺刀把石头一块一块掀起来，再用手把土一捧一捧地捧出去，手指头磨出了血，同泥土混合在一起，钻心的疼，但没有一个人叫苦喊痛，终于挖好了掩体和防空洞。

范天恩面临的第二个难题就是粮弹不足，特别是吃的。因连日行军作战，全团官兵的干粮袋早就空空如也了。战士们就是在饥肠辘辘的情况下攻上了飞虎山主峰。

4 日 15 时，敌军在飞机和火炮的支援下，以密集队形向飞虎山实施猛攻。335 团在缺粮少弹、连续作战十分疲劳的情况下，凭借临时构筑的野战工事，顽强地打退了敌人的一次次进攻。夜里，4 连 2 排奉命撤下的飞虎山主峰西边的第二个山头被敌人占领了。营里命令 4 连要不惜一切代价务必于次日早上把山头夺回来。

5 日，飞虎山阻击战进入第二天。

天还没有亮，4 连副连长就带着 1 排出发了。他们兵分两路，迅速隐蔽接敌。在距阵地 20 多米处时，突然扔出手榴弹，将还在睡梦中的敌人送上了西天。第一个山头没费多大劲就拿了下来。但当他们冲上第二个山头时，敌人开始组织反击，用大炮进行猛烈射击。霎时，整个山头陷入滚滚硝烟中，山上的一片松树林被炮火炸成了秃头树桩。

1 排战士们巧妙利用阵地上的弹坑，时而跃进，时而卧倒，躲避敌人的炮

志愿军打退敌人的疯狂进攻

火。炮火一停，战士们立即用刺刀和手挖简易工事。工事还没修好，敌人的步兵就发起了冲锋。战士们立即进行反击，一连打退了敌人的两次进攻。

敌人是不甘心失败的。不大会儿工夫，大约 1 个连的敌人发起了第三次进攻。正当战斗进行到最激烈的时候，阵地上突然有人高喊："敌人从后面上来了！"

原来，狡猾的敌人见正面强攻屡屡失手，就兵分两路，企图从背后偷袭。机枪手吴景文调转枪口猛扫来敌，一下子就打倒了十来个。但敌人实在是太多了，黑压压的一大片，志愿军的弹药已经耗尽。敌人冲上了阵地。

早已决心与阵地共存亡的战士们立即扑了上去，用刺刀、枪托、石块甚至拳头与敌人进行短兵相接的肉搏战。战士张有抡起打光了子弹的步枪把一个敌人打倒在地，因用力过猛枪托砸断了。这时，又有两个敌人向他恶狠狠地扑过来。好个张有，把枪一扔迎了上去，一手抓住一个敌人，用尽全身的力气把两个敌人推下山去。敌人被志愿军拼命的精神吓倒了，纷纷往山下溃逃。

与此同时，335 团坚守飞虎山阵地最前沿的 2 营 5 连 3 排与敌人激战正酣。

敌人出动 18 架飞机向 3 排阵地轮番轰炸，几十门大炮也一齐开火。在大约 200 米的正面阵地上，敌人竟一口气倾泻下 2000 余发炮弹、炸弹，直炸得山石崩裂、树枝横飞，炽烈的炮火几乎要把整个山头削平。

炮火过后，敌军步兵发起整排整连的疯狂冲锋。3 排的战士们在排长马增魁的指挥下，沉着应战。为节省弹药，他们等敌人进至距阵地前沿二三十米处

志愿军335团在飞虎山上坚守，迟滞敌军的推进

时，才猛然开火，子弹和手榴弹如暴雨般飞向敌群。敌人丢下数十具尸体，败下阵来。

没过一顿饭的工夫，敌军在督战队的威逼下，重新组织发起了第二次进攻。这次，他们胆子小了许多，弯着腰，边胡乱开枪射击，边小心翼翼地往山上爬。在距离3排阵地大约还有30米的地方，敌军停了下来，趴在地上猛烈射击。马增魁命令先不还击，等敌人再往前靠近些才开火。

敌人打了半天，见3排的阵地上没有任何反应，就又胆大起来，开始嗷嗷叫着向前冲锋。就在敌人距离阵地20米左右时，3排的轻重机枪、冲锋枪、步枪一起开火，打得敌人死的死，伤的伤，剩下的哭爹喊娘地往山下跑。

就这样，3排在白天打退了敌人的多次进攻，牢牢地坚守着阵地。天近黄昏，狡猾的敌人改变了战术，把3排阵地旁边的树木和枯草全部点燃。火焰夹带着黑烟，呼啸着卷上山来，阵地顿时陷入浓烟烈火之中。大批敌人借着烟火的掩护又冲了上来。

马增魁带领士兵隐蔽在阵地的侧翼，当敌人涌上阵地前沿时，投出手榴弹，把敌人连同烧到阵地上的火焰一并炸掉。

恼羞成怒的敌人见火攻不成，又在天黑之前发起了最后一次疯狂的进攻，但仍未奏效。这一天，3排以伤亡一半的代价，打退敌人7次进攻，歼敌100余人。

5连打得艰苦，伤亡很大。4连和6连的形势也不乐观，伤员不断被抬下阵地。6连连长刚被抬下来，指导员也紧跟着被抬了下来。他捂着伤口对教导员说："6连完了！"

"阵地丢了？我不信！通信员，跟我上阵地！"教导员上了6连的阵地，漆黑的夜色中果然不见一个人。他就用手在工事中摸，终于摸到一个活着的，是班长张德占。

教导员问："其他的人在哪里？"

张德占说："排长牺牲了。"

教导员说："任命你为排长，赶快召集人！"

不一会儿，阵地上凑起几个人。清点后发现，连级干部除了副连长，全部伤亡。教导员当即任命副连长为连长，任命文化教员为副指导员，立即带领剩下的人抢修工事，准备阻击敌人的进攻。

6日，飞虎山阻击战进入到第三天。

新的一轮激战又开始了。敌人以1个营的兵力从东、西两面夹击5连阵地，一连进行了7次波浪式的集团冲锋，均以失败告终。

两个小时内，敌我双方反复争夺了12次。敌人曾一度突入5连前沿7班阵地。志愿军战士们以机枪、手榴弹组成一道密集的火墙，很快把敌人压下去了。

战斗中，一颗炮弹在机枪射手刘玉田面前炸响，炸裂了机枪管，机枪顿时不响了。敌人立即嚷叫着蜂拥而上。刘玉田机智地抛开机枪，从旁边牺牲的战友身上抽出3颗手榴弹抛向敌群。

轰！轰！轰！敌人像被削倒的小树一样，倒下了一片。

战士李兴旺头部受伤，正在给自己包扎的时候，3个美国兵抱住了他。他

反映飞虎山阻击战的油画（局部）

在夺枪的过程中把一个美国兵踢下了山崖，同时开枪打死了另一个，又用美国兵尸体上的手榴弹把第三个美国兵炸伤了。

最后，阵地上没有倒下的只剩了排长和3名战士，弹药全部是从牺牲的战友和死去的敌人身上解下来的。但他们以无所畏惧的勇猛实现了"人在阵地，寸土不失"的誓言，打退了敌人的进攻。这一天，5连歼敌250余人。

7日，飞虎山阻击战进入第四天。战斗进一步升级，呈现白热化状态。

早上8时，敌人的炮火就向3营8连阵地狂轰了半个多小时。随后2个连的敌人分三路向1班阵地冲来。

当敌人离阵地20米远时，班长李永桂大喊一声："打！"可就在这个节骨眼上，机枪出了故障。李永桂见情况不好，猛地跃出工事，朝敌人扑去。战士们紧随其后，一顿手榴弹把敌人打下山去。

第一个回合下来，1班无一人伤亡。敌人再次向1班阵地倾泻了大量的炮弹和燃烧弹，并用汽油点燃了山上的草木。阵地完全笼罩在火海中，又是李永桂带头跳出战壕向敌人扑去。火海中突然出现的志愿军战士把敌人吓得掉头滚向山下。

很快1班的弹药就打光了。左腿负伤的李永桂冒着敌人的枪林弹雨，跑回营指挥所扛回了125发机枪子弹。激战中，李永桂的右手又负伤了，但他坚持战斗，直到流尽了身上的最后一滴血。

天黑后，敌人的进攻暂时停止，阵地上又恢复了战前的宁静。335团的形

志愿军机枪手坚守阵地

势愈加严峻起来，弹药所剩无几，而粮食早就吃光了。

战士们被硝烟呛得嗓子干疼，像冒了烟，多么想饱喝一顿凉水。可是早已被敌人炮火犁过几遍的阵地上连点儿积雪也没有。最后，战士们发现树叶上还有残存的冰雪，便拣来舔上面的雪水。

口渴的问题算是暂时解决了，但已经有好几天没有吃东西的战士们肚子又饿得难受。5连机枪射手梁仁江随手拣起一块又圆又亮的石头，塞进嘴里，"咕噜咕噜"地转来转去。

没想到这个办法还真起些作用，转着转着，嘴里的口水多了些，肚子也感觉不那么饿了。这个发明一下子传开了，战士们嘴里都含块石头，阵地上顿时响起一片啃石头的声音。

半夜11点左右，天下起雨来。冰冷的雨水打在脸上，顺着脖子往下淌，身体已经完全泡在冰水中。好不容易雨停了，又刮起了可恶的西北风，天气骤然冷下来。战士们湿透的棉衣变成了冰衣，冻得周身麻木，困意全无，只好爬出掩体，跺着脚取暖。

3排长马增魁鼓励大家："咬牙再坚持一下，再过三个钟头天就亮了。这是最困难的时刻，我们战胜困难，胜利就是我们的。"

四天来，范天恩感到了前所未有的压力。他已经记不清自己到底有多长时间没合眼睡觉了，但却十分清楚即使遇到再大的困难，他的335团也必须像颗钉子似的牢牢地扎在飞虎山上，哪怕是拼到最后一个人。为此，他把全团的营长、教导员都召集来开会。

"你们向我要子弹要手榴弹，告诉你们，老子一颗子弹一颗手榴弹也没有，只有一个与阵地共存亡的决心。"范天恩用布满血丝的双眼扫视着大家。

这次，所有人都听明白了，没有弹药也得把阵地守住。

8日，飞虎山阻击战进入第五天，也是335团最为艰难的一天。

天刚刚放亮，敌人就出动80多架飞机，连同数百门大炮，把数以千计的炮弹、炸弹、凝固汽油弹、燃烧弹一股脑倾泻在飞虎山阵地上。顷刻间，长达20余里飞虎山断木碎石横飞、硝烟烈火弥漫。

敌人以2个营的兵力向5连阵地涌来。三面受敌的5连在做着英勇而又悲壮的反击，他们手里的主要武器就只剩下石块和刺刀了。只见阵地前沿，石头在飞舞，枪托在挥动，刺刀在舔血，手榴弹在爆炸。敌人的进攻一次次被打退，但5连的伤亡也越来越大。指导员李玉春利用战斗间隙在阵地上不停地进

"联合国军"在炮火支援下准备发动攻击

行战斗动员。

此时，在3排阵地上仅剩下6个人，排长马增魁英勇战死；7班长陈德兴独当一面坚守右侧阵地，一连刺倒了十几个敌人；副班长赵本山带着一只鲜血流淌的残臂投弹不止，直至壮烈牺牲；战士张玉和双手严重负伤，仍不肯撤下战场，往返奔跑于枪林弹雨里传递命令。就这样，英勇的3排打退了100多个敌人的进攻，最后只剩下了2个人。

战至下午2时，5连伤亡剧增，3排阵地也失守了。2营教导员刘成斋和副营长陈德俊赶到5连阵地，与连干部研究夺回阵地的方案。大家一致认为，敌人人多势众，火力又猛，白天硬拼肯定不行，只有等到夜里，摸上阵地，进行偷袭，发挥志愿军近战夜战的优势。

当晚20时30分，5连组织突击队夜袭敌营，一举夺回了3排阵地。就这样，5连与敌人从日出拼到日落，歼敌300多人。全连只剩下20多人，仍顽强地坚守着阵地。战后，5连获志愿军总部授予的"特等功臣二级英雄连"称号，并获"功守兼备"锦旗一面。

23时，范天恩接到了师长杨大易的命令：撤出飞虎山阵地，后退30公里。

至此，335团在飞虎山顽强阻击了拥有强大火力的优势敌军整整5个昼夜，共击退敌军连以上进攻57次，毙伤俘敌1800余人，自身伤亡700余人，胜利完成了任务。

4.
飞虎山阻击战

朝鲜群众往前线运送弹药

　　战斗中，当地朝鲜人民群众自发给志愿军送饭，帮助搬运弹药，有的还与志愿军战士一起战斗，结下了深厚的友谊。志愿军英勇作战也给朝鲜人民留下了深刻的印象。

　　后来，朝鲜人民在飞虎山上建立了一座纪念碑，上面镌刻着：

　　　　飞虎山上万虎飞，成仁取义英名垂，
　　　　血洒朝鲜金碧土，中朝友谊共日晖。

5. 德川、宁远进攻战斗

　　1950 年 11 月初，中国人民志愿军入朝参战，取得抗美援朝战争第一次战役的重大胜利，宣告"联合国军"在感恩节前占领全朝鲜的计划彻底破产，初步稳定了朝鲜战局。

　　9 日，美国国家安全委员会召开紧急会议，从维护其称霸世界的战略利益出发，确定在尚未完全判明中国军队参战意图前，继续坚持以军事进攻迅速占领全朝鲜的原定计划，同时批准"联合国军"总司令麦克阿瑟"在军事方面可以相机行事"，以及其关于轰炸鸭绿江上所有桥梁的计划。

　　此时，"联合国军"虽已察觉志愿军入朝参战并在第一次战役中遭受重创，但气焰依旧十分嚣张，同时对中国参战力量估计不足。麦克阿瑟坚持认为"中国人不会大规模卷入这场战争"，只是"象征性出兵"，遂着手准备发动"最后的攻势"。

　　为实现这一计划，麦克阿瑟将在汉城（今首尔）的美军第 25 师和

美军在仁川登陆

新到朝鲜的土耳其旅、英军第 29 旅调至西线，将新到朝鲜的美军第 3 师调至东线。这样，"联合国军"在前线的地面部队增至 5 个军共 13 个师 3 个旅另 1 个空降团，计 22 万余人，比第一次战役时增加了 8 万多人；空军也增加了 2 个新式喷气式战斗机团，拥有各型飞机 1200 余架。

就在第一次战役即将结束时，中国人民志愿军司令员兼政治委员彭德怀判断"联合国军"可能重新组织进攻，在给中央军委的电报中提出"拟采取巩固胜利，克服当前困难，准备再战的方针"，"如敌再进，则让其深入后歼击之"。

11 月 5 日，毛泽东复电同意彭德怀提出的方针，并指出：下一步作战，德川方面甚为重要，志愿军必须争取在元山、顺川铁路线以北区域创造一个战场，在该区域消耗敌人的兵力，把战线推进至平壤至元山一线，而以德川、球场、宁边以北以西区域为后方，才能对长期作战有利。同时确定第 9 兵团（辖第 20、第 26、第 27 军计 12 个师）立即入朝，在东线担任江界、长津方面的作战任务。

为配合彭德怀的诱敌深入行动，毛泽东在第一次战役结束后让新华社以"朝鲜北部某地"的名义在国内发表一则简短的消息："在中国人民志愿部队参加下，十一天朝鲜人民军歼敌 6000，收复广大地区。"

麦克阿瑟果然上当了，傲慢地宣称：中国人"不是一个不可侮的势力，兵力最多不过六七万人"。随即决定要以此战"消灭最后一批残存的北朝鲜人民军，平定朝鲜半岛"。

美军把战火烧到鸭绿江边

6 日，"联合国军"以一部兵力开始实施试探性进攻。

彭德怀电令各军主动后撤。志愿军按预定计划以部分兵力节节抗击，主力向后转移，7 日开始先后放弃黄草岭、飞虎山、博川和德川等地。

9 日，毛泽东再次指出，志愿军应争取在一个月内，东西两线各打一两个仗，歼敌七八个团，将战线推进至平壤、元山一线。

据此，志愿军采取内线作战、诱敌深入、各个击破的方针，计划在西线将"联合国军"诱至大馆洞、温井、妙香山、平南镇一线，集中 6 个军歼灭之；在东线将敌诱至旧津里、长津一线，由第 9 兵团歼灭之。

此时，志愿军入朝参战兵力已达 9 个军 30 个师 38 万余人，在东西两线均形成优势兵力。为开展敌后游击战以配合正面作战，经志愿军与人民军商定，由志愿军第 42 军 2 个营和朝鲜人民军 1 个联队组成游击支队，渗透到孟山、阳德、成川之间地区，执行破坏交通运输、袭扰敌人的任务，并联络在敌后坚持斗争的人民军部队。

10 日，"联合国军"全线向北推进，但行动比较谨慎，前进速度缓慢。

原来，在第一次战役中遭到志愿军重创的美军第 8 集团军司令沃克中将此时还心有余悸，头脑要比麦克阿瑟等人清醒得多。他命令各部在北进中要密切保持与友邻部队的协同，避免孤军冒进，一旦遇到中国军队的主力或顽强阻击，立即就地转入防御。

1950 年 8 月，沃克中将（吉普车中）和朝鲜半岛军事问题首席顾问法雷尔在釜山视察

至 16 日，西线美军第 8 集团军仅向北推进了 9~16 公里，南朝鲜军第 1、第 7、第 8 师，英军第 27 旅，美军第 24、第 2 师等主力还位于新安州至军隅里清川江两岸及东至德川地区。东线美军陆战第 1 师更是行动迟缓，每天只向前推进 1 英里，仍在下田隅里、古土里地区徘徊。

为诱敌尽快进入预定战场，分散兵力，彭德怀果断下令："电令各军，再主动后撤十几公里，放弃一切形式的阻击、反击，大步后撤，注意，不要露出破绽！"

果然，麦克阿瑟被志愿军继续后退所迷惑，亲自飞临战场督战，狂妄地声称：此次攻势是"最后的攻势"，并断言战争将在"两个星期之内就会结束"，有些部队可以"回家过圣诞节"。

这下，"联合国军"备受鼓舞，又肆无忌惮起来，加快了进攻速度。

至 21 日，西线部队进至嘉山、龙山洞至德川、宁远一线。东线部队进至长津湖地区。其中，美军第 7 师先头部队更是长驱直入，在未遇到任何抵抗的情况下，进抵鸭绿江畔一个名叫惠山的小镇。这是朝鲜战争中，"联合国军"到达中朝边境的第一支也是唯一一支部队。

美军第 10 军军长阿尔蒙德少将闻讯后，当即驱车 30 英里赶去拍了一张临江眺望中国东北的照片。麦克阿瑟也是喜不自禁，致电阿尔蒙德："最衷心地祝贺，内德，转告戴维·巴尔的 7 师中了头彩！"

时任美军第 7 师师长的戴维·巴尔少将，还有个中文名字，叫巴大维。此人曾在解放战争时期出任美国驻国民党政府军事顾问团团长，算是中国人民解

东线美第 7 师第 17 团战斗群 I 连 R 排部分士兵最先攻入鸭绿江边的惠山镇，看到了鸭绿江对岸的中国

放军的老对手了。

这次率部向鸭绿江畔全力猛进，巴大维获得了麦克阿瑟的嘉奖，却对他的顶头上司阿尔蒙德一肚子不满，曾私下对美军陆战第1师师长史密斯少将大发牢骚："是他逼着我不顾一切地前进的，没有侧翼的保护，天气极其恶劣，我手头上的补给从来没有超过一天的用量，好像占领鸭绿江边的一个前哨阵地，就赢了这场该死的战争。"

在"胜利"喜讯的鼓舞下，"联合国军"完全放松了警惕，于22日开始大举北进。

而此时，志愿军主力已全部转移至预定集结地域，西线第50、第66、第39、第40、第38军和第42军主力分别到达定州西北、龟城、泰川、云山、德川以北及宁远东北地区，东线第9兵团的十万大军在美军飞机空中侦察的眼皮底下，神不知鬼不觉地从辑安（今集安）、临江入朝，全部进抵长津湖地区。

还有几天就是美国的传统节日——感恩节，美军后勤部门着实下了一番功夫，把大量的火鸡、酸果酱罐头、南瓜馅饼从美国国内运到朝鲜，让美国大兵在冰天雪地的前线吃了一顿丰盛的感恩节大餐。

24日，"联合国军"于东西两线发起圣诞节结束朝鲜战争的总攻势。西线，美军第8集团军指挥美军第1、第9军和南朝鲜军第2军团等部共8个师3个旅，分三路向鸭绿江推进。其右翼为刘载兴指挥的南朝鲜军第2军团，在清

一支美军部队正在快速向长津湖地区行进

川江以东地区展开进攻。东线，美军第 10 军（辖第 3、第 7 师和陆战第 1 师）并指挥南朝鲜军第 1 军团（辖首都师、第 3 师），全部进入长津湖地区，继续向北推进。

令麦克阿瑟无比兴奋的是，在整个 100 多公里宽的战线上，进攻部队几乎没有遇到任何抵抗。这天上午，他踌躇满志而又神态轻松地出现在美军第 9 军军部里，向前来欢迎的众人说："你可以告诉他们，赶到鸭绿江，全都可以回家，他们能够同家人共进圣诞晚餐。"

几个小时后，自以为胜券在握的麦克阿瑟公布了他的"圣诞节攻势计划"：

联合国军在北朝鲜对新投入战斗的赤色军队实施的大规模包围，目前正接近决定性的阶段。我们的各种空军部队在钳形突击中担负着封锁敌人的任务。最近成功地切断了来北方的敌补给线。东路部队正向前推进，目前已抵达北朝鲜中部对敌进行包围的位置。西路部队准备向前推进并完成钳形合围。此举如果成功，将达到结束朝鲜战争的目的。

美、英、法等国的通讯社也都毫不怀疑"联合国军"的最后胜利即将到来，争先恐后地抢着发出预言：美国和南朝鲜的部队由于受到麦克阿瑟亲临前线指挥和圣诞节让他们回家的激动，可望在 24 小时内冲进共军的主要防线。

25 日，美国各大报刊均在显著的位置上刊登出《麦克阿瑟将军保证圣诞节

沿铁路线快速向北开进的美军部队

前结束战争》的标题文章，报道称：中朝人民武装已经无力交战，在"联合国军"强大的火力打击下，狼狈地逃入了白雪茫茫的森林里……

韩国战史作家李晶史在《中共军的突然袭击》一文中写道：

麦克阿瑟发表圣诞节前返乡的公报以后，即乘专机来到了新义州以西鸭绿江出海口上空，想亲眼看看中共军队的脚印。因为中共军大举介入肯定留有痕迹。但是，他已70高龄，老眼昏花，什么也没有看见，大约飞行了40分钟，便命令调转机头，得意地说：中共军大部队的脚印可能被风雪湮没了。我已下决心让瓦克继续进攻，直到同中共军队直接遭遇。

这时，"联合国军"在西线推进至纳心亭、安心洞、延兴洞、五峰山、新兴洞、牛岘洞、丰田里和直上地区，东线推进至社仓里、柳潭里、新兴里等地区。其中，西线美军推进速度较快，把右翼南朝鲜军第2军团远远甩在大同江两岸。南朝鲜军第一梯队第7、第8师进至德川以北牛岘洞、宁远以北丰田里、凤德山一线，第二梯队第6师主力位于北仓里地区，呈兵力分散、翼侧暴露、后方空虚态势。

据此，志愿军将战役突破口指向了西线战斗力较弱的南朝鲜军。彭德怀在志愿军总部召开作战会议研究决定：东线，由第9兵团司令员宋时轮指挥所辖第20、第26、第27军，担负江界、长津一线的作战任务。西线，以第38、第42军从翼侧攻击南朝鲜军第2军团第7、第8师，发起德川宁远进攻战斗；以

1950年11月25日夜，志愿军第40军第359团一部行进在清川江边

第 40 军向球场以北的新兴洞、苏民洞地区美军第 2 师进攻，而后直插德川以西杜日岭、西昌，阻击美军东援；以第 50、第 66、第 39 军，分别在定州、泰川、云山地区从正面攻击美军第 1 军所属第 24 师、英军第 27 旅和南朝鲜军第 1 师。

但仅仅打开战役突破口还不行，必须迂回包围，才能实现歼灭美军 1 至 2 个师的战役目的。因此，担负突破任务的第 38、第 42 军能否迅速歼灭德川、宁远的南朝鲜军第 7、第 8 师，而后实施穿插，断敌退路，就成为整个战役成败的关键所在。

大战当前，彭德怀对 38 军能否完成这一重任心中并无十足把握。

志愿军第 38 军原为第四野战军头号主力，位列东北野战军 12 个纵队之首，战斗力极强。彭德怀虽然是第一次直接指挥这支部队，但对 38 军的勇猛善战早有耳闻，因此在第一次战役中对其寄予厚望。然而出乎所有人的意料，38 军在这次战役中却跌了一个大跟头。

按战前部署，38 军并指挥 42 军 125 师直插熙川，歼灭南朝鲜军第 8 师主力，一举击垮敌人西线右翼，然后迅速穿插迂回到敌人左翼背后，将西线敌军合围歼灭于清川江以北地区。

很明显，这是一项非常艰巨且关系全局的任务。彭德怀毫不犹豫地把这一重任交给了 38 军。

10 月 25 日，战役打响后，志愿军打得顺风顺水，屡有上佳表现。唯独 38 军一反常态，直到 28 日才赶到熙川，比原定计划晚了大半天。

更令军长梁兴初窝火的是，前锋 112 师因得到"熙川有美国黑人团"的误

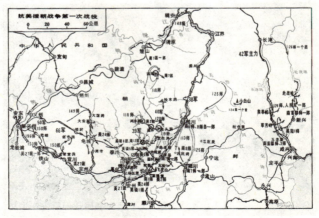

抗美援朝第一次战役示意图

1950 年 10 月底，"联合国军" 仓皇撤逃

报，没有贸然发起进攻。结果一直等到 29 日黄昏时分才开始攻击，十分轻松地占领了熙川。

不过战机已失，南朝鲜军第 8 师抢先一步弃城南逃。38 军得到的是一座空城，战果仅仅是毙伤俘敌军 19 人。

彭德怀气得马上命令梁兴初赶快追击敌人，在电话中吼道："梁兴初，你误了军机，我饶不了你！你给我追，向院里、军隅里攻击前进，切断敌人退路！"

见其他兄弟部队打得风生水起，而 38 军仗打得竟如此窝囊，梁兴初懊恼无比，马上下令："分兵两路南下，113 师先打新兴洞，而后攻击球场，逼近院里、军隅里；112 师拿下苏民洞，攻占飞虎山，直接威胁军隅里，绝不能让敌人撤到清川江以南。"

112 师 335 团奉命长途奔袭苏民洞。团长范天恩率全团官兵冒着似雪非雪的冷雨，跑步接近目标。经过激烈战斗，一举抢占苏民洞，随后进逼飞虎山。

11 月 4 日拂晓时分，335 团拿下飞虎山主峰。

此时，第一次战役即将结束。美军第 8 集团军在遭到志愿军的连续打击下，于 3 日起全线撤退。至 4 日，西线 "联合国军" 除以一部兵力扼守清川江北滩头阵地外，主力全部撤至清川江以南地区，并占领沿江有利阵地。

彭德怀判断 "联合国军" 可能重新组织进攻，提出了巩固胜利、克服当前困难、准备再战的方针，如敌再进，让其深入后歼击之。

果然，麦克阿瑟下令西线 "联合国军" 各部队开始试探性的北进，其中在价川和军隅里地区的前进最为迅速。

价川和军隅里都是 "联合国军" 配合东线美军第 10 军完成麦克阿瑟 "钳形

1950 年 10 月，英国旅澳大利亚营士兵等待进攻的命令

攻势"的必经之路，也是迂回到江界的必经之路。为了打通南北通道，并解除其侧后威胁，美军第 8 集团军立即组织南朝鲜军第 7 师及美军一部，向飞虎山发起猛攻。

为了不让"联合国军"北进的速度太快而影响志愿军的调动和威胁志愿军的侧后，335 团必须依据飞虎山之险，坚决阻击住敌人，不能后退一步。

抗美援朝战争时期的邓华

从 4 日下午起，敌人出动数百架次飞机轮番轰炸，步兵在大量坦克和火炮的掩护下，以密集队形向飞虎山实施轮番攻击。

335 团英勇奋战，寸步不让。在缺粮少弹，连续作战十分疲劳的情况下，指战员们凭借顽强的斗志，依托临时构筑的简易工事，打退了敌人一次又一次的冲锋，整整坚守了 5 个昼夜，把敌人死死卡在飞虎山以北，出色地完成了阻击任务。

第一次战役结束后，志愿军司令部召开总结大会。会议由志愿军副司令员兼副政委邓华作关于第一次战役总结和第二次战役计划报告。他首先通报了战果，并特别表扬了39军和40军。

　　随后，他话锋一转，批评道："我们有些同志还不懂得把自己的主力插到敌人的侧背攻击，包围歼灭敌人。特别是熙川战斗，南朝鲜两个团本来已被我军截断了退路，但113师则迟迟不发动进攻，结果让敌人跑掉了……有些军动作太慢，白天不敢行动，主要是怕飞机，夜里本来是歼敌的好机会，结果由于对敌估计过高，又不敢大胆地截断敌人的退路，延误了战机。38军未能按时到位……"

　　这时，满脸怒气的彭德怀吼道："梁兴初到了没有？"

　　梁兴初脸色铁青，腾地站起身来。

　　彭总劈头盖脸地骂道："我问你，你38军为什么慢慢腾腾，我让你往熙川插，你为什么不插下去？你是怎么搞的？人家都说你是一员虎将，我彭德怀没领教过，什么虎将，我看是鼠将！老子让你们打熙川，你说熙川有'黑人团'，一个'黑人团'就把你给吓住了？这分明是临阵怯战。"

　　邓华见势，连忙解围道："38军还是主力嘛，来日方长，这一仗没打好，下一仗一定要打好，一定要重振军威！"

　　"什么主力，主力个鸟！"彭德怀余怒未消地打断了邓华的话。

　　要知道，打铁出身的梁兴初人称"梁大牙"，从军20多年，素以能打恶仗著称，是员不可多得的虎将。入朝第一仗竟打得如此窝囊，梁兴初也感到莫大的耻辱，心里早就憋着一股无名之火，忍不住回敬了一句："不要骂人嘛！"

　　彭德怀正在火头上，梁兴初这句顶嘴无疑是火上浇油。

梁兴初与彭德怀在朝鲜战场上

只见彭德怀用右手在桌子上猛地一拍："不要骂？你梁兴初没有打好，老子就是骂你！你延误战机，按律当斩！骂你算客气的，我彭德怀别的本事没有，斩马谡的本事还是有的！"

此话一出，整个会场顿时鸦雀无声。梁兴初低着头，不再吭声了。

散会后，志愿军总部作战处处长丁甘如走进会场，见梁兴初还坐在那里发呆，便关切地叫他去吃饭。

梁兴初听后，站起来就往外走，气呼呼地说道："彭总要杀我的头，还吃什么饭？"

丁甘如赶忙劝道："刚才彭总见到我，知道我来找你，便对我说，你告诉他，会上我可能批评重了些，我彭德怀就是这个脾气，不要因为挨了批就泄了气，下一仗要打好！"

梁兴初不服气地说："泄气？我梁兴初是铁匠出身！38军也不是纸糊的！下一仗不打出38军的威风来，我就不是梁兴初！"

停顿一下，梁兴初接着说："彭总批评人很厉害，我当时有点不服气，现在想想还是批评得对。38军没打好，主要责任在我梁兴初，我对不起38军的人。错就错了，你告诉彭总，请他不要再生我的气了。我梁兴初是有骨气的，38军不会是孬种。我回去就召开军党委会总结教训，拼出老命，也要打好下一仗！"

23日黄昏，寺洞，志愿军38军军部驻地。

梁兴初正围着桌子上的军用地图转来转去，一支接一支地抽着烟，心事重重。自从上次大榆洞被彭总点名批评后，他就暗下决心一定要打个翻身仗。

怎样才能出奇制胜，完成断敌退路的任务呢？

突然，梁兴初在地图前停下，抄起一支红铅笔，在德川与宁远间的南朝鲜军第7、第8师的接合部之间划下一个箭头。

"你们看，要是派一支先遣队从敌人这两个师的接合部穿插过去，在我主力向敌发起攻击前，把德川南面的武陵里大桥炸掉，敌人可就没有退路了。"梁兴初指着地图上的箭头对政治委员刘西元、副军长江拥辉解释道。

刘西元、江拥辉连声叫好，"这一下等于上了保险！"

夜里，梁兴初把军侦察科科长张魁印叫到指挥所，命令他带上一支侦察支队插入敌后。

梁兴初指着军用地图说："这里是德川，这里是宁远，你带着电台，潜入

1950 年 10 月，志愿军第 38 军军长梁兴初与副军长江拥辉、政委刘西元（左起）在朝鲜前线

德川南面的武陵里，沿途要随时报告敌情、地形情况，炸毁德川通向顺川、平壤的公路大桥，时间不得晚于 26 日早 8 点。"

张魁印和 113 师侦察科长周文礼带领一支由 38 军侦察连、113 师侦察连及 2 个工兵排共 321 人组成的侦察支队，背上地图、电台和炸药，趁着暗淡的月光连夜出发了。

侦察支队化装成南朝鲜军，在敌人眼皮前大摇大摆地过了大同江，一路上巧妙地通过了层层关卡，终于在 26 日拂晓 5 时到达武陵里东侧附近。

武陵里是个只有 30 多户人家的小村子。村西不远就是武陵里大桥。桥是钢筋水泥结构，约有百米长，距沟底很高。时值严冬，桥下的水早已结冰。桥四周地形险要，东面是绝壁，西面紧靠奔流湍急的大同江。敌人在桥头筑有碉堡、工事，并设有数道铁丝网。守桥的部队原是"联合国军"，两天前才换成了南朝鲜军，大约有 1 个连的兵力。

侦察支队决定由军侦察连负责炸桥，113 师侦察连为预备队。战斗开始后，军侦察连 1 排、2 排迅速接敌，一个冲锋便将守桥的敌人击溃。2 排 6 班副班长姜兴玉率爆破组直奔大桥，用软梯、树干和搭人梯的方法，将 80 公斤炸药送上了 5 米高的桥墩顶部。

天就要亮了，德川方向炮声隆隆，激战正酣。这时，敌人 5 辆满载弹药的卡车由南向北朝大桥急驰而来。就在卡车距桥还有 50 米时，姜兴玉拉着了导火索。

7 点 50 分，随着一声惊天动地的巨响，武陵里大桥连同那 5 辆卡车被炸上

电影《奇袭》剧照

了天。

几年后，新中国的电影工作者以此战例为素材，拍摄了我军历史上的首部军事教学故事片《奇袭武陵桥》，后又被改编成脍炙人口的故事片《奇袭》。

25日黄昏时分，一串串信号弹突然飞上天空，抗美援朝第二次战役打响了。

38军采取两翼迂回与正面突击相结合的战法，对德川地区的南朝鲜军第7师（辖第2、第5、第8团，附第6师第2团）发起猛烈进攻。

从右翼迂回的112师（欠1个团）于25日16时30分由中草洞、杜门洞地区出发，18时占领龙渊洞南侧高地和454高地，遂向灰岘洞、乡元里、德川方向前进。

在第一次战役中误报黑人团的师长杨大易下了一道死命令：路上谁也不准恋战，插到预定地点就是胜利。

途中，112师打垮了一支敌军补给队，缴了上万只活鸡。入朝以来就没吃过什么油水的战士们，只好忍痛扔掉了，俘虏的一大堆南朝鲜兵也就地释放了。抓到的美军顾问不能扔，可这些家伙死也不肯动，战士们就拿几条麻绳从头到脚一捆，扛着往前跑！

就这样一路猛跑，112师终于在26日5时按计划占领了德川以西钱山里、云松里、安下里地区，从而切断了南朝鲜军第7师撤往价川、安州的退路。

从左翼迂回的第113师于25日17时由巨门洞、松下里出发，从南朝鲜军第7、第8师的接合部插进。

一心想雪上次战役之耻的 113 师从战斗开始后就摆出决战的架势，每个团同时展开 2 个营做前锋冲击，劈出一条血胡同，向前猛冲。晚上 9 点，113 师进至新坪里大同江边。

此时天寒地冻，江上没有桥，江面也没有完全结冻，为争取时间只能徒涉。师长江潮、政治委员于敬山默默地将鞋袜棉裤脱下来缠在背后，率先跳进冰透骨髓的大同江中，向对岸冲去。战士们一个个热血沸腾，跟着师长、政委下水冲锋。

当南朝鲜军 1 个步兵营跑步赶到渡口防堵时，顿时被眼前的情景吓呆了：一群群光着屁股浑身结冰的中国军人从江面上溅起一路冰花，端着刺刀呐喊着冲向他们。队伍中有的竟然举着菜刀、抢着扁担往上扑，那是中国军队的炊事兵……

巨大的恐惧瞬间就击垮了这个营。除了被打死的，几分钟之内，113 师就俘虏了 140 多人。

过江后，113 师的勇士们你扶着我，我拖着你，一刻不停地向莫滩里、左阳里、德川方向攻击前进。沿途打垮了南朝鲜军 5 个营另 2 个连的阻拦，于 26 日 8 时进至德川以南遮日峰、济南里地区，切断了南朝鲜军第 7 师撤往顺川的退路。

从正面攻击的 114 师于 25 日 20 时在 586.3 高地东南侧、524.8 高地同时展开，向新丰里、新下里进攻，24 时将当面南朝鲜军第 8 团 2 个营击溃，前出到 561.7 高地和 482 高地、491 高地一线，然后分左右两翼继续向德川方向

大批"联合国军"俘虏被志愿军战士押下战场

发展进攻。

右翼 341 团在查明敌军炮兵阵地的位置后，组织精悍的小分队，冲破严密火力封锁，直插沙坪站，于 26 日 7 时在沙坪附近歼灭南朝鲜军 1 个榴弹炮兵营，击溃第 5 团一部，于 9 时占领 460.5 高地、葛洞东侧高地地区。

左翼 114 师主力于 26 日 6 时在新下里击溃南朝鲜军第 2、第 8 团各一部后，经三湘洞向德川方向攻击前进，至 11 时占领德川以北的葛洞、斗明洞、马上里一线。

至此，114 师完成了由正面将南朝鲜军第 7 师压缩在德川的任务，并与从两翼迂回的 112 师、113 师对其构成合围。

南朝鲜军第 2 军团得知第 7 师被包围后，深感情况不妙，立即命令其放弃德川，向顺川方向突围。

但这次，梁兴初是决不会让到嘴的肥肉跑了。38 军原计划于当晚发起总攻，在发现敌人有突围迹象后，果断决定提前发起总攻。

14 时，38 军对被合围之敌展开围歼战。

15 时，南朝鲜军第 7 师师部及第 5、第 8 团余部共 5000 余人，在飞机支援下，分三路向德川西南之西仓、安山洞、长安里方向突围。

38 军 334 团、338 团立即实施截击。在嘹亮的冲锋号声中，志愿军战士们高喊着杀入敌阵。南朝鲜军顿时乱作一团，抱头鼠窜。

南撤不成，敌人转而向西逃窜。336 团迅速出击，抢占南坪站附近高地，封闭了敌军的退路。

志愿军向敌发起冲锋

在 112 师、113 师截击逃窜之敌
的同时，114 师也从正面发起进攻，
最终将敌人压缩于南坪站附近地域。

战至 19 时，38 军的 3 个师会师
德川城内，取得了全歼南朝鲜军第
7 师师部及所属第 5、第 8 团，缴获
156 门火炮、218 辆汽车，俘虏包括
美军顾问团上校团长在内全部 7 名
美国顾问的辉煌战果。

在 38 军发起对德川之敌围歼战
的同时，42 军在军长吴瑞林、政治
委员周彪的指挥下，向宁远地区南
朝鲜军第 8 师（辖第 10、第 16、第
21 团）发起进攻。

42 军决定采取正面攻击与侧
后突击相结合的战法，分割围歼敌
人。具体作战部署是：以 125 师由

1950 年 11 月 27 日，志愿军第 42 军攻占宁远后，
向顺川、肃川方向实施战役迂回

北向南进行正面攻击，首先攻占丰田里、松日德山、凤德里、麻撞潭里、直里
一线，而后向宁远城进攻；以 124 师（附 126 师 377 团）首先迂回至宁远以南
德岩里、箕垈里、石幕里，而后由南向北攻击，协同 125 师歼灭宁远地区的南
朝鲜军第 10、第 21 团；以 126 师 376 团控制龙德里、南中里，378 团进至孟州
里、芦田洞线，切断第 10、第 21 团南逃之路，阻击孟山、北仓、龙德里的第
16 团北援，并相机攻占孟山。

担任正面攻击的 125 师于 25 日 20 时进至都坪里以南山区集结，23 时发起
进攻。担任迂回、堵截任务的 124 师、126 师，于 24 日黄昏由横川里、新邑出
发，25 日 9 时进至讨论、咸温里地域集结，当晚向宁远侧后攻击前进。

负责开辟通路的 126 师 376 团先后在城齐里、蔼仓击溃南朝鲜军 2 个连，
但在中里遭到南朝鲜军第 16 团的阻击。随后跟进的 124 师立即以 372 团投入战
斗，协同 376 团经两个小时激战，突破敌军阵地。

随后，372 团迅速向宁远西南急进，于 26 日 2 时 30 分进至头下洞，堵歼
由宁远南逃之敌一部。经审问俘虏得知宁远之敌已经南逃后，372 团不停顿地

志愿军第 42 军战斗英雄张景召在炮火中接线

实施追击，最终在新粟里歼灭南朝鲜军第 10 团 1 个营。

与此同时，126 师 376 团和 378 团也向预定目标推进，于 26 日拂晓分别进至龙德里、孟州里。但由于中里战斗延误了时间，部队未能按时完成合围宁远的任务。

42 军侧后迂回部队开始行动不久，即被南朝鲜军第 8 师发觉。侧后出现志愿军部队，极大地震撼了敌人。南朝鲜军第 8 师决定收缩防御，以第 16 团坚守侧翼防线，师主力则开始向孟山方向收缩。

125 师乘敌混乱，突然于 25 日 23 时从三个方向对敌发起猛攻。担负 374 团尖刀连任务的 1 营 3 连在副营长孙光山的率领下，经过 20 分钟激战，攻占风德里。

随后，3 连毫不停顿地从敌军防御的接合部空隙搜入，以一往无前的气概，向敌纵深猛插，直扑宁远城。在击溃南朝鲜军 1 个连的阻击后，3 连冲入宁远城，与南朝鲜军第 10 团指挥所及直属队展开激烈的巷战，一举打掉了敌人的指挥所，活捉 30 多名南朝鲜军官，就连团长时天亮也做了志愿军的俘虏。

失去指挥的南朝鲜军第 10 团混乱不堪，官兵四散逃命。125 师其他各部趁势发动猛攻，将宁远以北的南朝鲜军第 10、第 21 团大部歼灭。

26 日凌晨，124 师、126 师在中里打破南朝鲜军第 16 团的阻拦后，向预定攻击、堵截位置急进，截歼了部分南逃敌人。拂晓，南朝鲜军第 8 师师部及第 16 团余部撤往北仓里。

当天，美国广播公司播发了一条来自朝鲜前线、令所有美国人都感到无比震惊的消息："大韩民国军队第2军团被歼灭，在中国军队的猛烈攻击下，在不到24小时之内业已完全被消灭，不复存在，再也找不到该部队的痕迹了。"

此战，志愿军第38、第42军预先将主力隐蔽在南朝鲜军进攻队形之翼侧，作战中大胆实施迂回包围，迅速攻占德川、宁远，歼灭南朝鲜军2个师大部，割断了敌军东西线的联系，在美军第8集团军的战线翼侧打开了战役缺口，为向军隅里、顺川、肃川方向插进，扩大第二次战役战果，起到了关键作用。

5.
德川、宁远进攻战斗

6. 三所里、龙源里战斗

1950 年 11 月初，中国人民志愿军入朝参战并取得第一次战役的胜利，使"联合国军"迅速占领全朝鲜的美梦彻底破灭。

但骄横的"联合国军"总司令麦克阿瑟仍然错误判断：入朝的中国军队兵力并不多，而且装备陈旧。于是，他准备发动"最后的攻势"，计划先以地面部队进行试探性进攻，查明志愿军行动企图，并以航空兵摧毁与封锁鸭绿江上所有桥梁和渡口，阻止中国继续向朝鲜战场增兵；然后以美军第 10 军在东线经长津湖西进，美军第 8 集团军在西线由清川江北上，两军在江界以南武坪里会合，再向北推进，赶在鸭绿江冰封前抢占全朝鲜。

为实现这一计划，"联合国军"将驻汉城（今首尔）的美军第 25 师和新到

麦克阿瑟踌躇满志地来到朝鲜战场上

志愿军某部途经遭美军飞机轰炸的朝鲜村庄

朝鲜的土耳其旅、英军第 29 旅调至西线，将新到朝鲜的美军第 3 师调至东线。至此，"联合国军"在前线的地面部队增至 5 个军共 13 个师 3 个旅另 1 个空降团，22 万余人，以及飞机 1200 余架。

6 日，麦克阿瑟为查清志愿军参战兵力和意图，为发动"最后的攻势"创造条件，命令部队开始北渡清川江，并以部分兵力进行试探性进攻；同时命令美国空军发动为期两周的"空中战役"，用最大力量摧毁中国通往朝鲜的所有交通工具和朝鲜边界地区的军事设施、工厂、城市和村庄。

这场空袭实际持续了整整四周。每天，美军出动各型飞机上千架次，对所有认为有价值的目标进行狂轰滥炸。大片村庄被夷为平地，城市变成废墟，上百万朝鲜平民无家可归、流离失所，数十万人惨死在美机轰炸下。

9 日，美国国家安全委员会确定，在未完全判明中国军队参战意图前，继续坚持以军事进攻迅速占领全朝鲜的原定计划，同时批准麦克阿瑟关于轰炸鸭绿江上所有桥梁的计划。

对"联合国军"可能重新组织进攻的企图，彭德怀早有准备，提出了巩固胜利、克服当前困难、准备再战的方针，如敌再进，则放其深入后歼击之。

毛泽东同意彭德怀提出的方针，指出：德川方面甚为重要，志愿军必须争取在元山、顺川铁路线以北区域创造一个战场，在该区域消耗敌人的兵力，把战线推到平壤至元山一线，而以德川、球场、宁边以北以西区域为后方，才能对长期作战有利。同时确定第 9 兵团立即入朝，在东线担任江界、长津方面的作战任务。

几天后，毛泽东再次电示彭德怀：志愿军应争取在一个月内，东西两线各打一两个仗，歼敌七八个团，将战线推进至平壤、元山一线。

据此，彭德怀决定采取内线作战、诱敌深入、各个击破的方针，计划在西线将"联合国军"诱至大馆洞、温井、妙香山、平南镇一线，集中6个军歼灭之；在东线将敌诱至旧津里、长津一线，由第9兵团歼灭之。

从11月6日起，志愿军按预定计划以部分兵力节节抗击，主力向后转移，相继放弃黄草岭、飞虎山、博川和德川等地。

10日，"联合国军"全线向北推进，但行动比较谨慎，前进速度缓慢。志愿军为诱其尽快进入预定战场，分散其兵力，遂于16日停止阻击中的反击行动，继续北撤。

果然，志愿军且战且退，尤其是沿途故意丢弃一些破旧装备，迷惑了"联合国军"，错误判断志愿军"怯战退走"，兵力"最多不过六七万人"。

麦克阿瑟得意地对部下说："中国军队由于武器装备太落后了，不敢正面交战，被我们强大的飞机、坦克、大炮吓坏了，不战自逃了。"

"联合国军"胆子又大起来，加快了进攻速度。至21日，西线部队进至嘉山、龙山洞至德川、宁远一线，东线部队进至长津湖地区。见部队进展神速，如入无人之境，麦克阿瑟四处吹嘘道："毫无疑问，我们的弟兄们可以回家吃

1950年11月18日，美军轰炸新义州鸭绿江大桥

圣诞晚餐了。"

这时，美军第 8 集团军的进攻正面已经由最初的 80 公里扩大到 300 公里，各师之间出现了明显的空隙，右翼与东线美军第 10 军之间的巨大空隙不仅没有消除，反而在不断扩大，而且其几乎将全部兵力均集中于清川江一线，纵深兵力薄弱，整个阵势呈兵力分散、侧翼暴露、后方空虚的态势。

而与此同时，志愿军主力已全部转移至预定集结地域，西线第 50、第 66、第 39、第 40、第 38 军和第 42 军主力已分别到达定州西北、龟城、泰川、云山、德川以北及宁远东北地区，东线第 9 兵团已全部到达长津湖地区。

由于志愿军部署巧妙、伪装严密，美军第 8 集团军对志愿军部队的位置和反击意图毫无察觉，仍在继续进攻。在德川、宁远地区，南朝鲜军第 2 军团以位于德川的第 7 师为左翼，以位于宁远的第 8 师为右翼，以第 6 师为预备队，企图首先前出至德仁峰、神奇峰、三巨里、百岭川一线，占领进攻出发线阵地，并与其左翼的美军第 9 军协同北进，夺取柔院镇、熙川一线，然后向鸭绿江突进。

11 月下旬，朝鲜半岛连降大雪，三千里江山披上了茫茫银装。

大榆洞，志愿军总部里，彭德怀召集邓华、洪学智、韩先楚、解方、杜平等人开会，研究反击对策。

在听取了大家关于敌我态势的分析后，彭德怀高兴地说："敌人的长蛇阵是个铜头、铁尾、豆腐腰，我们来个西线顶、东线攻、中间开刀的作战方针

彭德怀司令员（左一）在朝鲜前沿阵地

如何？"

大家众口称赞。

会议制定的具体作战部署是：东线，由第9兵团司令员宋时轮指挥所辖第20、第26、第27军，担负江界、长津一线的作战任务；西线，以第38、第42军从翼侧攻击南朝鲜军第2军团第7、第8师，发起德川宁远进攻战斗；以第40军向球场以北的新兴洞、苏民洞地区美军第2师进攻，而后直插德川以西杜日岭、西昌，阻击美军东援；以第50、第66、第39军，分别在定州、泰川、云山地区从正面攻击美军第1军所属第24师、英军第27旅和南朝鲜军第1师等部。

但仅仅打开战役突破口还远远不够，必须迂回包围，才能实现歼灭美军1至2个师的战役目的。因此，担负突破任务的38军、42军如何形成一个拳头至关重要。

然而，彭德怀对38军能否完成这一重任确有些担心。

原来，号称绝对主力的38军在第一次战役中出师不利，奔袭熙川时误信有美军"黑人团"驻守的假情报，结果贻误战机，致使南朝鲜军第8师逃脱。战后，在志愿军司令部召开的总结大会上，38军军长梁兴初受到了彭德怀的严厉批评。

为保证第二次战役的胜利，志愿军司令部决定由副司令员韩先楚亲自到38军督阵，统一指挥38军和42军的作战行动。

1955 年被授予中将军衔的梁兴初

临行前，彭德怀再三叮嘱韩先楚："一要插进去，二要堵得住。要接受上次战役的教训，不能再让敌人跑了。"

在38军军部所在地寺洞，韩先楚亲自向梁兴初下达任务：你们军先打德川，整个战役从你们这里开刀，拿下德川后迅速迂回敌后。为保险起见，准备派42军一个师先过来配合38军夺取德川，然后再去打宁远。

梁兴初一口拒绝了让42军助战的计划，"打德川我们包了！一天时间解决战斗。"

韩先楚当即在电话里向彭德怀报告了梁兴初要"单干"的决心。

彭德怀听后，故意"激将"道："梁兴初的口气不小嘛，可不能赶得敌人放了羊，我要的是聚歼！"

梁兴初斩钉截铁地回答："请彭老总放心，保证完成总部交给的作战任务。"

24日上午8时，"联合国军"和南朝鲜军在全线发起总攻势。22万大军在飞机、坦克掩护下，大举向朝中边境推进。志愿军为进一步使敌人产生错觉，继续以部分兵力实施运动防御。

两个小时后，麦克阿瑟在东京发表公报称："联合国军"已在北朝鲜东西两线完成对"新的赤色军的庞大压缩与包抄"，"两路部队正在完成这个压缩并合拢这个虎头钳"，圣诞节前便可结束朝鲜战争。

就在同一天，麦克阿瑟还亲自飞临朝鲜战地上空督战，命令美军第8集近军和第10军加速向鸭绿江边逼近。此时，麦克阿瑟和那些正做着回家过圣诞节美梦的美国大兵们不曾想到：他们正一步步走向志愿军早已布下的天罗地网。

当然，并不是所有的美国人都像麦克阿瑟那么乐观。

第8集团军司令沃克中将就似乎还没有从不久前遭受的打击中缓过神来。在他看来，两个星期前，那些从天而降的中国军队，吹着刺耳的喇叭，漫山遍野地向他的部队发起前仆后继的冲锋，在把他赶到清川江南岸后却突然从地面上销声匿迹了，只有少数部队且战且退，这其中会不会有诈？要知道，中国人

1950年夏秋之际，英军第27旅在沙院里地区向北进击

1950 年 10 月 20 日，麦克阿瑟和沃克在平壤机场

不是一向讲兵不厌诈吗？

沃克的不祥预感没有错。仅仅过了一个月，他就在大撤退的仓皇行军中翻车送了命。

毕业于西点军校的沃克参加过两次世界大战。二战中，曾任美第 3 装甲旅旅长、第 3 装甲师师长、第 4 装甲军军长，与名将巴顿一起，在欧洲战场上把德军打得丢盔卸甲。谁会想到，沃克竟成为美军在朝鲜战场上阵亡的职务最高的将领。

据说，沃克身亡前，杜鲁门总统已向国会提议授予他四星上将军衔。可惜沃克命中不济，遇到一个狂妄自大的上司——麦克阿瑟，使得他还没有来得及从总统手中接受这四颗星的军衔，便一命呜呼了。

25 日黄昏，当弯弯的月亮挂在灰暗的天幕上，刺骨的寒风在山谷中呼啸之际，志愿军在西线发起反击，拉开了第二次战役的序幕。

这次，梁兴初没有再让煮熟的鸭子飞了。

26 日上午 11 时，38 军顺利占领了德川，并将南朝鲜军第 7 师团团围住。

被围的南朝鲜军第 7 师在飞机的支援下数次突围均未得逞，战至次日上午 7 时，除少数逃窜外，大部被歼。与此同时，42 军也在宁远地区歼灭南朝鲜军第 8 师大部。

见中线被打开了一个巨大的缺口，沃克于 27 日急调土耳其旅由价川向德川方向、美军骑兵第 1 师由顺川向新仓里方向机动，以阻止志愿军继续前进。

为扩大战果，志愿军总部命令38军、42军分别向军隅里、三所里和顺川、肃川攻击前进，实行双层战役迂回，切断美军第8集团军退路，令清川江以西正面各军立即包围歼灭敌人。

韩先楚立即找来梁兴初布置任务：务必于今晚或明晨抢占嘎日岭、三所里，并再三交待这是敌人撤退的"闸门"。只有死死地锁住"闸门"，才能实现战役部署。

这时又传来一个不好的情报：土耳其旅的先头部队正从30公里外的价川，乘坐汽车向嘎日岭垭口开来。

38军离垭口最近的部队虽说只有18公里，但全靠步行，无法与敌人的汽车比速度。这使原本危急的局势更加危急。

如果不抢占嘎日岭、三所里，整个志愿军的努力将化为乌有。梁兴初当即命令113师轻装由德川西南沿安山洞、船街里、龙沼里直插三所里，切断美军经三所里撤往顺川的退路，阻敌增援和突围，配合正面进攻部队作战；112师和114师沿德川至价川的公路，抢占嘎日岭，然后向价川攻击。

27日黄昏，冰封大地，白雪茫茫。

38军兵分两路向嘎日岭和三所里疾进。他们要与时间赛跑，要用双腿与敌人的机械化部队赛跑，还要与严寒、饥饿和疲劳抗争。

嘎日岭位于德川以西20公里处，海拔600余米，处于814高地和805.1高地之间，有一道十余米宽的垭口穿过险峻的岭背，一条东西走向的公路穿过垭口，通往价川。

志愿军战士埋伏在冰雪中，准备向敌发起攻击

被沃克派到这里来堵缺口的土耳其旅，有 5000 多人，打仗凶狠野蛮，在"联合国军"中战斗力较强。果然，土耳其旅先头连乘车刚到嘎日岭，便与蜂拥而至的"中国军队"交上了火。一仗下来，土耳其人没费吹灰之力便"大获全胜"，不仅守住了阵地，还抓获了几百名"俘虏"。

事实上，与他们交手的根本不是志愿军，而是南朝鲜军第 7 师的溃兵。原来，这些土耳其人听不懂朝语，更分辨不出朝鲜人和中国人的长相。可怜刚刚从德川城里志愿军猛烈攻击下侥幸逃出的南朝鲜士兵们，竟在嘎日岭下丧命于"联合国"友军手中。

入夜后，当土耳其士兵在嘎日岭燃起堆堆篝火、沉浸在白天的"伟大胜利"中时，死神正朝他们一步步逼近。

114 师一路急行军，前卫第 342 团 3 营到达平地院西侧距嘎日岭 2 公里处时，天色已晚，并发现敌人已抢先占领了嘎日岭，正在垭口公路边生火取暖。

3 营决定采取偷袭，以 7 连从正面，8 连从侧后迂回，前后夹击夺占垭口；9 连、机枪连为预备队，在 7 连后跟进。

21 时 30 分，8 连开始迂回。这时，团指挥所也跟了上来。团长孙洪道、政委王丕礼亲自带着 7 连前进。

1950 年 11 月底，土耳其旅士兵进入阵地。他们在试图阻止志愿军对清川江流域美军第 2 师的合围战斗中遭到重创

志愿军某部向敌人占据的山头发起攻击

借着夜幕的掩护，7连官兵们小心翼翼地踩着一尺多深的积雪向敌接近。当距敌500米时，战士们发现脚上的大头鞋踏雪声太大，为不惊动敌人，便脱掉鞋子，赤着双脚在雪地上继续前行。兴高采烈的土耳其人压根就没有发觉悄悄包抄上来的志愿军。

在距敌200米处，2排、3排停止前进，等待1排发起攻击后投入战斗。当1排前进至距敌只有20米处时，随着孙洪道的一声令下，上百颗手榴弹如雨点般落入敌阵，轻重机枪也狂风暴雨般地射出愤怒的子弹。

土耳其人一下子被突如其来的攻击打蒙了。面对从天而降的中国军人，一个个惊惶失措，只顾四处逃窜，根本无力还击。

这时，8连也从北侧山腰冲下来，将逃敌拦腰截住。仅仅过了20分钟，嘎日岭便被志愿军占领。

随后，342团又粉碎了敌人1个步兵营和1个工兵连的阻击，歼敌300余人，缴获汽车20余辆，打开了主力向价川挺进的通道。114师迅速通过嘎日岭，于28日6时攻占裴德站、瓦院东侧高地地区。

战后，有西方军事学者评价沃克此举是"用一个阿司匹林的软木塞去堵一个啤酒桶的桶口"。

与此同时，112师经阳地站、三峰岭，连夜翻过月峰山、西木岭，于28日拂晓插至嘎日岭西南，占领于口站、碎木站地区。

嘎日岭顺利拿下，但韩先楚、梁兴初却高兴不起来。因为113师自出发后就失去了联系。他们能否先敌抢占三所里，关上敌人南逃的"闸门"呢？

志愿军某部在向敌人发起攻击

原来，113师领受任务后，师长江潮和政治委员于敬山、副师长刘海清等人研究决定：为争取时间，不走大路，而是选择了一条山间小路；同时为了不让美军用无线电监听到行踪，命令部队关闭所有电台，保持无线电静默；途中如遇小股敌人，以尖兵连或前卫营予以歼灭或驱逐，若遇较大股敌人，则以一部兵力予以牵制，主力绕过，不与敌过多纠缠。

16时，113师按遭遇战要求编组队形，以338团为前卫，师直、337团、339团随后跟进，从德川地区的青龙里、当洞、松荫里出发，向三所里急进。

官兵们忍受着连日行军作战的极度疲劳，边打边跑，一刻也不停地向三所里狂奔，几乎达到了生理极限。一些战士跑着跑着就倒地长眠不起，一些战士疲倦至极点，躺倒在路中间，让战友将自己踩醒后接着跑。全师上下全凭一股精神力量在支撑，心中只有一个目标——三所里。

在这个惊心动魄的晚上，113师的官兵们正在创造着世界军事史上的奇迹！

28日清晨6时，338团在刘海清的率领下进至松洞，距三所里只剩下30里了。

此时，天渐渐亮起来，周围的山野历历在目，路也好走了一些。已在雪野里疾行了一夜、早就困顿不堪的战士们精神为之一振。再走上个把小时，他们就可以到达三所里了。

然而就在这时，一个意想不到的情况出现了。

20多架美军飞机突然飞临上空，在338团头顶上不停地盘旋。显然，美军飞行员对这支连绵数里的行军队伍产生了怀疑。

这是一个敌我双方谁都没有预想到的问题：美军没有料到志愿军部队已钻入自己的后方；113师也没有料到深入敌人腹地后会遇上美机侦察。

情况危急，稍有不慎，部队将遭受重大损失，一切努力就会前功尽弃。

关键时刻，刘海清急中生智，果断命令部队扔掉身上的伪装前进。因为继续伪装，美军飞行员就可能确认是志愿军部队，而大摇大摆地行进，反而能迷惑住美军飞行员。

这的确是一个军事上有胆有识的冒险行动，可称得上正确运用战场心理学的一个成功的范例。果然，美机飞行员从这支部队很不寻常的行动中判明是"自己人"，放心地飞走了。

指战员们高兴地说："这个主意真好，把敌人骗了，敌机在掩护我们开进。"一个大胆而智慧的举动，为抢占三所里赢得了宝贵的时间。

上午7时，338团终于赶到了三所里。他们硬是靠两条腿边打仗边行军，14小时前进了140多里，两条腿赛过了汽车轮子，创造了世界步兵攻击史上的奇迹。需要说明一点，由于他们走的全是山路，实际距离要远比地图上标的长得多。

仅仅过了5分钟，美军骑兵第1师第5团先遣分队就乘车到达了三所里。

338团发起突然攻击，将这股美军连同驻守此地的南朝鲜军1个治安连全歼，占领了三所里及其附近高地，并意外地发现了对方准备的厚礼——热腾腾

狼狈撤逃的美军部队

6. 三所里、龙源里战斗

的大米饭和香喷喷的咸鱼。

"闸门"关上了。

西线指挥所，韩先楚收到了113师的密码电报"我已占领三所里"，一颗悬着的心终于放了下来，情不自禁大叫起来："这么快就到了三所里，一夜行军140里，奇迹！神速！"

同日，毛泽东致电志愿军总部，祝贺德川、宁远作战胜利，同时要求抓住战机，集中42军、38军、40军、39军歼灭美军骑兵第1师和第2、第25师等3个师主力。

这时，西线"联合国军"开始全线收缩。美军第1军撤至安州地区，准备经肃川向平壤方向撤退；第9军收缩至价川、军隅里地区，企图经三所里向顺川突围。

为集中主力围歼美军，志愿军总部命令113师要不惜一切代价堵住南逃之敌，38军主力速向113师靠拢；命令42军速向顺川、肃川攻击前进；命令正面各军速向安州、军隅里方向进攻。

志愿军各部随即发起猛攻，将美军第9军所属之第2、第25师、土耳其旅和美军骑兵第1师、南朝鲜军第1师各一部包围在军隅里南北地区。

113师到达三所里与前线指挥所恢复联系后，美军无线电侦听部门马上测出了113师所在的位置，并迅速报告给了麦克阿瑟。

美军向志愿军占据的高地射击

麦克阿瑟顿时如五雷轰顶，惊呆了。他自然清楚三所里是大同江上的重要渡口，为南北交通要道。三所里被中共军队占领，实际上就意味着卡住了第8集团军的咽喉，抄了自己的后路。他立即下令美军骑1师第5团由价川南下，三所里以南的美军北上，企图南北夹击夺回三所里。

一场突围与反突围的恶战就此在三所里打响了。

10时许，美军骑1师第5团在大批飞机、坦克和火炮的掩护下，向三所里发起猛攻。顷刻间，阵地上已是浓烟滚滚，烈焰熊熊。

激战至16时，338团一连打退了美军的十余次猛攻，并击退了由南向北接援的美军1个营，死死地守住了阵地。

17时，113师以337团、338团各1个营主动出击，利用夜暗向三所里以北鹰峰及其附近的美军实施反击，歼其一部，并占领了水洞站、仁谷里地区，控制了公路山口和阻敌继续南逃的有利地形。339团9连则将三所里附近的大同江公路桥炸毁，切断了北援之敌的通路，使三所里成为美军无法逾越的一道"钢铁闸门"。

三所里战斗进行得异常惨烈，113师战斗减员巨大。但为了整个战役的胜利，江潮等人给军长梁兴初发电表示："我们准备付出最大的代价，有决心、有信心把敌人堵住。"

18时，美军在三所里已经连续猛攻了7个小时，仍毫无进展，不得不暂时

"联合国军"准备发起进攻

停止了进攻，战场渐渐沉静下来。

113 师指挥所里，江潮终于长出一口气，总算把敌人堵住了。可就在这时，刘海清在地图上又意外地发现还有一条经龙源里通往顺川的简易公路。

龙源里地处丘陵地区，位于三所里的西面，不仅北通价川、军隅里，南通顺川、平壤，而且在它的北面有公路可与三所里相连，两地相距不过几十公里。

不好！美军在三所里受阻，必然会改道龙源里南逃。

在紧急召开的师作战会议上，刘海清认为：上级虽然指定三所里为 113 师的穿插位置，但不能机械理解和执行上级交给的任务，应主动积极地领会战役意图，迅速穿插龙源里，不惜以最大代价，完成艰巨的任务。

江潮表示同意，立即命令 337 团火速抢占龙源里，堵住美军的最后一条退路。临行前，江潮下了道死命令："337 团拼死也要赶到龙源里，死死守住龙源里。"

几乎与此同时，彭德怀、韩先楚等人也意识到了这一点，急电 113 师：务必赶在敌人之前抢占龙源里。

果然，美军第 9 军见从三所里南撤无望，便改道从龙源里撤退，同时急调位于顺川的美军骑兵第 1 师主力及位于平壤地区的英军第 29 旅各一部向北增援接应。

当天，麦克阿瑟在东京召开了紧急军事会议。被前线糟糕的战局搞得焦头

1950 年 12 月，当"联合国军"放弃朝鲜东北地区之后，美军向停在兴南港的疏散船上撤退

烂额的美军第 8 集团军司令沃克中将、第 10 军军长阿尔蒙德少将也由前线飞到东京。

为避免陷入全军覆没的绝境，会议决定全线撤退，其中第 8 集团军撤往"可以最有效地保护他们部队的任何地方"，第 10 军撤往咸兴、兴南一线。

兵败如山倒。全线溃败的"联合国军"惶惶如丧家之犬，丢下大批辎重，潮水般向三所里、龙源里涌来……

此时，337 团正在猛扑龙源里。担任左前卫的 1 营 1 连将尖刀排的重任交给了 2 排。在向龙源里进发时，2 排官兵已经五天五夜没正经睡一觉了，加上中间两个昼夜的激战，战士们早已疲惫不堪，有的是一边走路一边睡觉，后面的战士常常撞到前面的战士才清醒过来。

在地图上用尺子量，三所里到龙源里的直线距离不到 10 公里，然而事实上，二者之间除了悬崖峭壁、荆棘丛生之外，根本没有一条可以走通的路。为了抢时间，部队硬是从荆棘中劈出了一条路。

上山难，下山更难。山陡路滑，又有积雪，排长郭忠田让大家把带的绳子接起来，拴在山顶的一块大石头上，一个接一个滑到山下。到达山脚后，大同江却又横在了眼前。战士们二话不说，脱下棉裤，跳进冰冷刺骨的江水里……

29 日凌晨 4 时，337 团 1 营 1 连刚刚赶到龙源里以东的葛岘，就与蜂拥而来的由三所里改道南逃的美军第 2 师前卫部队遭遇。

1 连立即抢占有利地形，以 2 个排先敌发起冲击，1 个排迅速插到 163.4 高地南侧公路阻击敌人。经激战，将该股敌人击退，缴获 15 辆汽车。

随后，1 营以 1 连、3 连配置在葛岘岭南北地区，迅速构筑工事，准备抗击南撤和北援之敌；以 2 连 4 个班为营预备队。此时，在武陵里完成炸桥任务的军侦察支队也进至龙源里，协同 1 营作战。

113 师派 337 团主动先敌抢占龙源里的消息传到志愿军司令部，彭德怀格外高兴，命令 113 师必须坚决堵住南逃北援之敌；同时为减轻 113 师的压力，命令 38 军主力迅速发展进攻，向 113 师靠拢；其他各军也应乘机迅速发展，歼灭当面之敌。

由于三所里公路已被志愿军完全切断，龙源里又受志愿军顽强阻击，急于逃命的美军发起了疯狂的进攻，生死鏖战就此展开。

这是一场中国人民志愿军用十几门迫击炮、几百挺机枪、几千支步枪和刺刀，同美国军队百余架飞机、上百辆坦克、数百门大炮展开的决斗！

志愿军某部机枪阵地

8时，美军第2师第38团满载步兵的百余辆汽车和坦克由军隅里进至龙源里东侧。337团1营首先以集束手榴弹将美军先头坦克炸毁，堵住后面的车辆，继之以密集火力向美军步兵猛烈射击。

美军遭此突然打击，一片混乱。经短暂整顿后，即出动1个营的兵力，在20余架飞机和大量火炮、坦克的掩护下，向1营阵地连续猛攻，均被击退。

10时许，337团主力赶到，即以2营接替军侦察支队防守143.3高地，以3营进至芦田站以东地区为团预备队。2营、军侦察支队狠狠地侧击敌人，减轻了敌人对1营的正面进攻压力。

11时，敌人又出动几十架飞机沿公路一线在各个山头上狂轰滥炸。1连2排长郭忠田派5班到阵地右翼约200米的葛岘岭主峰挖假工事，以迷惑敌机。

这一招果然收到奇效。敌机上当了，一窝蜂似的朝假工事俯冲扫射，投掷炸弹、凝固汽油弹足有半个小时之久。

在随后的战斗中，郭忠田指挥全排以灵活的战术、勇猛的动作，在友邻部队的配合下，创造了歼敌200余人，缴获6门火炮、58辆汽车，而自己无一伤亡的辉煌战果。战后，2排被志愿军总部授予"郭忠田英雄排"称号，郭忠田荣立特等功，获"一级英雄"称号。

龙源里战斗打响后，彭德怀不断询问战斗情况。13时，他让志愿军司令部直接与113师通话："彭总要你们注意，敌人全退下来了，涌向你们那个地方去，你们到底卡得住卡不住？"

"请彭总放心，全体指战员决心付出一切代价，完成这个光荣任务！"113师的回答坚决果断。

败逃途中的美军如此狼狈，早已没有二战时的英勇

午后，337团1营又击退了由顺川北援的美军1个营的进攻。

龙源里如同一座巨大的、不可逾越的钢铁闸门耸立在从清川江败退下来的"联合国军"面前。在军隅里至双龙里、龙源里之间南北20多公里的狭长公路上，塞满了"联合国军"的伤兵、汽车、大炮、坦克。成千上万的"联合国军"士兵挤在喇叭声声、黑尘滚滚的车队里，一张张绝望的脸，痛苦地呻吟，大声地哭号……浑身血污、奄奄待毙的伤兵裹着衣被，蜷曲在冰冷的车厢里和公路两旁的沟涧中。

如血的残阳刚刚落山，黑夜和厄运再次降临到"联合国军"头上。

17时后，113师以337团、338团共4个营的兵力，分四路乘天色昏暗之机，向当面南逃之敌发起反冲击，将敌击溃。

30日，被围美军调数十架飞机和百余辆坦克支援，以1个营至1个团的兵力与由顺川北援的1个营相配合，向龙源里337团1营、2营阵地发起"波涛式"的集团冲锋，企图打开经此南撤的通路。

为了逃命，敌人几近疯狂，炮弹带不走了，全部打出去！美军一个支援炮兵营在22分钟里就发射了3200余发炮弹，炽烈的炮火把龙源里志愿军阵地上坚硬的岩石整个"翻耕"了数遍。

337团在腹背受敌的情况下，依托有利地形和临时构建的野战工事，以少数兵力扼守防御前沿，主要兵力疏散隐蔽在机动位置上，采取坚守和反击相结合的战法，打退美军多次进攻，如钢钉一般钉在阵地上，岿然不动。

6. 三所里、龙源里战斗

志愿军某部在龙源里围歼美军

　　15时，美军倾其全部火力向1营3连阵地猛轰，然后发起集团冲锋。激战中，3连3排的前沿阵地被美军占领，连长张友喜带领10多人就冲了上去。敌人向他们疯狂射击，不断有人倒在敌人的枪口下，但没有人退缩。凭着不怕牺牲的顽强斗志，他们冲上了阵地，用手榴弹、刺刀硬是把50多个敌人赶下山去。

　　就这样，3连英勇地守住了阵地，最后全连只剩下50余人。志愿军总部授予3连"二级英雄连"称号，并记集体特等功一次。

　　当时，南撤与北援之敌相距不到1公里。然而就是这1公里，南北之敌始终可望而不可即。刘海清回忆道：

　　30日，龙源里战斗异常激烈，自凌晨5时起，敌机在龙源里上空投下成吨炸弹和凝固汽油弹，成千上万发炮弹呼啸而落，坦克炮疯狂轰击，将337团阵地炸成一片火海。美2师在坦克引导下，向龙源里337团阵地发动了几十次猛攻，我337团虽伤亡很大，但全体指战员英勇顽强，顶住了敌人的疯狂轰击，一次次将敌人打退，使南逃北援之敌相距一公里却未逃脱半步，直至12月1日19时战斗胜利结束。

　　黄昏时分，113师以338团接替337团的防御，继续进行阻击作战。

　　血战至12月1日8时，美军第9军见从三所里、龙源里突围无望，不得不

"联合国军"士兵的尸体堆满了阵地

遗弃大量辎重装备和漫山遍野的尸体，转向安州方向突围。

此战，38 军立下大功，既圆满完成了志愿军司令部交给的从左翼突破、打开战役缺口的任务，又大胆穿插，克服重重困难，坚决堵住美军第 9 军撤往顺川的退路，保证了整个西线作战的胜利。全军共毙伤敌 7485 名，俘敌 3616 名，其中美军 1042 名，缴获各种炮 389 门，汽车 1500 余辆，坦克 30 余辆，电台 51 部。其中，113 师穿插三所里、抢占龙源里的突出战例成为世界战争史的典范，被拍成了电影《飞虎》。

中国人民志愿军在第二次战役中用铁的事实戳穿了美军不可战胜的神话，全世界为之震惊。军事专家们把此次战役称为 20 世纪最杰出的战役之一。而美联社、合众社则不无伤感地称：这是美军历史上"最丢脸的失败""最黑暗的年月"。美国会参众两院更是对麦克阿瑟大兴问罪，痛斥这位五星上将为"蠢猪式的司令官"。

12 月 1 日，志愿军总部。

韩先楚激动地向彭德怀报告了 38 军的战况：

38 军进至三所里、龙源里后，与南逃的美 2 师、25 师及伪 1 师进行了激战。尤以 337 团龙源里战斗和 335 团松骨峰战斗最为壮烈！

坚守在龙源里阵地前沿的是 337 团 3 连，坚守在松骨峰阵地的是 335 团 3 连。敌人向这两个阵地轮番用飞机大炮轰炸，用坦克掩护成团的兵力进攻。激

壮烈牺牲的志愿军战士

战了6个多小时，敌人未能前进一步。我们的战士在子弹打光后，就用枪托砸，用石头、用牙齿和敌人拼！有的身上被汽油弹打着了，就把枪一摔，带着火扑向敌人，抱着敌人一同被火烧死……

战斗结束后，打扫战场时，烈士们的遗体保持着各种各样的姿势：有抱住敌人的，有掐住敌人脖子的，有的被敌人的火焰喷射器烧焦了，手里还端着上了刺刀的枪，保持着向敌人冲锋的姿势……

听完汇报，彭德怀的眼睛湿润了，亲笔起草嘉奖令：

梁、刘转38军全体同志：

此战役克服了上次战役中个别同志某些过多顾虑，发挥了38军优良的战斗作风，尤以113师行动迅速，先敌占领三所里、龙源里，阻敌南逃北援。敌机、坦克各百余，终日轰炸，反复突围，终未得逞，至昨（30日）战果辉煌，

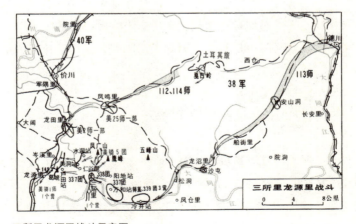

三所里龙源里战斗示意图

计缴仅坦克、汽车即近千辆。被围之敌尚多，望克服困难，鼓起勇气，继续全歼被围之敌，并注意阻敌北援。特通令嘉奖，并祝你们继续胜利！

就在参谋要将电报拿去发出时，彭德怀重新要过文稿，挥笔写下："中国人民志愿军万岁！38军万岁！"

自此，"万岁军"的美名传遍华夏。

7. 清川江地区围歼战

1951 年 4 月 11 日，《人民日报》刊登了著名作家魏巍撰写的、反映抗美援朝战争的报告文学——《谁是最可爱的人》。文章的开头是这样写的：

在朝鲜的每一天，我都被一些东西感动着；我的思想感情的潮水，在放纵奔流着；它使我想把一切东西，都告诉给我祖国的朋友们。但我最急于告诉你们的，是我思想感情的一段重要经历，这就是：我越来越深刻地感觉到谁是我们最可爱的人！

文章刊出后立即在神州大地引起了巨大的轰动，激励了几代中华儿女的爱国热情。文中所讲述的故事，就发生在抗美援朝第二次战役期间著名的清川江围歼战。

清川江围歼战是一场具有决定意义的战役，给予美军重创，粉碎了"联合国军"圣诞节前结束战争的狂言，在中国人民志愿军战史上书写下浓墨重彩的一笔。

1950 年 11 月 25 日黄昏，志愿军在西线发起战役反击。以 38 军、42 军从翼侧攻击南朝鲜军第 2 军团第 7、第 8 师，发起德川宁远进攻战斗；以 40 军向球场以北的新兴洞、苏民洞地区美军第 2 师进攻，而后直插德川以西杜日岭、西昌，阻击美军东援；以 50 军、66 军、39 军分别在定州、泰川、云山地区从正面攻击美军第 1 军所属第 24 师、英军第 27 旅和南朝鲜军第 1 师部队。

1950 年 11 月 25 日，志愿军第 39 军在价川附近阻击敌人

至 26 日，38 军、42 军占领德川、宁远地区，歼灭南朝鲜军第 7、第 8 师大部，打开了战役缺口。

当晚，在第一次战役云山战斗中重创美军王牌部队骑兵第 1 师的志愿军 39 军渡过九龙江，对位于上九洞地区态势突出的美军特遣队发起进攻。这支美军特遣队是由美军第 25 师的 2 个步兵连、1 个坦克连、1 个侦察连、1 个巡逻连及其他分队组成的。

39 军兵分三路实施攻击。右翼 117 师进至桂林洞，切断了美军的退路；左翼 115 师先后歼灭美军 2 个连，从东南方向对上九洞构成包围；从正面突击的 116 师在向上九洞攻击过程中，347 团将美军第 25 师第 24 团第 65 工兵战斗营 C 连（黑人连）包围于柴山洞附近。

第 24 团是美军历史悠久的王牌部队，其历史可以追溯到美国南北战争时期。1900 年八国联军侵华时，该团号称首先攻入北京城。

然而时过境迁。当年侵略军之所以在中国土地上横行霸道，因为面对的是腐朽没落的清王朝和不堪一击的八旗兵。而在朝鲜战场上，与侵略军对阵的是中国共产党领导的勇猛坚强的志愿军将士。这次侵略军成了名副其实的"纸老虎"。

在志愿军强大的军事攻势和政治瓦解面前，C 连 115 名官兵放下武器，集体投降。这是自美国独立战争以来美军第一次出现成建制向外国军队主动投降的整编连队。

消息传出，举世震惊。美军战史称之为一个奇耻大辱。不久，根据美军第 25 师师长基恩少将的建议，国防部长马歇尔批准了一项改编计划：拆散黑人单

被俘的美军官兵

独编队，实行白人和黑人混编，解散第24团，另将第14团补入该师。第24团的番号从此在美国陆军序列中消失了。

此时，清川江以北的"联合国军"惧怕被志愿军各个歼灭，纷纷向南退缩。为堵住南朝鲜军被歼后露暴出的翼侧缺口，麦克阿瑟急调土耳其旅由价川向德川方向、美军骑兵第1师由顺川向新仓里方向机动，以阻止志愿军继续前进。

志愿军领导人决定抓住美军右翼暴露的有利战机，集中志愿军西线部队以侧后迂回结合正面进攻的战法，在清川江南北地区对美军第8集团军展开全面进攻。首先力争歼灭美军第9军2个师，而后在美军撤逃的过程中全线猛追、侧击，最大程度地消灭敌人有生力量。

27日，志愿军司令部命令38军主力向军隅里、价川和三所里实施迂回，堵击军隅里、价川之敌；42军经北仓里、假仓里向顺川攻击前进，并准备进攻肃川，切断美军第8集团军退路。同时命令清川江以西正面的39军、40军、50军和66军，向当面之敌展开猛烈进攻。

28日，40军和39军分别逼近球场、宁边；66军进至古城洞、龙山洞；50军进至五龙洞。担任外层迂回任务的42军攻占北仓里，继续向假仓里方向前进。担任内层迂回任务的38军在嘎日岭、于口站地区击破土耳其旅的阻击，占领裴德站、瓦院地区。38军113师于27日晚从德川出发，沿小路向三所里迂回，14小时前进70余公里，于28日8时到达三所里，切断了美军第9军由军隅里经三所里向顺川南逃的退路。

同日，毛泽东致电志愿军领导人，祝贺德川、宁远作战胜利，同时要求抓

志愿军某部沿清川江追击敌人

住战机，集中 42 军、38 军、40 军、39 军歼灭美军骑兵第 1 师和第 2、第 25 师等 3 个师主力。

志愿军随即调整部署，继续进攻。

战至 29 日晨，42 军在月浦里全歼南朝鲜军 1 个营，进至新仓里时被美军骑兵第 1 师所阻。38 军主力进至凤鸣里，途中歼土耳其旅一部；113 师在三所里打退美军骑兵第 1 师十余次冲击，又抢占龙源里，切断了美军第 9 军由军隅里通往顺川的另一条退路。39 军、66 军进到宁边以南地区，40 军进至院里地区，50 军进到埔川以西地区。

至此，美军第 9 军第 2、第 25 师，土耳其旅和美军骑兵第 1 师，南朝鲜军第 1 师各一部陷入志愿军的三面包围之中。清川江南北地区的美军第 8 集团军部队只剩下由安州逃往肃川的道路尚未被截断。

也就在这一天，麦克阿瑟终于坐不住了，把正在前线忙得焦头烂额的沃克和阿尔蒙德等将领紧急召到日本东京开会。这是朝鲜战争中麦克阿瑟唯一一次把前线将领召集到东京开会。

后来，美国和日本的军事专家把这次会议称为"最奇怪的会议"——前方战事吃紧，战线崩溃在即，而最高指挥官竟跑到后方开会。

29 日，西线"联合国军"按照"最奇怪的会议"做出的决定，开始全线退却，以摆脱面临的危局。其中，美军第 1 军由清川江北岸撤至安州地区，准备经肃川向平壤方向撤退。美军第 9 军收缩至价川、军隅里地区，在大量航空兵及坦克的支援下，企图沿军隅里经龙源里、三所里向顺川的两条公路向南突围。同时，在顺川的美军骑兵第 1 师和位于平壤附近的英军第 29 旅各一部北援接应，企图打开由价川南逃通路。

志愿军领导人确定充分利用美军后撤混乱的有利时机，全线出击，力争在清川江以南地区首先聚歼美军第 9 军部队，然后乘胜追击，扩大战果。

西线志愿军部队遵照志愿军总部的指示，在清川江畔西起新安州，东至军隅里、价川，南至龙源里、三所里地区，对美军第 8 集团军发起猛烈攻击。其中，38 军 113 师坚决阻击南逃与北援之敌，军主力迅速向 113 师靠拢；42 军向顺川、肃川攻击前进；其余正面各军向安州、军隅里方向进攻，重点围歼被困于该地区的美军第 9 军。

29 日，38 军主力在凤鸣里地区歼灭美军第 25 师 1 个团大部。113 师在三所里、龙源里顽强抗击，在遭敌南北夹击下的不利情况下浴血奋战，坚守住阵地，使南北之敌相距不足一公里，始终未能会合，从而粉碎了美军突围与北援的企图。

在这场艰苦卓绝的战斗中，涌现出了大量可歌可泣的英雄事迹，其中最为著名的就是魏巍笔下的松骨峰阻击战中的 38 军 112 师 335 团 3 连。

这天，美军第 9 军第 2 师强突志愿军防线整整一个白天未果，死伤惨重。入夜后，美军组织部队乘汽车从新兴洞方向南逃。

为痛歼逃敌，3 连奉命抢占敌人南逃的必经之地松骨峰，进行截击。

松骨峰位于龙源里东北，与三所里、龙源里呈鼎足之势。它北通价川，东

《激战松骨峰》（连环画）

志愿军某部坚守阵地

北可达军隅里，主峰高 288.7 米，从山顶往东延伸到书堂站无名高地。山脚下公路东侧有一条南北铁路，紧贴铁路是一条小河。由于坡度小，又无树木，不容易隐蔽，伏击作战难度较大，但因为这条公路是美军第 2 师向三所里南逃的交通要脉，所以战略意义十分重要。

30 日拂晓，335 团在团长范天恩的率领下插向松骨峰，1 营负责占领松骨峰及其以南地区。这时，1 营发现大批敌人已沿着公路逃来，立即命令 3 连火速抢占松骨峰东南侧书堂站无名高地。

6 时 30 分，当 3 连的战士们爬上这个光秃秃的山包，还没来得及喘口气，就听见隆隆的马达声由远及近，一眼望不到头的敌军汽车、坦克和步兵蜂拥而来。这是在军隅里遭 40 军痛击后败退下来的美军第 2 师的部队。一场壮烈的搏杀就此开始了。魏巍写道：

敌人为了逃命，用了 32 架飞机、十多辆坦克配合着发起集团冲锋，向这个连的阵地汹涌卷来，整个山顶的土都被打翻了，汽油弹的火焰把这个阵地烧红了。勇士们在这烟与火的山岗上，高喊着口号，一次又一次地把敌人打死在阵地前面。敌人的死尸像谷个子似的在山前堆满了，血也把这山岗流红了。可是敌人还是要拼死争夺，好使自己的主力不致覆灭。

战斗越来越残酷，敌人意识到逃生的唯一希望就是从松骨峰边上的公路突

7. 清川江地区围歼战

美军炮兵向志愿军阵地轰击

出去，于是对3连阵地进行了狂轰滥炸，投下了大量的燃烧弹和汽油弹。

顿时，阵地上浓浓烟雾直冲云霄，火光四起。炮弹、炸弹犁起了斑驳的弹坑，黄土变成了黑土，石头炸成了粉末，前沿堑壕、掩体都被夷为平地。

3连的重机枪枪管都被美军投掷的燃烧弹烧弯了，备用的又换不上。子弹打光了，战士们就拼刺刀，刺刀拼弯了，就用枪托砸，枪托砸碎了，就赤手空拳与敌人肉搏，一次又一次地击退了敌人的进攻。

战后美军第2师的军官曾回忆："我们甚至看到了增援而来的土耳其坦克上的白色星星。可我们最终也没能会合在一起。"

在敌人的疯狂进攻下，3连的伤亡不断增加。排长牺牲了，班长来代理，班长牺牲了，战士来接替。战斗间隙，连长戴如义、指导员杨少成召集剩下的所有战士，当面烧毁了所有文件和笔记本，决心与阵地共存亡。

中午，2000余名美军在32架飞机、18辆坦克和几十门榴弹炮的掩护下，发动了第五次冲锋。阵地上烟火弥漫，像刮起12级台风似的，地动山摇，苦涩的瓦斯热气顶着嗓子眼，使人透不过气来，整个松骨峰犹如一座"火焰山"。

戴如义跃出阵地，用刺刀连续捅死几个敌人。战斗中，他被一发炮弹击中，炸断了左腿。他强忍着剧痛，在阵地上爬着，继续组织战斗，不幸再次中弹，壮烈牺牲。

杨少成在硝烟翻滚、弹片嘶叫的火海里，一面挥动手枪向敌人射击，一面鼓舞战士们英勇战斗。

　　子弹打完了，杨少成捡起牺牲战友的步枪，一刺刀捅进敌人肚子里。这个敌人死攥住步枪不松手，另一个敌人从后边又拦腰抱住了杨少成。杨少成机警地把枪一松，猛地一蹲，双手往身后一推，敌人从他背上翻了过去。他趁势扑上去，用手榴弹对准敌人的后脑勺狠狠地砸了下去。敌人顿时脑浆迸溅，呜呼哀哉了。

　　没等杨少成站起来，六七个敌人围了上来，他环视一下整个阵地，拉响了手榴弹，高喊："同志守住阵地！"与敌人同归于尽。

　　连长、指导员的英勇牺牲，激励着3连勇士们的斗志。他们不畏强敌，不怕牺牲，死死坚守阵地。魏巍是这样描述的：

　　这场激战整整持续了八个小时。最后，勇士们的子弹打光了。蜂拥上来的敌人占领了山头，把他们压到山脚。飞机掷下的汽油弹把他们的身上烧着了。这时候，勇士们是仍然不会后退的呀，他们把枪一摔，身上帽子上呼呼地冒着火苗，向敌人扑去，把敌人抱住，让身上的火，也要把占领阵地的敌人烧死……

　　战到最后，全连只剩下7名战士，但毙伤美军500余名，松骨峰阵地依然在3连手中。

　　夜幕终于降临了。

志愿军某部指战员在军隅里阵地上指挥战斗

　　黑夜是朝鲜战场上"联合国军"一块天然的"免战牌"，同时也是他们的噩梦。志愿军主力部队从四面八方冲杀过来，将截住的敌人全部消灭。3连的官兵们以鲜血和生命，创造了世界战争史上的一次奇迹，谱写了一曲革命英雄主义的赞歌。魏巍写道：

　　这个连的阵地上，枪支完全摔碎了，机枪零件扔得满山都是。烈士们的遗体，保留着各种各样的姿势，有抱住敌人腰的，有抱住敌人头的，有掐住敌人脖子把敌人摁倒在地上的，同敌人倒在一起，烧在一起。还有一个战士，他手里还紧握着一颗手榴弹，弹体上沾满脑浆；和他死在一起的美国鬼子，脑浆迸裂，涂了一地。另有一个战士，嘴里还衔着敌人的半块耳朵。在掩埋烈士们遗体的时候，由于他们两手扣着，把敌人抱得那样紧，分都分不开，以致把有些人的手指都掰断了……

　　正当38军在三所里、龙源里与美军大战之际，40军向军隅里地区发起攻击。
　　别看军隅里不大，但它既是定州到满浦的铁路枢纽，又是连接泰川、博川、德川、顺川等各条公路的交会点，是个不折不扣的战略要地。

在军隅里战斗中，志愿军战士冲向敌阵地

美军第 8 集团军在这里构筑了储备给养的仓库群，是西线美军的重要补给基地。第二次战役打响后，美军第 2 师师部和 1 个团退守军隅里，镇子外围特别是南山和柑子山有重兵驻守。

29 日，40 军 118 师对军隅里的美军展开攻击。时任 118 师 353 团团长的黄德懋回忆道：

拂晓 2 连接敌，迅即到达军隅里 7.5 公里处的最后一片高地，再往前已是一路平原，直达军隅里镇。天大亮，美军便派出飞机掩护。据此，经与王建青政委研究，我们大胆决定改变夜战昼停的作战习惯，实行白天作战。于是，我命令 1 营坚持白天战斗。1 营领导认为："只有靠近敌人，使敌机顾忌安全距离而无法发挥火力，才能扬长避短，减少损失。" 2 连彭连长于是急令战士立即扔掉伪装，迅速贴住敌人。战士们立刻按命令紧紧咬住敌人，边追边打，不给敌人任何喘息机会。就这样，我军和美军几乎搅和在一起。敌机虽然还在空中盘旋，却因双方距离太近而无法发挥火力。因而战士们幽默地说："你（飞机）在天上转，我在地上照样干。"

傍晚时分，353 团攻进了军隅里镇内，随后又拿下了镇外的柑子山。

30 日拂晓，约有 1 个营的美军沿清川江向军隅里溃退过来。黄德懋当即命

军隅里战斗中担任后卫的美军 2 师第 2 工兵战斗队

令 1 营长卢兆俭率 2 连、3 连和机炮连占领沿江高地，截击这股逃敌。黄德懋回忆道：

1 营刚就位，美军约一个营的溃退之敌在四架轰炸机的掩护下已接近我阵地前沿，卢营长一声令下，全营轻、重武器一起开火，顿时将这股溃军打得四处逃窜。此时敌机增至二十余架，疯狂对我部队扫射、轰炸，并在美军外围形成一道火力屏障，企图阻我围歼该敌。1 营利用昨天 2 连向军隅里追歼逃敌的经验，令 2 连、3 连迅速下山冲入敌群，与敌缠在一起厮杀。敌机顿时失去攻击目标，威风全无。经激战，我 1 营很快就歼灭了这股逃敌，并俘虏美军两百余人。

30 日，40 军主力继续向安州方向前进。39 军、66 军先后由宁边东南渡过清川江，继续向南攻击前进，会同 38 军歼击被围的美军第 9 军所属部队和南朝鲜军第 1 师。50 军从博川东南逼近清川江，继续向安州方向前进，截击美军第 1 军正在退却的部队。42 军仍受阻于新仓里。

12 月 1 日，被围的美军第 2 师等部在西线志愿军部队的协同攻击下，伤亡大半，余部丢弃重型装备、辎重向安州逃窜。美军第 9 军见从三所里、龙源里突围无望，下令其他部队转道安州南撤。

志愿军各部继续攻击，追击、侧击、围歼美军，但由于外层战役迂回部队

1950 年 12 月 3 日，面对志愿军的凌厉攻势，麦克阿瑟被迫下令向"三八线"总退却

前进受阻，迟误了插向顺川、肃川的时间，致使美军第9军得以经安州、肃川退向平壤。

当晚，40军占领安州，清川江地区围歼战就此结束。

此战，志愿军给予美军第2师歼灭性打击，消灭土耳其旅大部和美军第25师、美军骑兵第1师、英军第29旅、南朝鲜军第1师各一部，战果辉煌。志愿军领导机关授予335团3连"攻守兼备"锦旗一面，记集体特等功，38军授予该连"英雄部队"称号。

魏巍在文章中饱含深情地写道：

假若需要立纪念碑的话，让我把带火扑敌和用刺刀跟敌人拼死在一起的烈士们的名字记下吧。他们的名字是：王金传、邢玉堂、井玉琢、王文英、熊官全、王金侯、赵锡杰、隋金山、李玉安、丁振岱、张贵生、崔玉亮、李树国。还有一个战士，已经不可能知道他的名字了。让我们的烈士们千载万世永垂不朽吧！

读过这段文字的人，心灵无不被志愿军勇士们的壮举强烈地震撼着。可是有谁会想到，40年后，这个13人的烈士名单中有两人竟然还活着！

1990年4月21日，新华社播出了一条题为"《谁是最可爱的人》中的'烈士'李玉安还活着，40年在平凡岗位上为国家默默奉献"的独家新闻。

消息一发出，首都和各地几十家媒体争相转载，"李玉安还活着"的消息很快传遍全国，传到国外，连朝鲜的《劳动新闻》也刊载了这一消息。

更令人没有想到的是，"烈士"李玉安出山引起的轰动还没有平复，又一

《清川江畔围歼战》（局部）

条爆炸新闻传播开来：松骨峰战斗中的又一位"烈士"井玉琢也活着！

原来，李玉安还活着的消息传出后，黑龙江省七台河市党史部门的同志在感奋之余，隐约记起本市红旗乡也有一位在松骨峰战斗中被误当为"烈士"的井玉琢。井玉琢的事迹和李玉安一样感人，却从未做过宣传报道。于是党史办主任亲自带人到红旗乡对井玉琢的事迹进行挖掘整理，并很快在当地的党史刊物和电台作了报道。

更为巧合的是，李玉安和井玉琢一样，都是闯关东谋生路的山东贫苦农民，从小就吃苦耐劳，忠厚本分；二人又都是在解放战争时期参军入伍，先后被分配到同一支英雄部队的同一个连队当兵。

松骨峰战斗时，井玉琢是3排班长，李玉安是3排副班长。两人负伤后被送往救护队，与原部队失去了联系，因而被误认为烈士。于是，两人的名字被镌刻在松骨峰烈士纪念碑上，又被魏巍写入了《谁是最可爱的人》。

回国复员后，两位老战士又都隐功埋名，在平凡岗位上默默为国家做贡献。几十年来，谁也没有主动透露自己是"活烈士"的身份。

所不同的是，李玉安是子弹贯通伤，前胸后背都留下碗口大个疤。井玉琢是烧伤，满脸疤痕，面目皆非，手指烧成鸡爪状。

当李玉安在黑龙江电台1990年8月20日的早间新闻中听到井玉琢也活着的消息后，当即提笔给失散40多年的老战友写了一封信："得知你也没有死，还活着的消息时，心情是何等激动！回想起朝鲜战场松骨峰一战，怎能不叫我心情沉重，我是多么想那些同一战壕的战友！想到牺牲的同伴，我只有很好的

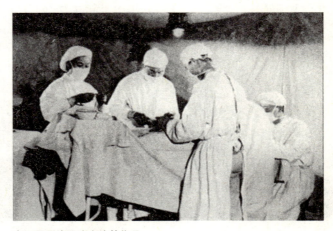

志愿军野战医院在抢救伤员

英勇的志愿军部队

工作，这是对他们的最好的怀念。我想你之所以也没有出头露面，这些年默默生活，也是这种思想的支配吧？"

31 日，井玉琢在给李玉安的回信中，表达了和李玉安同样的心情。他写道："想起牺牲的战友，幸存的我就增加了无形的力量和责任感，心中总有一个念头：把自己的毕生精力全部奉献给祖国社会主义建设，以满足我对战友的怀念之心。"

两年后的 1992 年深秋，李玉安、井玉琢与他们的老营长王宿容，还有魏巍笔下那位"像秋天田野里一株红高粱那样淳朴可爱"的志愿军战士马玉祥，四位朝鲜战场上的老战友，在黑龙江省军区召开的抗美援朝志愿军出国作战 42 周年纪念大会上相会了。魏巍也应邀参加了这次难忘的相见。几位当年风华正茂的热血男儿，如今都已是满头白发的老人了。

面对鲜花和掌声，两位"活烈士"一再声明，自己只不过是一名普通的志愿军战士，做的都是该做的事。可是一谈起牺牲的战友，谈起组织对自己的培养，说起家乡政府和乡亲对自己的关爱，他们又都滔滔不绝、热泪盈眶……

他们是活着的"烈士"，是真正的英雄。

1996 年 8 月，井玉琢与世长辞。半年后，李玉安也因病驾鹤西去。人们多么希望这两位"烈士"能再次复活啊！

然而，这次他们真的走了。但是，他们无愧于"最可爱的人"的称号，和所有志愿军烈士将永远活在人民的心中。

8. 长津湖战斗

　　在朝鲜东北部高寒的盖马高原上有两大湖泊。一个是长津湖，发源于黄草岭一带崇山峻岭之中的长津江；另一个是赴战湖，向北流淌汇成赴战江，为长津江的最大支流。两湖相距30多公里，河谷地带夹在两条重峦叠嶂的山脉之间，被称作长津湖地区。

　　这一地区是朝鲜北部最为苦寒的山区，海拔在1000米至2000米之间。群山连绵起伏，森林密布，道路崎岖狭窄，人烟稀少，气候寒冷，白雪覆盖。每年冬季来自西伯利亚的寒流，顺着两条山脉之间的谷地，向南直抵咸兴附近的

冰雪覆盖的长津湖

日本海，最低气温可达零下 40 摄氏度。

雪寒岭、荒山岭、黄草岭、剑山岭、死鹰岭……仅从这些地名就能看出长津湖地区的苦寒贫瘠。雪寒岭终年积雪，荒山岭荒无人烟，黄草岭夏天刚萌芽的青草转眼间就变为枯黄，死鹰岭更是连老鹰都飞不过去的绝地。据当地人讲，鹰能飞到这个岭上的已经不太多，即使是飞到了岭的上空，也会因血结冻而死在岭上，故曰死鹰岭。

60 多年前，在这里曾发生过一场惊心动魄的激战。交战的双方是中国人民志愿军第 9 兵团和美军的两支王牌劲旅——陆军第 7 师和陆战第 1 师。这场战斗与同时进行的清川江之战，是抗美援朝第二次战役的东西两线。因此，西方军事学术界也把此次战役称为清长之战。

1950 年，朝鲜迎来了百年不遇的严冬。刚到 10 月底，长津湖地区就开始普降大雪，气温急剧下降。至 11 月下旬，气温已降到零下 30 多摄氏度，到处是白雪覆地，银装素裹。

天空中，一架美军运输机从湖面掠过。机舱内，第 10 军军长阿尔蒙德少将欠起身，舒展了一下胳膊，透过飞机舷窗出神地向下望去。被冰雪覆盖的长津湖如同一块巨大的白色镜片，静静地平放在崇山峻岭之间。

"如果在这里的雪地上潜伏半小时的话，无论是什么人都会被冻死的，当然也包括中国人……"这位久经战场的将军喃喃自语。

"联合国军"似乎更不适应朝鲜半岛的冰天雪地

1950 年 9 月，美陆军第 10 军军长爱德华·阿尔蒙德少将和美海军陆战队第 1 师师长奥利弗·史密斯少将（左）讨论下一步行动

就在三个月前，美国远东战区参谋长阿尔蒙德兼任新组建的第 10 军军长，负责东线战事。第 10 军下辖第 7 师和陆战第 1 师，均为美军王牌劲旅。连同归属美军第 10 军指挥的南朝鲜军第 1 军团，"联合国军"在东线集结了 5 个师、1 个工兵旅、1 个陆战团和 1 个陆军航空兵联队的兵力，总人数达 10.3 万余人。

麾下有如此精锐的部队，阿尔蒙德可谓踌躇满志，深信朝鲜战争很快就要结束了。

11 月中旬，美军第 7 师和陆战第 1 师共 4 万余人，连同 200 多辆坦克、600 余辆汽车，沿着咸兴、江界公路向北迅速推进。阿尔蒙德赶到前线视察部队，铿锵有力地给手下人助威打气："如果中国大规模参战的话，早就被美国空军侦察到了，残留的零星武装，根本不足为惧！"

但这次，阿尔蒙德失算了。他做梦也没想到，就在自己从飞机上俯视长津湖地区时，下面竟然潜伏着一支规模庞大的中国部队——宋时轮率领的中国人民志愿军第 9 兵团。

9 兵团原是第三野战军的主力兵团，下辖 20 军、26 军、27 军共 12 个师 15 万余人，驻扎在华东沿海，担负准备解放台湾的战略任务。由于朝鲜战局紧张，10 月下旬接到入朝参战的任务，立即开始向东北机动。

11 月 5 日，毛泽东电示彭德怀："江界、长津方面应确定由宋兵团全力担任，以诱敌深入寻机各个歼敌为方针。而后该兵团即由你处直接指挥，我们不遥制。九兵团之一个军应直开江界并速去长津。"

9日，毛泽东再次指示："争取在本月内至十二月初的一个月内东西两线各打一二个仗，共歼敌七八个团，将战线推进至平壤、元山间铁路线区域。"

据此，9兵团到达鸭绿江后，未及休整即入朝参战，担任东线江界、长津方向的作战任务。虽说是准备仓促，但指战员们士气高昂，求战情绪高涨，表示要首战必胜，打好出国第一仗。

然而进入战场后，所有人都惊住了……到处白雪皑皑，迎面寒风刺骨，战士们身上薄薄的棉衣根本抵挡不了风雪的肆虐。

9兵团长期在气候比较温和的华东地区驻扎和作战，缺乏高寒战区生活和作战的经验，也不了解战区气候特点，防寒准备严重不足。加之入朝时间仓促，各种准备工作均不充分。

为了与敌人抢时间，9兵团的战士们连防寒服装还来不及换，就穿着薄薄的棉衣、解放鞋，戴着大盖帽，走上了自然条件异常恶劣的朝鲜东线战场。27军军史是这样记载的：

当时军事工作准备不足，缺乏现代条件下作战的技术战术素养，组织指挥水平尚难适应现代战争要求，武器装备与当面之敌相比更是优劣悬殊。后勤保障亦有严重困难，因仓促北上，部队中一部分御寒冬装未及发齐，药品、粮食及油料等物资短缺。但当前朝鲜战争的严重局势已不允许我军再做充分准备。特别是当时正值寒流袭来，气温骤降，大雪飞舞。部队顶风冒雪向预定作战地

志愿军第9兵团向长津湖地区挺进

区长津湖、赴战湖一带挺进，一路遇到许多始料未及的严重困难。对当地社会情况和行军道路生疏，加上连日雪飞冰冻，部队吃饭、宿营和行军极为艰难，非战斗减员（主要是冻伤、冻病）大量出现，物资供应亦发生困难。

当时，9兵团各部每个班十多人只有一两床棉被。在滴水成冰的漫长冬夜里，战士们只好将这一两床棉被铺在雪地上，十几个人挤在棉被上互相搂抱着取暖御寒。时任26军76师226团3营7连指导员的方光超回忆道：

天亮后不能行军，要宿营，可是山上到处积雪，半尺多厚，只能扒扒雪，铺上被子蜷一会儿；有的干脆雪窝里蹲一夜……干部有大衣的，二人相互搂着脚躺一会儿，战士可就苦了。结果，7连147人，入朝第一天就冻坏30来人，一个个脚都冻黑了，就留后边了。

一些老战士后来回忆说，因为部队长期驻扎在温暖潮湿的南方，大部分战士适应不了东北寒冷的冬季，刚到东北没几天，就出现大面积的人员冻伤。部队到达沈阳苏家屯车站休整时，经过统计，好多连队冻伤达到百分之十五，最多的是冻脚。先是冻麻后来就发紫发黑，有的脚趾头都冻掉了。还有耳朵，也冻肿了，淌着血水。后来出发的时候，每节车厢扔上两箱子大头棉鞋，没什么号不号的，拿到啥穿啥，拿不到的就只有穿力士鞋。

时任27军政治部保卫干事的王明清回忆道：

志愿军在冰天雪地里风餐露宿

1950 年 11 月下旬，我们从临江入朝后，连续五天五夜的急行军，不少战士被冻坏手脚、耳鼻，非战斗减员近三分之一。冻伤倒下的战士自觉地爬到路边，留出大路让部队前进。一位山东籍的排长，手指和脚趾都冻坏了，硬是咬着牙让战士拖着他向前爬，他说死也要死在战场上。一位文弱秀气的上海姑娘，是当初闹进部队来当护士的。现在她的脸和手都冻走了样，红肿破皮，两条脚肿得上下一样粗。同志们劝她撤回去，她说什么也不干，后来硬是拽着拉药品的那头骡子尾巴一步一滑地到达目的地，沿途美军动用上千架飞机轮番轰炸，丝毫也未阻止我军前进的步伐。

　　最为严重的是后勤供应跟不上。

　　长津湖地区山高路险，9 兵团的物资又要靠几百公里以外的国内运输。在美军飞机的狂轰滥炸下，兵团仅有的百余辆汽车没过几天便损失了大半，粮食、被服和弹药根本运不上去，就地筹措粮食又十分困难。为了防止敌机空袭，部队在冰天雪地里行军露宿，不能生火做饭，几天都吃不上一顿热饭，经常是吃一口炒面就一口雪，连热水都成了奢侈品。

　　越来越多的部队断粮了，战士们体力下降严重，减员也日渐增多。时任 26 军 77 师 231 团报话机台台长的李志勇回忆道：

　　在山上，大雪有半米多深。野草、树林，全被厚厚的大雪覆盖，我们的肚

战斗在前线的志愿军官兵生活异常艰苦，经常是一把炒面一把雪

子空空，想挖草根野菜充饥也无法找到。我用小刀剐了块树枝，放在嘴里嚼了嚼又苦又涩，嘴发麻，赶快吐了。这里的气温在零下40摄氏度以下，手碰到铁的部件，皮肤就会粘在上面。土冻得和石头一样坚硬。……天亮后大批敌机贴着树梢作超低空飞行侦察，盲目地向树林里扫射。我们都反穿大衣白里朝外，敌机没有发现我们。这一天我们又粒米未进。到了晚上为了取暖避风，我们几个人的背包都放在雪地上，背靠背地坐在上面。饥寒交迫，个个都冻得缩着脖颈直打哆嗦，根本没有办法入睡。一夜过来，手脚都冻得红肿麻木了。

在这样极端困难的条件下，9兵团的将士们喊出了"没有不能克服的困难，没有不可战胜的敌人"的口号，经过200多公里的徒步行军，以惊人的毅力，克服了千难万险，躲过了美军全天24小时不间断的空中侦察，极其隐蔽地进抵长津湖地区，埋伏在预设战场，达成了战役突然性。战后，就连美国舆论界都惊呼这是"当代战争史上的奇迹"。

志愿军第一次战役胜利后，美国政府依旧坚持以军事进攻迅速占领全朝鲜的计划。"联合国军"总司令麦克阿瑟决定在朝鲜战场发动"总攻势"，计划先以地面部队进行试探性进攻，然后以美军第10军和第8集团军分别在东西两线，向北发起总攻，企图在圣诞节前结束朝鲜战争。

按照麦克阿瑟的计划，美军第10军的任务是，以主力向鸭绿江和图们江畔朝中、朝苏边境线推进，同时以一部兵力经长津湖地区向西线江界实施迂回进攻，切断志愿军的后方交通线，与西线美军第8集团军部队会合，构成对西线志愿军主力的合围。

志愿军某部通过长津湖大桥

1950 年 12 月，美军从长津湖水库地区撤退，当时气温是零下
20 多度

阿尔蒙德决定以美军陆战第 1 师担负向西线迂回的任务，首先占领长津湖
畔的柳潭里，随即向西攻击前进，占领江界，与第 8 集团军会合，然后转向西
北，向鸭绿江攻击前进；以美军第 7 师在长津湖以东地区，向鸭绿江推进；以
南朝鲜军第 1 军团指挥的首都师、第 3 师沿东海岸公路和端川西北之白岩继续
向朝中、朝苏边境推进；以美军第 3 师和南朝鲜军第 1 陆战团守备元山、兴南
后方地域。

21 日，美军第 7 师的先头部队库珀特遣队长驱直入，未遇任何抵抗，进入
鸭绿江畔的惠山镇。阿尔蒙德闻讯大喜，特意驱车 30 英里，赶到惠山镇拍了一
张临江眺望中国东北的照片。

这时，美军陆战第 1 师已全部进入长津湖地区。其中，第 5 团和第 7 团位
于柳潭里、新兴里和下碣隅里，师部率第 1 团位于古土里。

宋时轮据此决定：以 2 个师切断长津湖美军与两翼第 7 师和第 3 师的联系；
集中 5 个师的兵力，首先歼灭美军陆战第 5 团和第 7 团，然后视情况歼灭陆战
第 1 师增援部队，以及位于新兴里以东的美军第 7 师第 31 团；鉴于战役准备尚
未完成，进攻日期推迟至 26 日以后。

25 日黄昏，志愿军首先在西线发起战役反击。

26 日，为加强向西线实施侧后迂回的力量，支援西线第 8 集团军作战，并
增强侧翼安全，阿尔蒙德命令陆战第 1 师全部沿长津湖西岸公路，向西攻击前

进；美军第 7 师派出 1 个团进入新兴里地区，接替陆战第 1 师的防务，并保护陆战第 1 师的右翼安全；美军第 3 师一部向社仓里开进，保护陆战第 1 师侧后安全。

对于这样的部署，阿尔蒙德自信十足，亲自给陆战第 1 师指挥所打电话，只说了一句话，"前进吧，士兵们，不要让一帮中国洗衣工挡住你们的步伐。"

此时，9 兵团部队已基本进入指定位置。其中，20 军隐蔽进入柳潭里以西以南地区，27 军主力隐蔽进入柳潭里、新兴里以北地区，完成了进攻准备；26 军主力也于 26 日由厚昌向战场靠近，开往长津东南地区。

宋时轮决定抓住美军兵力分散、尚未发现志愿军部队集结的有利时机，于 27 日晚向长津湖地区的美军发起全线反击，集中 20 军（欠 60 师）及 27 军主力，首先歼灭美军陆战第 1 师主力于下碣隅里、新垈里、旧津里、柳潭里、新兴里之间地区。得手后，视机歼击增援之敌。

27 日，东线战场的天气异常恶劣。

风越来越大，夹杂着漫天飞舞的大雪，刮得人连眼睛都睁不开。天也越来越冷，气温降到零下 30 摄氏度，滴水成冰。在风雪严寒中，一场空前惨烈的"冰血长津之战"拉开了序幕。

当晚，9 兵团 20 军、27 军的 8 个师突然对长津湖地区的美军发起猛烈攻击。

当冲锋号吹响时，已经被冻得有些神志不清的志愿军战士迅速从雪地里爬起来，借着夜色的掩护，顶风冒雪，向美军阵地实施急风暴雨般的冲击。一夜

志愿军某部在冰天雪地里与敌激战

之间将美军第 7 师和陆战第 1 师裁为五段。

20 军 4 个师担负从侧后攻击美军的任务。攻击发起后，58 师于 28 日凌晨 3 时进至下碣隅里以南之上坪里、富盛里，并从东、南、西三面包围了下碣隅里之敌；59 师攻占下碣隅里西北之死鹰岭、西兴里，歼敌 400 余人，割断了柳潭里与下碣隅里敌人的联系；60 师占领了乾磁开、小民泰里一线，切断了敌人的南逃通路，并以一部向古土里及其以南黄草岭前进，准备阻击由兴南北援之敌；89 师则逼近社仓里。

27 军担负正面进攻的任务。80 师并配属 81 师 242 团，以 2 个团从正面突击新兴里，2 个团从翼侧分别突击内洞峙、新岱里。经激战攻占新垈里，包围内洞峙，切断美军南逃西撤的退路，控制了新兴里四周的有利地形，将敌压缩至不足 4 平方公里的狭小地域；79 师 3 个团由西向东一字排开，猛攻柳潭里北山诸高地，歼敌一部后，与 20 军 59 师协同，完成了对柳潭里地区之敌的合围；81 师主力占领了位于赴战湖西侧的小汉垈、广大里地区，割裂美军第 7 师与陆战第 1 师的联系，保障了军主力的侧翼安全。

被围的美军部队毕竟是久经沙场，又刚刚经历过第二次世界大战的洗礼，表现了出色的应变能力，很快就从遭遇志愿军突然袭击的慌乱中镇静下来，立即用 200 余辆坦克在三处主要被围地域组成环形防线，用强大的火力抵挡志愿军潮水般的进攻。

美军在长津湖水库地区边打边撤

由于志愿军基本全是步兵，缺少反坦克武器，每个团只有八九门老式火箭筒，很难冲破坦克防卫圈。用于火力突击的重炮连一门也没有，只有中小口径的迫击炮掩护步兵冲锋，但迫击炮的炮管因受不了零下30摄氏度的酷寒，三分之二打出去的炮弹成了哑弹。战士们只能靠丰富的战斗经验和顽强的战斗意志，把手榴弹作为"重武器"，尽可能地隐蔽接近到手榴弹的投掷距离，突然投出大量手榴弹，然后用步枪、冲锋枪和刺刀去冲击敌人的钢铁堡垒。

战至28日清晨，第9兵团虽未能歼灭当面之敌，但已完成了对长津湖地区美军的分割包围，将第7师一部和陆战第1师分别包围于柳潭里、新兴里、下碣隅里等地，割断了美军相互之间的联系。

见势不妙的麦克阿瑟下令突围。美军为打破被分割包围的状态，恢复其相互间的联系，对志愿军发起凶猛的反击。

拂晓时分，柳潭里的美军陆战第1师在航空兵、坦克和炮兵猛烈的火力支援下，开始攻击20军59师175团死鹰岭阵地。随后，下碣隅里的美军也开始向西兴里发起攻击。

西兴里坐落在长津湖西岸，海拔1376米的高山雄踞于下碣隅里通往柳潭里的公路一旁，重峦叠嶂，丛林茂密。扼守此地的是59师177团，时任该团2营副营长的周文江回忆道：

十几架飞机轮番向我阵地轰炸，炸弹、凝固汽油弹倾泻下来，阵地一片火海。在炮火掩护下，敌人一个加强营（约四百多人）分三路由坦克开路，冲向我阵地。……敌人一辆坦克突破1排防线，3班副副班长刘佩山高呼："反坦克小组跟我上！"冲向坦克。2班机枪手龚振华，端起机枪瞄准坦克瞭望孔射击，掩护反坦克小组前进。美军坦克手被打死了，坦克瘫痪了，但龚振华也身

志愿军爬冰卧雪攻击敌人

中五弹倒下了。又一辆坦克冲上来，刘佩山拿起手雷向坦克冲去，不幸负伤，但只见他高举手雷昂首挺立在敌坦克面前。或许敌人以为他身上有什么秘密武器，或许敌人被他的英雄气概所吓倒，敌坦克掉头逃跑了。

　　苦战竟日，志愿军付出重大牺牲，死死地围住了柳潭里之敌。

　　与此同时，泗水里、后浦里的美军从南面攻击27军80师新岱里阵地；古土里的美军攻击20军60师小民泰里、乾磁开一线阵地。

　　入夜后，志愿军一面坚决抗击美军的反扑，一面对被围美军继续进行攻击。

　　27军80师240团猛攻内洞峙美军1个营。激战至29日拂晓，美军弃尸300余具、榴弹炮4门，窜至新兴里。80师主力继续对新兴里之敌展开两面攻击，一度突入新兴里。但由于美军凭借村内房屋和工事，以坦克作为活动堡垒，拼死抵抗，进攻部队伤亡较大，于29日拂晓撤出战斗，巩固原占阵地。

　　20军58师向下碣隅里之敌发起攻击。由于西线美军第8集团军正在溃败，右翼第7师第31团遭到围攻，下碣隅里便成为美军陆战第1师生死存亡的关键。师长史密斯少将毫不犹豫地发出指令："死守下碣隅里，决不让中国军队踏上半步。"

　　高度现代化的美军陆战队工兵仅用三天时间，就在下碣隅里这个四面环山的小山谷中，修建了一条可以通行坦克的道路。几天后，一座可以起降C-47运输机的临时机场也建成了。美空军出动大批飞机，给陆战第1师运来了急需

C-47运输机有力地保障了美军在长津湖地区的作战

的弹药、食品、药物、防寒服装、油料。运送来的物资堆积如山，以至美军在撤离时还有数以千吨的剩余物资无法带走，只好动用推土机、坦克碾压，并浇上汽油焚烧。

29 日凌晨 3 时，58 师从东、南、西三面包围了下碣隅里，拂晓前完成攻击准备。实事求是地讲，这完全是一场意志的比拼。美国陆战队史学家蒙特罗斯后来写道：

陆战队从未见过如此众多的中国人蜂拥而至，或是一次次地顽强进攻。夜空时而被曳光弹交织成一片火网，时而有一发照明弹发出可怕的光亮，把跑步前进的中国部队暴露无遗，使他们按原来的部署成堆地卧倒。陆战队的坦克、大炮、迫击炮和机关枪大显身手，战果赫赫，但是中国人仍然源源而来，他们视死如归的精神使陆战队肃然起敬。他们有时会冲进手榴弹投掷距离内，然后又被打倒。陆战队员们不断地叫喊着："海浪，他们就是海浪，可尽头在哪？"

经过前仆后继的冲锋，58 师终于攻占下碣隅里以东的全部山地。然而，美军以大量坦克为先导拼命反扑，拼死争夺丢失的阵地。随着弹药的耗尽和人员的伤亡增多，58 师于拂晓时分撤出战斗，在下碣隅里东南一线山地构筑工事，巩固阵地。

在志愿军的猛烈攻击下，东线美军不得不由进攻转入防御。在成群的美国

由于志愿军设置的路障，致使大批美军滞留在长津湖水库地区

飞机掩护下，美军第 10 军开始竭力往后收缩，企图先聚集到下碣隅里，然后再往南逃。

为保持通往长津湖以南地区的道路畅通，并加强下碣隅里的防御力量，史密斯令古土里的陆战第 1 团主力不惜一切代价，北上增援下碣隅里。

29 日上午，陆战第 1 团以配属该团的英国皇家陆战队第 41 突击队为主，加上美军 2 个步兵连，共 1000 余人，组成德赖斯代尔特遣队，由真兴里经古土里北上。

由于沿途不断遭到志愿军的袭击，特遣队到达富盛里时已接近黄昏。在 30 余架飞机的掩护下，向富盛里、小民泰里一线阵地发起进攻。

扼守此地的是 20 军 60 师。该师以 178 团在富盛里以南公路两侧高地构筑工事，以 179 团部署在 178 团阵地以北地区。

战斗进行得十分残酷。由于缺乏反坦克武器，志愿军战士为阻挡美军坦克的进攻，只能是腰捆数颗手榴弹，仰卧在公路上，以自己的血肉之躯堵住敌人的铁甲战车。

就这样，178 团、179 团与敌激战 4 个多小时，除一部敌军在坦克引导下突破志愿军阵地，进至上坪里被 58 师围歼之外，其余大部被阻于乾磁开南北地区。

当晚，60 师在夜幕的掩护下对残敌发起猛烈反击。经数小时激战，将敌军分割为数段，严密包围。德赖斯代尔特遣队陷入绝境，士气尽失。

60 师以军事打击与政治争取相结合，一面紧缩包围，对被围之敌施加军事

战后，志愿军参观被击毁的美军坦克

压力，一面利用俘虏喊话，迫敌投降。在志愿军强大的军事和政治攻势之下，被围敌军于 30 日 8 时全部放下武器，向志愿军投降。

此战，美军陆战第 1 师德赖斯代尔特遣队除小部坦克突入下碣隅里之外，大部被歼。志愿军部队俘虏美、英军 237 人，击毁、缴获坦克、装甲车、汽车 74 辆，各种火炮 20 余门。战后，美国人将这条充满死亡的山谷恐怖地称为"地狱之火谷地"。

在德赖斯代尔特遣队向北进攻的同时，下碣隅里的美军也向南发起攻击，企图南北对攻，打开通往古土里的通道。

下碣隅里外围 1071 高地扼制公路，是美军南撤的必经之路。扼守高地东南屏障小高岭的是 20 军 58 师 172 团 3 连的 1 个排。

战前，营长向 3 连长杨根思布置任务时说："这个制高点是下碣隅里向南的唯一通道。卡住公路拐弯处，等于把匕首插进敌人的咽喉，你们的任务是不许敌人爬上小高岭半步，把敌人坚决消灭在小高岭之前。"

杨根思是位新四军老战士，作战勇猛，曾被评为"华东一级战斗英雄"。两个月前，刚刚出席在北京召开的全国战斗英雄代表会议。他向营长保证：人在阵地在，坚决完成任务。

杨根思

领受任务后，杨根思亲自率 3 排上了小高岭。刚进入阵地，美军的飞机、大炮就开始对小高岭进行狂轰滥炸。为了抢占高地，美军倾泻下成吨的炮弹、炸弹和燃烧弹。阵地上硝烟弥漫，烈火熊熊，大部工事被炮火摧毁。

杨根思指挥 3 排的勇士们，用轻重机枪、步枪、手榴弹、刺刀，甚至是石头，一次次打退了敌人潮水般的进攻，巍然屹立在山头。时任 3 连指导员的陈文宝回忆道：

战斗愈来愈激烈，杨根思排剩下的人不多了，勇士们仍互相鼓励着："坚决守住阵地，敌人上来一个，就消灭他一个。"29 日中午，打退敌人第八次进攻的战斗打得最艰苦。这时弹药已经耗尽，刺刀、枪托、石头都用上了。这时小高岭上只剩下杨根思和营里配属的重机枪排排长和两个负伤的战士。杨根思令重机枪排排长带着重机枪和两个负伤的战士撤回主峰，由他一人坚守阵地。

敌人发起第九次、也是最后一次进攻时，四十多个美国兵以为山头上没有志愿军了，可以轻松地占领山头了。他们没有想到，还有一位志愿军英雄——杨根思在坚守阵地。杨根思等敌人靠近时，先用驳壳枪里最后一颗子弹，把一个摇着指挥旗的美国兵击毙。这时他把枪往腰里一插，红绸穗随风飘动，然后抱起一包十多斤重的炸药包向敌人冲去。

就这样，杨根思与爬上阵地的敌人同归于尽，以鲜血和生命保住了阵地，谱写了一曲革命英雄主义的壮丽赞歌。

战后，志愿军总部给杨根思追记特等功，授予"特级英雄"称号，命名他生前所在连为"杨根思连"。朝鲜民主主义人民共和国最高人民会议常任委员会授予杨根思"朝鲜民主主义人民共和国英雄"称号和一级国旗勋章、金星奖章。

美军陆战第 1 师主力和第 7 师一部在长津湖地区被分割包围的消息，震惊了美国朝野上下。美国参谋长联席会议直接干预作战指挥，要求将第 10 军与第

特级英雄杨根思（油画）

8集团军连为一体。但麦克阿瑟拒绝执行此命令，下令第10军向咸兴、兴南地区收缩，摆脱被隔离和围困的不利局面。

根据麦克阿瑟的命令，阿尔蒙德于30日在下碣隅里召集陆战第1师师长史密斯、第7师师长巴大维开会，强调要迅速将部队从长津湖地区撤至兴南地区，并授权史密斯在部队撤出长津湖地区时，可以销毁任何延迟其行动的装备，并直接呼叫所需要的空中支援。

史密斯和巴大维经过协商之后，决定首先将柳潭里的陆战团撤回下碣隅里，然后派出一支强大的解围部队由下碣隅里北上，营救被围困在新兴里的第7师第31团级战斗队。

经过几天的激战，9兵团对长津湖地区被围诸点的美军兵力有了新的了解，判断在柳潭里、新兴里、下碣隅里地区被围之敌，共有1个师部、4个团、1个坦克营、3个炮兵营，共1万余人，比战前对美军兵力判断的数量多出了一倍，有的地区甚至多出三至四倍。

据战后美国海军陆战队官方战史透露，在长津湖地区作战期间，仅美军陆战第1师的兵力即达2.5万余人，加上美军第7师所属第31团等部，实际兵力接近3万人，远远超出志愿军的估计。

面对敌我极其悬殊的物质条件，为避免战斗胶着，9兵团决定修正预定的作战决心，集中兵力逐次各个歼灭被围之敌。首先集中绝对优势兵力歼灭新兴里之敌，而后再转移兵力逐个歼灭柳潭里、下碣隅里之敌。

"联合国军"在撤退途中。虽穿着厚厚的冬装，但仍不适应朝鲜的严冬，一个个被冻得有些不知所措

30 日晚，27 军集中 80 师和 81 师主力，对新兴里之敌发起进攻。激战至 12 月 2 日晨，全歼美军第 31 团级战斗队 3100 余人，创造了志愿军在朝鲜战场上以劣势装备全歼现代化装备美军 1 个加强团的模范战例。

美军第 7 师第 31 团组建于第一次世界大战期间，参加了 1918 年至 1920 年在苏联西伯利亚地区的作战，因战功卓著获得"北极熊团"的称号。第二次世界大战期间，该团参加了太平洋战场上的阿留申群岛、马绍尔群岛和冲绳岛等战役，取得了一系列的辉煌战绩，是美国陆军战斗力较强的一个团队。

谁也不曾料到，在冰天雪地的朝鲜战场上该团吃了败仗，而且败得如此之惨，竟然是全军覆没，就连那面印有北极熊图案的团旗也被志愿军缴获，至今仍在中国人民革命军事博物馆里展出。

"联合国军"在东西两线遭到沉重打击后，麦克阿瑟于 12 月 3 日命令部队向"三八线"实施总撤退。

西线美军第 8 集团军向肃川、顺川一线退却。东线美军全线动摇，第 10 军孤悬在朝鲜半岛东北一隅之地，且兵力分散，特别是陆战第 1 师在长津湖地区陷入志愿军的分割包围之中，随时都有全军覆没的危险。阿尔蒙德命令所有部队立即向朝鲜东海岸的元山、咸兴、兴南地区实施总退却，同时命令陆战第 1 师立即将柳潭里的部队收缩至下碣隅里，然后在美军第 3 师的策应下，向南突围。

决不能让敌人逃走。

志愿军某部在冰天雪地中准备向敌发起进攻

根据中央军委和志愿军总部关于集中全力"加紧歼灭被围之敌"的指示，9兵团决定采取围追堵截的战术，以 20 军 59 师据守死鹰岭一线阵地；以 27 军攻击柳潭里之敌；以 20 军主力在下碣隅里至黄草岭地区设置阵地，阻止美军南撤北援；以 26 军迅速南下，攻击下碣隅里之敌，全力以赴争取在长津湖及其以南地区歼灭美军。

长津湖地区山高林密，连日的降雪使地面上的积雪厚达几尺。天气也出奇的冷，似乎要把整个大地连同它上面的一切都冻结在一起。

9 兵团的指战员们还穿着单薄的衣服，加上连日的行军和频繁的战斗，各部队减员严重，粮弹供应极度困难。但接到命令后，他们以顽强的战斗意志，发扬不怕艰难困苦，不怕流血牺牲，连续作战的作风，对南逃之敌展开围追堵截。

从 12 月 1 日起，柳潭里的美军陆战第 1 师主力便丢弃卡车及重型火炮等装备，在飞机、坦克、火炮支援下，开始由长津湖地区向南撤退。

20 军 59 师顽强坚守死鹰岭、西兴里、泗水里一线阵地，打退了陆战第 5、第 7 团的多次猛攻。周文江在《西兴里鏖战七昼夜》一文中写道：

美军在加大狂轰滥炸的同时，步兵由过去正面进攻改为侧翼冲击。我们也逐渐适应了美军的战术，当敌人轰炸时我们进入工事，派出观察哨；炮火一停，我们立即进入前沿阵地坚决阻击。直到 12 月 4 日敌人又发动了十多次进攻，我们用智慧和胆量，将敌人打退。5 日，也是我们坚守阵地的最后一天，战斗极其激烈和残酷。北面美陆军 1 师被我军围歼在即，为了逃窜拼命向南突围。南面美军疯狂北上增援。我们处在两边夹击之下，形势险恶。上级命令我们不让敌人南北合拢。此时，5 连包括伤员在内只剩下五十多人。我们与敌人展开浴血奋战，整整一天，打得天昏地暗，最终我们守住了阵地。

为围歼柳潭里的美军，27 军命令 79 师和 94 师主力迅速出击，对敌实施两面夹击。

2 日拂晓，79 师攻占泗水里以西高地，94 师主力攻占泗水里以东高地，对南窜之敌形成两面夹击。美军陆战第 1 师拼命反击，并以一部沿山间小路向东运动。27 军立即命令 81 师主力由荷坪里通过冰封的长津湖，于 3 日拂晓控制了长兴里、文川里地区，截断了敌人东窜之路。至此，南撤美军被完全包围于

志愿军士兵在雪地里向"联合国军"发起攻击

柳潭里以南地区。

在志愿军的猛烈进攻之下，美军陆战第1师四面受击，伤亡严重。

3日，急于突围摆脱困境的美军在50余架飞机掩护下，以坦克群为先导，倾全力进行突围，猛攻志愿军死鹰岭、獐项里、西兴里一线阵地。下碣隅里美军也以一部向西攻击，接应柳潭里的美军。

腹背受敌的59师顽强战斗，与美军反复争夺阵地。但终因连日作战，弹药不济，冻伤及战斗减员较大，阵地终被美军突破。

27军即令59师巩固占领公路以南阵地，同时令81师243团控制西兴里、獐项里阵地，正面堵击美军。

当晚22时，243团进至指定位置，对正向西逃窜的美军展开冲击，截断美军队伍，迫敌大部退回西兴里地域。

4日，西兴里与下碣隅里的美军，在飞机、坦克的支援下，对243团阵地两面夹击。在付出重大伤亡后，柳潭里的美军陆战第5、第7团丢弃全部重型装备，终于逃到了下碣隅里。

从柳潭里到下碣隅里只有22公里。号称美军王牌部队的陆战第1师2个主力团，在志愿军的顽强阻击下，拼出死力，竟用了三天的时间才走完，平均每小时前进300米，堪比蜗牛的速度，伤亡更是高达1500多人。

这场惨烈的较量使美军感到了前所未有的惧怕，并从内心里对这支衣衫褴褛、手拿简陋武器，却义无反顾地发起潮水般进攻的中国军人产生了敬意。时

8.

长津湖战斗

135

任美军第 57 炮兵营营长的曾顿斯中校回忆道：

　　陆战队员们从来没有见过如此众多的中国人蜂拥而来，中国人一次次顽强进攻，尽管陆战队的炮兵、坦克和机枪全力射击，但是中国人仍然源源不断地拥上来。他们视死如归的精神让陆战队肃然起敬。

　　6 日，美军陆战第 1 师主力毁坏全部重装备，由下碣隅里拼死南逃。为了营救出这支王牌劲旅，美空军出动大批飞机，不分昼夜地轰炸、扫射公路沿线所有目标，提供强有力的空中支援。

　　志愿军官兵奋勇战斗，全力围追堵截南逃美军。7 日，26 军歼灭了下碣隅里残留美军，20 军主力则依托已占阵地对美军实施层层阻击。

　　从下碣隅里到古土里仅为 18 公里。作为当时世界上机械化程度最高的部队，美军陆战第 1 师竟然整整走了 38 个小时，平均每小时前进 500 米。

　　这时，又传来了一个令美国大兵感到令人心寒、无比恐惧的消息——水门桥被炸，而且是连同桥基一起被炸掉了。

　　架设在长津湖引水管道上的水门桥是一座悬空的单车道桥梁，四周悬崖峭壁，桥下万丈深渊，是从古土里撤往咸兴的必经之路。

　　其实这已是志愿军第三次炸桥了，不过前两次都被拥有现代化装备的美军

长津湖战斗中被志愿军击毙的美军士兵的尸体

工兵迅速修好了。为了彻底破坏美军南逃之路，志愿军干脆将桥基也炸掉了。

　　美国人自然不肯坐视这两支王牌军被志愿军全歼，立即展示了其强大的现代化战场保障能力，火速从日本调来 8 套车辙桥组件，空投到前线。不到两天，美军就又架起了一座载重 50 吨、可以通过撤退部队所有车辆的桥梁。

　　8 日，美军陆战第 1 师继续向南突围，在古土里以南隘路处，又被志愿军 58 师 172 团 2 个连阻截。

　　一心逃命的美军急红了眼。他们孤注一掷，一面在大量航空兵配合下，猛攻夺路；一面急调黄草岭、真兴里地区的美军部队北援接应。

　　2 个连的志愿军官兵在零下 30 多摄氏度的严寒中，顽强作战。在人员冻伤、阵亡严重，只有 20 余人可以战斗的情况下，仍坚守阵地，一步也没有后退。

　　美军陆战第 1 师是美军的王牌部队，有着 160 多年的建军历史，其前身可追溯到 1846 年美军为征战海外而专门组建的海军陆战第 1 团，称得上美国海军陆战队的"老字号"。1942 年扩建为陆战第 1 师后，在美军太平洋战场的历次登陆作战中担负开路任务，所向披靡。尤其是在夺取"日本国门"冲绳岛之战中，以"拼死作战精神"名噪一时，是美军的"王牌师"，一等一的主力。可面对志愿军顽强的阻击，他们却一筹莫展，强攻了一个白天，除了付出数百具尸体外，硬是没有踏上阵地一步。

　　美军百思不得其解，中国人在这个小小的阵地上究竟藏了多少人马？他们

"联合国军"向志愿军阵地进攻（剧照）

强大的炮火和飞机轰炸明明已把山顶削去了一大截，明明已经是寸草难生的高地上，为什么总是有中国军人令人难以置信、源源不断地冒出来，给予他们每一次冲锋以暴风骤雨般的还击。

就这样，阻击战整整打了一天一夜，2 个连的志愿军共歼敌 800 余人，最后全部战死或冻僵在阵地上。

战后，美国人充满敬畏地写道："这些中国士兵忠实地执行了他们的任务，没有一个人投降，全部坚守阵地直到战死，无一人生还。"

与此同时，60 师 180 团也将由真兴里北援的美军阻于堡后庄以南地区。

9 日，美军陆战第 1 师从临时架设的水门桥上通过，继续向南逃窜，与真兴里北援部队夹击堡后庄。

180 团在 179 团 1 个营的支援下，不顾一切地阻击逃敌。激战两日，最后全团大部冻伤、阵亡，阵地方为美军突破。

至此，志愿军第 9 兵团经近半月的激战，部队已经极度疲劳，特别是冻伤减员十分严重，情况最严重的 79 师战斗伤亡 2297 人，冻伤减员则达 2157 人。最后，全师缩编为 5 个步兵连、2 个机炮连，难以继续实施大的作战行动。但为了争取整个战局的有利局面，9 兵团决定："不顾一切困难和代价，继续组织所有还能勉强支持的人员，力争歼灭南窜与援敌一部或大部。"

10 日，古土里美军部队越过黄草岭，继续南逃。

志愿军某部攻击长津湖美军机场

1950 年 12 月 12 日，美军在撤退的路上安装爆破装置

志愿军 89 师主力在真兴里以南水洞、龙水洞地区主动出击，截击南逃之敌，毙敌 300 余人，击毁汽车 30 余辆。随后又在尾追逃敌中，缴获汽车 60 余辆，歼敌 200 余人。

美军陆战第 1 师在志愿军的坚决阻击、截击、追击下，丢盔卸甲，步履艰难，狼狈逃窜。至 12 日，在由五老里北援的美军第 3 师接应下，最终逃出了志愿军的包围圈。随后会同美军第 3 师，由五老里仓皇逃往咸兴、兴南地区。

在长津湖地区的战斗中，一向所战披靡、风光无限的美军陆战第 1 师遭到志愿军的毁灭性打击，经历了该师历史上最惨痛的一次失败，战斗减员 4400 多人，非战斗减员高达 7300 多人。美国战史称："陆战队历史上，从未经历过如此悲惨的艰辛和困苦。这简直是一次地狱之行。"

志愿军第 9 兵团在极度艰难困苦的条件下，发扬人民军队英勇顽强，不怕艰难困苦，不怕流血牺牲的革命精神，同美军浴血奋战十余个昼夜，以巨大的代价歼敌 13916 人，予美军陆战第 1 师和步兵第 7 师一部歼灭性打击，打开了东线战局，并有力保障了志愿军西线部队的侧后安全。

12 月 17 日，毛泽东致电彭德怀："九兵团此次在极困难条件之下，完成了巨大的战略任务。由于气候寒冷，给养缺乏及战斗激烈，减员达四万人之多，中央对此极为怀念。"

9. 新兴里进攻战斗

在中国人民革命军事博物馆里，收藏着一面缴获的美军团旗，蓝色的旗子上画有一只白色的北极熊，并用英文字母标着美军第 7 师步兵第 31 团。这就是号称美军王牌部队的"北极熊团"的团旗。

美军第 7 师是一支鼎鼎有名的荣誉部队，特别是麾下的第 31 团更是战功累累。该团组建于第一次世界大战期间，参加过在苏联西伯利亚地区的作战，因战功卓著获"北极熊团"的称号。第二次世界大战期间，先后参加了太平洋战场上的阿留申群岛、马绍尔群岛和冲绳岛等战役，取得了一系列的辉煌战绩。

但谁也没有想到，这支战功显赫、战斗力超强的王牌部队竟然在朝鲜战场

志愿军在新兴里战斗中缴获的美军"北极熊团"团旗

华东野战军9纵某部攻占济南市商埠

上被打败了，而且是全军覆没。创造这一神话的是中国人民志愿军第27军。

27军是一支具有光荣传统、能征惯战的主力部队，其前身是以山东军区所属胶东军区部队和机关一部组成的华东野战军第9纵队。先后参加过莱芜、泰蒙、孟良崮、潍县、兖州、济南、淮海、渡江等战役，为新中国的诞生南征北战，立下了赫赫战功。孟良崮战役中，该部担任主攻，抢占马牧池，攻克雕窝，断敌退路，为全歼国民党军五大主力之一的整编第74师做出了巨大贡献。济南战役中，在攻城东集团中担任主攻，所部第25师第73团一举突破城东南角的城垣，首先攻入市区，被授予"济南第一团"称号。渡江战役中，军侦察营数次渡过长江进行侦察，提供情报。脍炙人口的电影《渡江侦察记》便是根据这一传奇故事改编的。

1950年11月初，27军随9兵团入朝参战，担任东线江界、长津方向的作战任务。25日黄昏，志愿军首先在西线发起反击，抗美援朝第二次战役就此打响。

27日，美军陆战第1师主力和美军第7师一部进入长津湖地区。

9兵团果断决定：由27军79师和20军59师进攻柳潭里；20军58师和60师进攻下碣隅里；27军80师附81师242团共4个团进攻新兴里，81师（欠242团）保障80师左翼安全。94师为27军预备队，26军为兵团预备队。由于战前80师师长张铚秀已调任26军副军长，兵团决定由27军副军长詹大南亲自赶到80师指挥新兴里作战。

位于朝鲜东北部的长津湖地区山高林密，平均海拔在1300米以上。时值严

长津湖水库地区唯一的公路已被志愿军炸断。经过 C-47 空投架桥器材，经过抢修后美军才得以脱身

冬，加上连日大雪，气温降至零下 30 摄氏度以下。由于入朝参战时间紧急，准备仓促，9 兵团的官兵们还没有来得及换上防寒衣物，就穿着薄薄的冬装，戴着大檐帽，走上了冰天雪地的朝鲜战场。他们克服冻伤减员严重、粮弹供应不上等困难，以顽强的战斗意志，向美军发起进攻。

27 日 16 时，80 师以 4 个团 12 个步兵营在漫天纷飞的大雪中，向新兴里地区美军发起突然攻击。其中 2 个团从正面突击新兴里，2 个团从翼侧分别突击内洞峙、新岱里。

新兴里是位于朝鲜北部高寒山区长津湖畔的一个平凡小村庄。北部山势平缓，南部山岭突兀。险峻的地势，加之冰雪的肆虐，使得这一带显得格外狰狞。

驻守该地区的美军便是由大名鼎鼎的"北极熊团"——陆军第 7 师第 31 团主力组成的团级战斗队，包括第 31 团团部和第 3 营、第 32 团第 1 营、第 57 野战炮兵营及坦克连、高射炮连、迫击炮连等加强分队，共 3100 多人，相当于 1 个加强团。

"北极熊团"是奉美军第 10 军长阿尔蒙德少将的命令，为加强由长津湖向江界方向的进攻力量，于 26 日赶到新兴里地区，接替美军陆战第 1 师部队防务，并负责保护柳潭里、下碣隅里地区沿长津湖西岸向北推进的陆战第 1 师侧翼安全。没承想，刚到新兴里即遭到志愿军主力的大举围攻，被打了个措手不及。

战斗打响后，238 团（附 240 团 4 营）迅速从新兴里北侧沿山沟谷地发起进攻。时任 238 团团长的阎川野回忆道：

我们团 3 营和 240 团 4 营在新兴里二沟与一股美军遭遇，经激战歼敌百余人，并攻占了 1324 高地以东。我们团 1 营 3 连发现了美 31 团的榴弹炮阵地，官兵们用机枪扫，用手榴弹炸，使美军的榴弹炮成了一堆废钢烂铁。

天亮时，我爬上新兴里旁的一座山头，用望远镜向山下望去，发现凹地中一座房子附近有一群美军在活动。我对身旁的炮兵参谋说，快把炮兵调上来。一会儿四门迫击炮被抬到山上，每门带了 10 发炮弹。我指了指山下的目标，四门迫击炮齐射，40 发炮弹接连砸下去，美军死伤惨重。

更令"北极熊团"惶恐不安的是，他们的指挥所遭到了中国军队的突袭，损失惨重。

原来，志愿军 239 团 4 连发起进攻前进至 1200 高地西山腰时，发现几顶帐篷内大约有 1 个排的美军正在呼呼睡大觉。4 连 1 个排迅速包抄上去，果断开火，将美军全部报销。另外 2 个排立即向纵深穿插，轻重机枪一阵猛扫，顿时把美军打得人仰马翻。

如梦初醒的"北极熊团"立即组织反击，强大的火力把 4 连的进攻压制住了。4 连果断改变战术，以少数兵力在正面牵制敌人，主力从两侧迂回上去，悄悄接近敌人守卫的一座大房子，用手榴弹和机枪朝屋内一阵猛打。

这座大房子正是"北极熊团"的指挥所。

屋里的美军被打蒙了，有的举手投降，有的抱头鼠窜，负隅顽抗的统统被击毙，团长麦克莱恩上校也当场毙命。那面象征着"北极熊团"无上荣誉的团旗也被 239 团通信班长张积庆缴获。

新兴里战场一角

新兴里战斗模范连指战员合影

战后，4连被授予"新兴里战斗模范连"称号。

"北极熊团"一时群龙无首，组织不起有效的抵抗。志愿军238团3营趁势突破敌防御阵地，夺占了新兴里的最后一个制高点1250高地。

与此同时，240团（欠4营）向内洞峙新兴里西侧实施攻击，连续攻下4个山头，毙敌50余人，切断两地美军的联系；242团迂回占领了新兴里南侧1221高地及高峰等高地，控制了后浦至新兴里的公路。至此，志愿军切断了"北极熊团"南撤西逃的通路，将其压缩在不足4平方公里的狭小地域，完成了对新兴里地区的合围。

仗打得异常艰苦。因为志愿军没有支援火力的炮火准备，也没有自动火器的火力掩护，只能在纷飞的鹅毛大雪中隐蔽接敌，用近战和夜袭的方式进攻敌军。这就使志愿军对当面之敌的情况不会掌握得那么清晰，而且对志愿军将士们的身心考验也是非常巨大的。

战前，志愿军侦察的情报是新兴里地区的美军仅为1个加强营。但随着战斗的逐步展开，根据审讯战俘才得知驻守该地区的美军有1个加强团，而且是美军的王牌部队"北极熊团"。

由于对敌情掌握得不够准确，战斗打响不久，志愿军攻击部队就误认为敌人已被全歼，遂着手打扫战场。藏匿于新兴里各个角落和附近山沟里的美军，乘机重新集结并发起反冲击，给志愿军造成了很大的伤亡。

万幸的是，志愿军始终牢牢地控制着新兴里地区外围诸高地。激战一天，终于把这头张牙舞爪的"北极熊"关进了一个狭小的"铁笼子"里。

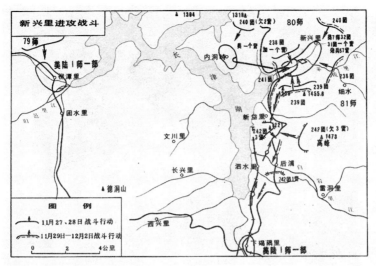

新兴里进攻战斗示意图

28 日，美军航空兵在新兴里地区给这支被围困的王牌部队空投了大批粮弹。

上午 9 时 30 分，下碣隅里的美军陆战第 1 师部队在多架飞机的配合下，以 12 辆坦克为先导，沿公路向新岱里志愿军 81 师 242 团阵地猛攻，企图打通与"北极熊团"的联系。

242 团顽强抗击，坚守阵地。战斗中，3 营 9 连 8 班副班长叶永安带着他的战斗小组埋伏在公路东侧，乘美军坦克驶近路障减速时，用火箭筒抵近攻击。

行驶在最前面的美军坦克连中两枚火箭弹，伴随着巨大的爆炸声燃起了冲天大火。刚才还横冲直撞、疯狂开炮的"钢铁怪兽"立刻瘫在雪地里，无法动弹了。

紧跟在后面的第二辆坦克被挡住了前进的道路，只好减速停了下来，一名美军士兵从车里探出身来观察情况。

说时迟那时快，战士阚立田甩手投出一枚手榴弹。手榴弹在空中划出一道美丽的弧线，不偏不斜地飞进了坦克车的炮塔里。"轰"的一声，从车里腾起一股黑烟。这辆坦克也报销了。

接连两辆坦克被击毁，美军阵脚有些慌乱。叶永安趁机冲出战壕，在敌人还没有缓过神来时，将一个炸药包塞进了第三辆坦克的尾部履带里。随着一声

9. 新兴里进攻战斗

志愿军无后坐力炮炮手在冰天雪地里向敌坦克射击

巨响，第三辆坦克被炸翻了。

后面的坦克连同步兵见势不妙，掉头就往回跑。战后，8班荣立集体特等功，叶永安被授予"反坦克英雄"荣誉称号。

激战竟日，242团顽强地坚守住了阵地，粉碎了美军打通下碣隅里与新兴里联系的企图。

此时，天渐渐暗了下来。

经过一昼夜的激战，志愿军参战各部伤亡很大，4个团减员都在三分之一以上。为消灭残余之敌，80师决定利用夜幕的掩护对新兴里和内洞峙的美军再次发起攻击。具体部署是：238团从新兴里东南侧突破；239团从新兴里正南、西南进攻；240团攻击内洞峙。

内洞峙有美军1个营驻守，并配属有部分坦克和炮兵，与新兴里之敌形成相互支援的犄角之势。80师决定首先攻下内洞峙，切断"北极熊"的一只臂膀。为增强火力支援，将师直属炮兵营的6门七五山炮全部配属给240团。

战斗打响后，240团向新兴里与内洞峙之间猛插。4连在连长李耘田和指导员汪金兰率领下直扑公路大桥，首先捣毁敌营指挥所，占领了公路大桥。随后又击退了敌人的三次反扑，守住了大桥。

团主力乘胜猛攻内洞峙美军固守的据点——三座独立院落。

担任主攻的3连2个排的战士，冒着枪林弹雨，前仆后继，奋勇冲击。当他们攻下第一个据点后，由于后续部队未能及时跟上，加之地形平坦不便隐蔽等因素，受到敌人火力的三面夹击。

3连指战员与敌展开激战，在炸毁1辆坦克后，向第二个据点冲去。战斗中，连长、指导员倒下了，副指导员和20多名战士也倒下了……

当夺下第二个据点时，全连仅剩下16个人。在副排长马日真的率领下，他们又向第三个据点发起冲击。子弹打完了，就扔手榴弹；手榴弹甩光了，就拼刺刀；刺刀拼弯了，就用铁锹、石块、木棍、拳脚甚至用牙齿，与敌人肉搏。最后全连只剩下了1名战士，第三个据点终于被攻下来了。美军遗尸300余具、榴弹炮4门，残部在飞机掩护下逃往新兴里。途中又遭240团7连截杀，最后逃到新兴里的敌人不足300人。

此时，238团、239团已先后突破美军前沿阵地，杀入新兴里村中，与敌人展开逐壕逐屋的争夺。

"北极熊团"毕竟是美军的一支王牌部队，装备精良，训练有素，战斗力颇强。面对志愿军凌厉的攻势，在继任指挥官费斯中校的指挥下拼死抵抗。美军凭借村内房屋和工事，以坦克作为活动堡垒，发挥坦克火炮、无后坐力炮等大口径火器的火力隔断作用，企图封闭志愿军预备队的前进道路，并以多联装高射机枪和各种轻重自动火器的火力优势，压制志愿军的进攻。

美军的火力真是一个猛呀。"机枪打得呜呜的，就像刮风！""朝鲜那山上都是灌木丛，那个密啊，我们上高地时裤角被刺划开，都露出棉花。可是一个白天下来，敌机炸，大炮轰，炸光了，烧光了。冻土就像被犁过，松了。山头焦黑，大雪都盖不住啊！"许多年后，参加新兴里战斗的志愿军老兵们还记

美军利用有利地形死守阵地

忆犹新。

天空渐渐露出鱼肚白，天就要亮了。

攻入村中的志愿军2个团的突击部队通宵血战，在美军强大的火力下，屡次进攻受挫，竟没有占领一块阵地，伤亡反而比预想的要大得多。白天是美军飞机的天下，志愿军被迫于29日拂晓主动撤出战斗。

就这样，中美两支王牌部队在新兴里打成了白热化，攻守胶着，犬牙交错。

白天，美军凭借其强大火力和空中优势，进行疯狂反扑，企图夺路而逃。志愿军在严寒、饥饿、疲劳和武器装备低劣等极端不利的条件下坚守阵地，顽强作战。夜间，志愿军则由守转攻，主动出击，围攻美军。

经过两天两夜的激战，志愿军参战部队冻伤减员和战斗减员已高达三分之二，各团不得不合并建制并整顿各级战斗组织。其中损失最严重的两个团——238团缩编为6个步兵连，每连4至6个班，每班仅有六七人；239团缩编为3个步兵连、1个迫击炮连和1个重机枪连。

这时，9兵团对长津湖地区的敌情有了进一步的了解，发现被围美军部队多达1万余人。于是调整部署，决定采取集中兵力逐次歼敌的方针，首先歼灭新兴里地区的"北极熊团"。

鉴于80师在前两天的战斗中损失很大，27军决定集中81师主力（241团、242团），协同80师，进歼新兴里地区美军，并以79师牵制柳潭里美军。具体部署是：以80师238团由东南向新兴里进攻；以240团由东北向新兴里进

被歼灭的美军

冬季作战中的美军侦察小组

攻；以 239 团由南面向新兴里进攻；以 81 师 241 团由正西和西南向新兴里进攻；以 242 团担任阻击援敌和截击逃敌的任务。

"北极熊团"的末日终于来临了。

30 日，由于志愿军对柳潭里和下碣隅里的围歼压力增大，迫使美军陆战第 1 师无暇他顾，放弃了对新兴里的救援，南退下碣隅里。这对志愿军聚歼"北极熊团"增加了胜算。

当晚，新兴里围歼战斗打响了。

天公不作美，再降大雪，气温骤降，志愿军冻伤减员大幅度增加。时任 238 团 7 连副连长的宋协生回忆道：

那天营长向我交代任务，话没说完就睡着了，那个累啊！教导员领着我就上去了，连长带 1 排，我带 2 排和 3 排。村子里壕沟中时时见到我们的战士，端着枪，眼瞪着前方，一身的雪，一动不动，那是冻死的，像塑像一样啊！

23 时，志愿军集中 2 个师的炮兵进行了 15 分钟的炮火急袭，随后各部从四面同时发起攻击。指战员冒着密集的炮火，奋勇杀敌。

战至 12 月 1 日拂晓，4 个团先后突破美军前沿阵地，攻入村内，与敌展开逐壕逐房的激烈争夺。但在纵深作战中，遭到美军绵密火网和坦克火炮的阻拦和杀伤，特别是 241 团 2 营、3 营以纵长密集队形冲击时，伤亡尤为严重。指

新兴里战斗中，志愿军机枪阵地

挥部果断改变了作战队形，继续猛攻。

天渐渐亮了，空中又飞来了数十架美军轰炸机。地面上，激战一夜的两军部队早已在新兴里村中打成了一锅粥，双方犬牙交错，相互缠绕。敌机在战场上空盘旋许久，因怕误伤自己人，始终不敢投弹。

志愿军将士见没有了空中威胁，士气倍增。为扩大夜间作战的胜利，不给敌人喘息机会，决定白天继续进攻，紧缩合围圈，终于将残敌压缩于新兴里村内狭小地域。

费斯中校看到部队伤亡惨重，外援无望，又无空中火力支援，继续困守下去将有全军覆没的危险，便命令毁掉所有的火炮及重型装备，准备夺路逃命。命令下达不久，费斯中校就被志愿军战士扔出的手榴弹炸死。

11 时，伤痕累累的"北极熊团"在 40 余架飞机掩护下，以 10 余辆坦克为先导，沿公路向下碣隅里方向突围。

志愿军立即展开拦阻和追击作战。242 团 3 营依托 1221 高地及公路以东一线高地，对突围之敌猛烈射击，并炸毁公路上的桥梁，将敌拦截于 1221 高地前。242 团 2 营和 80 师各团不顾美军飞机的狂轰滥炸，依托公路东侧的有利地形，从敌队形的侧面、正面和后尾猛烈冲击，将"北极熊团"残部大部歼灭于新兴里、新岱里地区。

战斗中，一股残敌乘坐 20 多辆汽车和坦克仓皇逃离公路，直奔白雪皑皑的长津湖。

谁知，冰层不能同时承受这么多辆汽车和坦克的重压。随着一声天崩地裂的巨响，湖冰塌陷，车上的敌人全部掉入冰冷刺骨的湖水里，冻溺而亡。后面

志愿军对逃敌发起攻击

的美军见势不妙，惊恐万状地折回公路，几十辆坦克和汽车首尾不分，像一群无头苍蝇，乱作一团。

时任 27 军政治部保卫干事的王明清在《创造军事史上奇迹的人》一文中写道：

> 夜幕降临，敌军想乘机窜逃。关键时刻，我 242 团 1 营的战士们炸翻了前面开道的坦克和汽车，切断了敌军的退路。几百名志愿军战士冲下公路两侧的山头，如猛虎下山一般，与敌展开了肉搏战，击毙敌人三百多人，俘虏近两百人。

2 日晨，新兴里战斗胜利结束。此战历时五天四夜，27 军 80 师、81 师拼尽全力，付出了极其惨烈的伤亡代价，在零下 30 多摄氏度的冰天雪地里，靠着"一把炒面一把雪"和步枪、手榴弹，全歼美军王牌部队"北极熊团"。

据战后统计，志愿军共歼敌 3191 人，其中毙伤 2807 人，击毙了团指挥官麦克莱恩上校和继任指挥官费斯中校，俘虏 384 人，缴获汽车 184 辆、坦克 11 辆、各式火炮 137 门、枪 2345 支（挺），击毁坦克 7 辆、汽车 161 辆，创造了志愿军以劣势装备全歼现代化装备美军 1 个加强团的模范战例。

这一世界军事史上的奇迹被当作神话传遍了全世界。

二十年后，"文化大革命"中遭受迫害、身陷图圄的彭德怀在他的自述中写道：

在朝鲜半岛冰天雪地里遭志愿军围歼的美军

　　一般包围美军一个团，全部歼灭要两天时间，原因是我军装备太落后，他的空军和地面机械化部队拼命救援。全歼美军一个整团，一人也未跑掉，只在第二次战役中有过一次。9兵团27军创造了这样的范例。

10. 高浪浦里东南突破
临津江战斗

1950 年 12 月 24 日，抗美援朝第二次战役胜利结束。

此役，中国人民志愿军和朝鲜人民军沉重打击了"联合国军"，彻底粉碎其占领全朝鲜的企图，解放了朝鲜北半部除襄阳外的全部地区，收复了平壤，将战线推至"三八线"，并占领以"三八线"以南瓮津半岛和延安半岛，从根本上扭转了朝鲜战局。

1950 年 12 月 12 日，"联合国军"车队经汉江浮桥撤退

作战中，志愿军克服武器装备落后、后勤供应不上，以及气候恶劣等种种困难，把穿插迂回战术发挥得淋漓尽致，再次狠狠地教训了"联合国军"，基本歼灭南朝鲜军第7、第8师，歼灭土耳其旅大部和号称"北极熊团"的美军第7师第31团级战斗队，给予美军第2师、陆战第1师以歼灭性打击，重创美军第25师、骑兵第1师，共毙伤俘敌3.6万余人，其中美军2.4万余人，美军第8集团军司令沃克中将也在撤退的路上因车祸命丧异国。志愿军还缴获与击毁"联合国军"各种火炮1000余门、汽车3000余辆、坦克与装甲车200余辆，缴获飞机6架。此役被世界军事专家们公认为20世纪最杰出的战役之一。

战前麦克阿瑟吹嘘的所谓"圣诞节结束朝鲜战争的总攻势"变成了总退却，"联合国军"全线崩溃，几乎丢弃了所有的重型装备，轻装南逃，一口气狂撤300公里，直到"三八线"及其以南地区才稳下神来，转入防御。失败悲观的情绪深深地笼罩着躲在工事里的所有"联合国军"士兵。

狂妄自大的麦克阿瑟也被战局弄得焦头烂额，连忙发表声明："百万中共军正向北韩境内集结，联合国军面临新的战争。这种事态，已超出前线司令官所能管辖的范围，应当通过联合国或者外交途径加以解决。"

朝鲜战场上的噩耗传回美国国内，舆论一片哗然。

美国合众社在1950年11月28日的一篇电讯中哀叹："现在前线自战壕而至第8集团军司令部人人都知道，圣诞节回家的希望已被粉碎，因此士气比寒

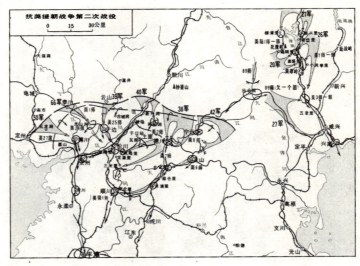

抗美援朝第二次战役示意图

1950年10月15日，美国总统杜鲁门在威克岛同"联合国军"总司令麦克阿瑟举行会谈，决定执行全面占领北朝鲜的计划

暑表降落得更快。48 小时以前乐观口吻的圣诞节回家的攻势，也遭到朝鲜战争以来的最恶劣挫折。"

《时代》杂志则称："我们吃了败仗——美国历史上最惨重的败仗。"《新闻周刊》认为这是"珍珠港事件后美国最惨的军事败绩"，"可能会成为美国历史上最糟糕的军事灾难"。美联社也不无伤感地称：这是美军历史上"最丢脸的失败"，是"最寒冷、黑暗的年终……"

美国政府对战争失败的责任问题互相攻讦，对是否坚持朝鲜战争意见分歧，吵成了一锅粥。有的大骂麦克阿瑟愚蠢无能、情报错误、指挥失当，是"最伤心的笨蛋""蠢猪式的指挥官"，要求立即撤他的职；有的则认为是政府决策失误，猛烈抨击杜鲁门的外交政策；有的要撤换国务卿艾奇逊，"彻底打扫国务院"；甚至有的议员干脆提议要国会罢免杜鲁门总统。

面对如此复杂严峻的朝鲜战局，美国最高决策层也乱作一团，艾奇逊、马歇尔、布雷德利等军政高官束手无策，只得通宵达旦地在五角大楼里开会，商议对策。有人提议可否先与中国人谈判，实现临时停火，使美军得以休整、稳住阵脚。可一旦停火，美军势必要从朝鲜半岛撤军，这当然是美国人所不愿看到的。杜鲁门竟然在记者招待会上公然对中国进行"核讹诈"，称美国"一直在积极考虑使用原子弹"。

随着在朝鲜战场上接二连三遭受惨败，美国同其仆从国家之间的矛盾也日益加深。

一名法国营的伤兵被送往后方治疗。名声在外的法国营于1951年初遭到志愿军重创

英国人首先表示出极大的不满，矛头指向"联合国军"总司令麦克阿瑟，大骂他是"闯进了瓷器店的牛"，让英国士兵白白丢掉了性命。英国防大臣辛威尔不无讽刺地说："有一段时间，麦克阿瑟似乎是超出了我们在事件开始时所了解的目标，结果我们走进了驻有庞大中国军队的满洲边境……他的情报弄错了。我们的处境实在可怕，欺骗自己是没有用的。"

对杜鲁门提出的要在朝鲜战场上使用原子弹，英国人更是慌了神。一百多名议员联名上书首相艾德礼，坚持反对在"任何情况下使用原子弹"。

法国人也抱怨美国被仁川登陆的胜利冲昏了头脑，错误地估计了形势，低估了中国军队的实力。他们担心美国一意孤行，卷入一场旷日持久的战争，把兵力陷在朝鲜半岛而削弱其在欧洲的防务力量，因而主张战争在"三八线"停下来。

此时，随着世界爱好和平的人民反对侵略战争的呼声一天天高涨起来，美国陷于军事、政治两面不利的困境中。经过权衡利弊，美国军政首脑们最终做出了继续而不扩大战争的几个原则：战略重点在欧洲；不能卷入亚洲的持久战争；不向朝鲜增派军队；保持"三八线"的稳定；恢复"三八线"战前的状态……

当然，这一切的前提是"联合国军"能否守住"三八线"。

12月14日，美国在与英国磋商后，操纵第五届联合国大会通过了所谓亚洲十三国提案，成立"朝鲜停战三人委员会"，鼓吹交战双方先停火，然后再谈判解决朝鲜问题。

毫无疑问，美国人是在争取喘息时间，企图重整军队，准备再战。对此，周恩来代表中国政府郑重声明："中国人民亟望朝鲜战事能得到和平解决。我

1951 年 11 月下旬，中国代表伍修权（左一）在联合国安理会上
谴责美国武装侵略中国领土台湾和武装干涉朝鲜的罪行

们坚持以一切外国军队撤出朝鲜及朝鲜内政由朝鲜人民自己解决为和平调处朝鲜问题的谈判基础，美国侵略军必须退出台湾，中华人民共和国的代表必须取得联合国的合法地位。这几点不但是中国人民和朝鲜人民的合理要求，也是全世界一切进步舆论的迫切愿望。"

美国人从其全球战略出发，自然不会答应从朝鲜撤军的。

15 日，美国总统杜鲁门就迫不及待地发表广播演说，宣称美国愿意谈判解决朝鲜问题，但决不向"侵略"屈服，也不"姑息"苏联统治势力造成的巨大威胁，并宣布自 12 月 16 日起"全国进入紧急状态"，同时决定扩大征兵计划，把美军由 250 万人增加到 390 万人，加紧军工生产，在一年之内把飞机、坦克的生产能力分别提高 5 倍和 4 倍以上，迅速增强军事力量。

22 日，周恩来再次代表中国政府发表声明，指出："凡是没有中华人民共和国的合法代表参加和同意而被通过的联合国的一切重大决议，首

周恩来总理对美国的侵略提出警告

10. 高浪浦里东南突破临津江战斗

先是有关亚洲的重大决议，中华人民共和国中央人民政府都认为是非法的，无效的。因此，中华人民共和国政府及其代表不准备与上述这个非法的'三人委员会'进行任何接触。""在没有一切外国军队撤出朝鲜及朝鲜内政由朝鲜人民自己解决作基础，来讨论停战和谈判，都将是虚伪的，都将适合美国政府的意图，而不可能达到世界爱好和平人民的善良愿望。"

26 日，美国陆军副参谋长李奇微中将接替几天前在败退途中因车祸丧命的沃克，出任美军第 8 集团军司令。

李奇微，1895 年生于美国弗吉尼亚州门罗堡。1917 年毕业于美国陆军军官学校，即著名的西点军校。曾在西点军校和本宁堡步兵学校任教官，后在中国、尼加拉瓜、巴拿马、玻利维亚、菲律宾、巴西和美国各地服役，并先后进入指挥与参谋学院和陆军战争学院深造。

第二次世界大战为李奇微充分展现其军事才能提供了舞台。他在美国陆军参谋部作战计划处先后任参谋、处长等职。1942 年出任第 82 步兵师师长，主持将该师改编为第 82 空降师。1943 年 7 月，在西西里岛登陆战役中，李奇微指挥该师实施美军历史上首次大规模夜间空降作战，一举成名。1944 年 6 月，他率部参加诺曼底登陆，2 个月后升任第 18 空降军军长。随后参加"市场—花园"战役、阿登战役和鲁尔战役，挥师进抵易北河。在美国军界中，李奇微素以"坚强意志和指挥才能"著称。

李奇微画像

说来也巧，麦克阿瑟和李奇微都是西点军校的高才生。1899 年，麦克阿瑟以第一名的成绩考入西点军校时，李奇微才刚满 4 岁。1919 年，也就是李奇微从西点军校毕业两年后，39 岁的麦克阿瑟出任西点军校校长。

可以说，麦克阿瑟不仅比李奇微大 15 岁，而且在美国军界中的资历更是高出李奇微许多，但李奇微对这位在二战中曾大出风头的校长并无多少好感，认为他具有"夸大其词和自吹自擂的恶习""把子虚乌有之事归功于自己的癖好"。

上任伊始，李奇微就表示一旦实力允许便立即恢复攻势。然而当他兴冲冲地来到冰天雪地的朝鲜战场上，心里顿时凉了半截。让这位美军勇将心寒的不仅仅是朝鲜半岛上空飘落的鹅毛大雪，第8集团军从上至下弥漫的低落、厌战的士气更令他感到无比沮丧。

一个月前，这支军队还信心爆棚，声称要在圣诞节前结束战争，但现在整个部队到处充斥着悲观失望、动荡不安、大难将临、惊恐未定的气氛。就连堂堂第8集团军司令部的餐桌上也铺着肮脏的床单，盛饭的器皿竟然是一个个大小不一的瓦罐。

在李奇微眼中，这简直就是一种污辱。他大发雷霆，命令手下把这些破烂统统扔进垃圾箱！后来，他在回忆录里写道："如果他们的军队老祖宗看到这支军队的现状，一定要气得在坟墓里打滚！"

由于经过志愿军两次打击，尤其是在第二次战役中遭受到前所未有的重创，美军对志愿军由轻视转为畏惧。眼下的第8集团军如同一盘散沙，士兵不相信指挥官，指挥官也不相信能打胜仗，一心只想早点离开这个该死的鬼地方。第8集团军上上下下已完全丧失了斗志，对中国军队更是充满着畏惧。

为重整士气，李奇微把前线指挥官召集起来训话："你们看看中国军队，他们总是在夜间行军，他们习惯过清苦生活，甚至吃的是生玉米粒和煮黄豆。这对你们来说，简直是饲料，是不可忍受的！他们能用牛车、骡马和驴子来运送武器和补给品，甚至用人力肩扛背驮。可我们呢？我们的军队离开了公路，就打不了仗，不重视夺占沿途高地，不去熟悉地形和利用地形，不愿离开汽

冰天雪地的朝鲜半岛，一支正在撤逃途中的美军部队士气全无

车，结果他妈的连车带人一起完蛋！"

李奇微的语气越发严厉起来，"要记住你们是步兵！你们必须学会走路！要知道中共军队并不是什么天兵天将，他们也是人，靠的是两条腿和步兵武器作战。他们的坦克和大炮数量少得可怜。他们没有制空权，他们的粮食和弹药供给几乎都是靠人力和畜力运送的，这必然会影响他们连续作战的能力。第8集团军不能采取一味退却的战术，而是应代之以进攻。找到他们！咬住他们！打击他们！消灭他们！"

除了给手下人训话打气外，李奇微一口气换了5个师长，总算是稳定住了人心慌乱的第8集团军。

李奇微认为志愿军不会在"三八线"停止前进的脚步，可能随时会发起第三次大规模的攻势。为此，他马不停蹄地到前线部队视察，督促各部在临津江沿线加紧抢修地堡工事，在江边、道口密布地雷，在阵地前沿设置铁丝网，同时加强空中侦察，企图在临津江上构筑起一道"铜墙铁壁"。

29日，美国参谋长联席会议电令麦克阿瑟：以保存"联合国军"力量为主，进行逐次防御作战。

一名美军黑人士兵守卫在满是积雪的战壕中

31日，李奇微命令其部队防卫一条从临津江到"三八线"的总战线，如被迫放弃阵地，则有秩序地按照调整线实施后撤。

当时，"联合国军"在横贯朝鲜半岛约250公里的正面和60公里的纵深内构筑了两道基本防线。第一道防线称作A线，西起临津江口大洞里，经汶山、舟月里，沿"三八线"附近向东至长存里。第二道防线为B线，西起高阳，经议政府、加平、春川、自隐里至冬德里。

为加大防御纵深，"联合国军"还在第二道防线以南至三十七度线，预设了三道机动防线，分别称为C、D、E防线。C线是沿汉江南，经杨平、横城至江陵；D 线是从水原经利川、骊州、原州、平昌至三陟；E 线是沿三十七度线，从平泽经忠州至三陟。

这时，"联合国军"在朝鲜的总兵力达到 34 万多人，一线兵力为 5 个军 13 个师另 3 个旅，约 20 余万人。另外，美军第 10 军（辖第 3、第 7 师和陆战第 1 师）在大田、大丘、釜山地区整顿，并转归李奇微的第 8 集团军统一指挥。其部署特点是：南朝鲜军位于第一线，美军和英军在第二线，并大部分集结于汉城（今首尔）周围和汉江南北地区的交通要道上，明显摆出了一副能守则守、不能守则随时撤退的架势。

早在 12 月初，随着志愿军在第二次战役中连战连捷，"联合国军"向"三八线"节节败退，毛泽东对朝鲜战局做出了精辟的分析：战争有可能迅速解决，但也可能拖长，我们准备至少打一年。美国有可能要求停战，我们认为敌人必须撤出朝鲜，而首先撤至"三八线"以南，才能谈判停战。

彭德怀立即召集邓华、洪学智、韩先楚、解方、杜平等人开会，研究落实毛泽东的指示。

在认真听取了大家的发言后，彭德怀说："根据敌我情况，第三次战役可考虑放在明年二三月间，因为敌人部署在第一线的兵力共 20 余万人，我第一线兵力加上人民军，只有 30 万人。又接连经过两次战役，指战员们相当疲劳，急需休整补充。"

兵法云：一鼓作气，再而衰，三而竭。彭德怀自然深知其中的道理，但他认为要迅速发动第三次战役问题很多，困难很大。

13 日，毛泽东致电彭德怀，要求志愿军克服和忍受一切困难，协同朝鲜人民军打过"三八线"。他指出：我军连续进行了两次战役，已取得战场主动权，迫敌暂时转入防御，在"三八线"与"三七线"之间构筑防线，有利于我歼敌。目前美、英各国正大肆宣传，企图操纵联合国诱使我军停止在"三八线"以北，以利其再战。因此，我军必须越过"三八线"。如到"三八线"以北就停止进攻，这将在政治上对我不利。

虽说志愿军接连取得了两次战役的胜利，辉煌的战果早已超出了人们的预料，但困难也接踵而至。

部队战斗和非战斗减员已达 10 万人，其中损失最为严重的 9 兵团不得不到朝鲜北部休整补充，至少二三个月内无法参战。随着战线不断向南延伸，后勤供应更加困难。志愿军的汽车全部加起来只剩下 260 多辆，而朝鲜半岛又进

志愿军补给困难，战士们用土豆充饥

入严冬季节，气候异常寒冷，风雪交加，山路崎岖。在美军飞机的狂轰滥炸之下，原本脆弱的交通线根本无力保障前线部队的粮弹供应。志愿军将士们只好穿着单薄的衣物、饿着肚子、拿着从敌人手里缴获的武器，发起冲锋。

彭德怀十分清楚志愿军面临的困境，在与解方、洪学智、杜平等人商量后，致电毛泽东："拟在'三八线'以北数十里停止作战，让敌占'三八线'。待我充分准备，以便明年再战时歼灭敌主力。"

但基于当时战场内外的政治形势，毛泽东决心立即越过"三八线"再打一仗，指出："美英正在利用'三八线'在人们中存在的旧印象，进行其政治宣传，并企图迫我停战，故我军此时越过'三八线'再打一仗然后进行休整，是必要的。"

毛泽东以其军事家、政治家的敏锐洞察力，识破了美国人围绕"三八线"做文章，企图搞假停战、真备战，以挽回战争败局的阴谋。因此建议彭德怀将越过"三八线"的战役提前至 1951 年 1 月，防止休整时间过长，引起资本主义和民主阵线各国对志愿军意图的无端揣测。

为孤立美军，激化参战各国间的矛盾，毛泽东特意指出：这次作战仍应以南朝鲜军为主要打击对象，如果能于 1 月上半月打一个胜仗，争取歼灭伪军几个师及美军一部，在政治上则能带来较正面的影响。

据此，彭德怀决心集中志愿军 6 个军实施进攻，在人民军 3 个军团的协同下，突破"联合国军"的"三八线"既设阵地防线，寻机歼敌，而后再进行休整，准备春季攻势。

为统一协调中国人民志愿军和朝鲜人民军的作战行动，经中朝两国领导人

英勇的志愿军战士在阵地前

商定，成立了中国人民志愿军和朝鲜人民军联合司令部，决定"凡属作战范围及前线一切活动"，均由联合司令部指挥。

根据"联合国军"转入防御后战线缩短、兵力集中的情况，中朝联合司令部确定此次作战采取"稳进"的方针，首先集中兵力歼灭临津江东岸迄北汉江西岸地区第一线南朝鲜军，如发展顺利即相机占领汉城，如发展不顺利即适时收兵。具体部署是：

以志愿军第38、第39、第40、第50军并加强炮兵6个团组成志愿军右纵队，由志愿军副司令员韩先楚指挥，在高浪浦里至永平地段突破，向东豆川、汉城方向实施主要突击，并分别从两翼向七峰山、仙岩里迂回，断敌退路，歼灭当面南朝鲜军第6、第1师，得手后向议政府方向发展胜利。

以志愿军第42、第66军并加强炮兵1个团组成志愿军左纵队，由第42军军长吴瑞林、政治委员周彪指挥，在永平（不含）至马坪里地段突破，分别向中板里、济宁里方向实施突击，以主力歼灭南朝鲜军第2师一部，得手后向加平、清平里方向扩张战果，切断汉城、春川间的交通；另以1个师向春川以北佯攻，牵制南朝鲜军第5师，策应人民军第2、第5军团南进。

人民军第1军团主力于东场里以东向汶山方向佯攻，配合志愿军右纵队作战，并保障其右翼安全；第2军团（欠2个团）、第5军团1个师，于战役发起前越过"三八线"，在洪川东南隐蔽集结，准备配合正面进攻；第5军团主力和第2军团2个团由杨口、麟蹄间突入，向洪川方向进攻，配合志愿军左纵队作战。

突破临津江前，某部战士宣读决心书

　　中朝两军的总兵力为 31 万余人，战役发起时间定在 1950 年 12 月 31 日。

　　为达成战役的突然性，志愿军各部队从 180 公里外向作战地区隐蔽开进，主力在战役发起前一周开始秘密占领进攻出发阵地。

　　30 日黄昏，朔风怒号，大雪纷飞。"三八线"地区银装素裹，气温骤降至零下 30 摄氏度。志愿军的 3 个炮兵师悄悄进入阵地，连夜用树枝和积雪巧妙地伪装起来。

　　多事的 1950 年即将过去，难以预测的 1951 年就要来临。

　　20 世纪上半叶的最后一天，1950 年 12 月 31 日 16 点 40 分，暮色刚刚垂临，按照预定计划，志愿军在约 200 公里的宽大正面上全线发起攻击。

　　随着一串串耀眼的信号弹飞向阵地上空，上百门大炮同时怒吼，吐出长长的火舌，成群的炮弹暴雨般飞入"联合国军"阵地。

　　伏在战壕里的志愿军战士们兴奋地欢呼起来："看，炮兵，咱们的炮兵！"

　　这是抗美援朝战争中志愿军第一次大规模使用炮兵。只见一束束闪动着的红光如利剑刺破长空，伴随着巨弹穿过夜空的嘶叫声、天崩地裂似的爆炸声，敌人的工事、火力点、暗堡、雷区、铁丝网以及各种障碍物统统飞上了天。临津江南岸陷入了烟雾火海中，大地都在颤抖！

　　短促的炮火准备后，高亢嘹亮的军号声震荡着冰河与山林，志愿军将士从战壕里一跃而起，向敌阵冲去。在朝鲜东西海岸间沿"三八线"绵亘 200 公里的战线上，枪炮齐鸣，战火纷飞，敌我双方近六十万大军展开了激烈的厮杀搏斗，抗美援朝第三次战役就此打响了……

位于汉城以北 75 公里处的临津江是朝鲜中部的一条大江，全长 254 公里，流域面积 8118 平方公里，航程 121 公里，河宽达百余米。由于受海潮的影响，江水时深时浅，涨潮时水深齐岸，落潮时水深也有 1 米以上，两岸高山蜿蜒起伏。它穿过"三八线"折回西南，中游一段横泻在"三八线"上，这里正是志愿军前进的突破点。

　　为阻止志愿军过江，敌人在沿岸构筑了大量的工事，阵地前沿横置屋顶形铁丝网，江边、道口密布地雷，树枝上高挂串串拉雷，在陡壁绝崖的山峦上还构筑了大小不等的地堡。敌机不停地在江北岸巡逻，远程炮火不时盲目地轰击江面，企图凭借临津江天堑，严防死守，把中朝军队阻挡在"三八线"以北地区。

　　志愿军右纵队把突破临津江的重任交给了 39 军 116 师。该师原为东北野战军中头等主力第 2 纵队第 5 师，是第一批入朝参战部队，有着丰富的攻坚突破经验。经过两次战役的锻炼，在胜利鼓舞下，全师官兵士气高昂、求战心切。师长汪洋回忆道：

　　我 39 军担任由元堂里至石湖地段突破临津江的任务，军首长最初的决心是以 116 师、117 师两个师并肩实施突破。我师受命后，于 1950 年 12 月 13 日，率师主力夜渡水流湍急、冰冷刺骨的大同江，披星踏雪，急行军五个夜晚，行程两百余公里，抵达临津江北集结。面前的江段位于临津江下游，宽 100~150 米，深 1~2 米。

一名美军士兵在前沿阵地观察情况

负责防守此段江岸的是战斗力较强的南朝鲜军第 1 师，师长是刚满 30 岁的白善烨准将。

虽说这位白师长年龄不大，指挥作战却是相当老练沉稳。在朝鲜战争爆发之初，他曾率部在汉山至临津江南岸的一个小村庄里，拼死抵抗朝鲜人民军的猛烈进攻，受到了美国军事顾问的高度评价。此后，白善烨飞黄腾达、步步高升。1951 年晋升为少将，任第 1 军军长；1952 年晋升为中将，任陆军总参谋长兼戒严司令；1953 年晋升为上将，成为韩国历史上最年轻的上将。2009 年 6 月，被国会授封为韩国建国以来唯一一位名誉元帅。

尽管在第一、第二次战役中，南朝鲜军第 1 师遭到志愿军的沉重打击，士气低落，但经过休整，兵员基本补齐。白善烨以第 11、第 12 团配置在松村、马浦里地区，凭借临津江天然屏障，构成纵深约 9 公里的三道防御阵地，组成以支撑点为骨干的防御体系；以第 15 团为师预备队。

阵地前沿设置在临津江南岸长坡里、松村、玄石里、斗只里、舟月里、新津浦、马浦里一线。在基本阵地内，除沿江陡崖有一道连续的堑壕外，各高地均构筑有堑壕和土木质发射点，从而构成环形支撑点式防御。守备要点同样筑有地堡及暗地堡，纵深有交通壕和隐蔽部。此外，还在临津江两岸布设密集的地雷群，在车辆易通行的地段布设混合雷场。

凭借临津江天险和完备的防御工事，南朝鲜军第 1 师自以为这是一道绝对的"铜墙铁壁"，志愿军难以逾越。

为成功突破临津江，116 师召开作战会议，听取了先遣团长和侦察科长对当面敌情、地形的分析判断报告。

经过初步侦察，东西各有一处地段可以作为突破口。东段为新岱至上井，西段为元堂里至戊滩浦，两处地段各有利弊。

志愿军某部向临津江前进

东段的有利条件是：此处为南朝鲜军两个团的接合部，防御较弱；志愿军一方地形起伏小，前沿还有几条深约 1.5 米的横向自然沟，稍加改造，即可隐蔽突击部队和炮兵；江对岸地形起伏，纵深约两公里处有两个并列高地，夺取这两个高地，就可突破敌人的第一梯队团阵地，从而完成突破任务。不利条件是：此处江河弯向敌方，水深流急，徒涉困难，有利于敌人两翼交叉火力的封锁；江对岸为 7~10 米高的峭壁悬崖，难以攀登。

西段的有利条件是：此处江弯向志愿军一方，使守敌东西两翼明显暴露，便于攻敌翼侧，而且易于攀登。不利条件是：志愿军一方地形平坦，没有起伏地和自然壕沟，难以隐蔽集结进攻部队。

"兵者，国之大事，死生之地，存亡之道，不可不察也。"毕业于陕北公学的汪洋是一位儒将，熟读《孙子兵法》，深知战争是一种特殊的社会活动，是敌我双方各种因素激烈对抗的过程。要想在敌人眼皮底下成功实现突破，谈何容易。如果作战方案出现漏洞，哪怕是在某一细节上出现小小的纰漏，其后果可能导致成百上千的志愿军将士无谓的牺牲。

为此，汪洋亲自带着全师团以上指挥员到东西两个预定突破地段进行反复的、长时间的现场勘察。经分析对比，最终认为东段的有利条件占优势，决定在东段实施突破。

志愿军某部指挥员观察敌情

但又一个难题随之而来，东段江对岸的悬崖峭壁如何攀登上去？

汪洋又带着警卫员跑到前沿阵地上，用望远镜对这段悬崖从左至右、从右至左，从上到下、从下到上，一小段一小段地仔细观察。这一看就是两三天，好像着了魔一般。

工夫不负有心人。汪洋发现这段悬崖虽然陡峭，但并非铁板一块，上面分布着大小长短不一的雨裂沟，形成高低不等的天然"台阶"。攀登时可用一只梯子爬上"台阶"，再用一只梯子攀上崖头，如此接力，就可登上悬崖。

突破口选定后，116师又召开党委会认真讨论，决定向军里建议只用116师一个师担任突破，以117师为第二梯队，养精蓄锐，待116师突破后立即跟进，提高穿插前进的速度。

经42军作战会议研究，这一作战方案和建议得到军长吴信泉的批准，明确由116师及炮兵26团、45团为军第一梯队，突破南朝鲜军第1师防御阵地。116师以346团、347团为师第一梯队，在新垡至土井地段实施突破，向马智里、大村、直川里方向实施主要突击；以348团为师第二梯队。

兵法云"胜可知而不可为"，就是说战场上的胜利是可以预先知道的，但战斗中敌人有无可乘之隙，则不是由我方所决定的。

为确保万无一失，116师于27日24时召开作战会议，进行突破临津江的战前部署，动员官兵们充分发扬军事民主，用"提困难、想办法"的方法解决突破任务中可能会遇到的各种难题。全师从上至下，开动脑筋，群策群力，想出了许多土办法。在战后总结会上，116师副师长张峰汇报说：

临津江结了冰，部队要趟过200米的冰水，为了不使水渗进汗毛孔，防止冻坏腿脚，我们发动群众提困难想办法，就用凡士林涂在腿上，可哪来那么多凡士林呢，只好买猪炼油代替。没有靴套，我们就用雨衣做了几百个……

从某种意义上说，这次突破任务确实是一次冒险，毕竟志愿军只有这一次机会。

因为如果战役进程迟滞或者有较大反复，不仅消耗了仅有的物资储备，而且从临津江向北的平原地带无险可守，志愿军可能会由于粮弹不继无法抗击敌人的反攻，战局也有可能发生逆转。

汪洋认为，赢得这一战的关键，就是部队要做到迅速突破临津江天险，快

志愿军某部在战前认真讨论作战方案

速插入敌军纵深，不给对手组织反击的机会。而把大量的兵力、火器提前部署在接近敌军的进攻出发阵地前，可以保证战役发起的突然性。

但临津江只有一百多米宽，江对岸就是南朝鲜军的前沿阵地。为阻止志愿军渡江，敌人严防死守，煞费苦心。每天从上午9时开始，敌人便以排、连小分队渡江向志愿军阵地前沿实施战斗侦察，黄昏后则撤回江南。敌人的航空兵白天分批轮番侦察、轰炸、扫射江北前沿和纵深较大的村镇、交通枢纽、桥梁、制高点，尤其对高浪浦里以北高地封锁较为严密。夜间则交替使用照明弹、照明雷、夜航机和探照灯实施观察，严密封锁江北岸渡口。

志愿军又如何在敌人眼皮底下隐蔽部队呢？汪洋回忆道：

我根据解放战争中攻坚战的经验，对进攻出发阵地的地形反复观察，具体计算了工程量及所需人力和时间，决定提前三天抽调全师三分之一以上的人力，投入构筑阵地的土工作业。在距敌150~300米，正面宽约2500米，总面积3.5平方公里的进攻阵地上，利用雨裂沟，突击构筑了可容纳七个步兵营的316个简易掩蔽部；在堑壕和交通壕内挖了器材储备室，三十余个掘开式的炮兵发射阵地，五十余个带有掩盖的炮兵发射阵地，若干个可容纳400~500人的伤员掩蔽部；在约3.5平方公里的面积上隐蔽七个步兵营，六个山野炮兵营，八个团属炮兵连及师、团指挥机构，计7500余人，70门火炮。

计划制订出来了，接着又一个难题摆在116师官兵面前——这么庞大的人员和装备怎样才能隐蔽好而不被敌人发现呢？

这也难不倒足智多谋的志愿军将士。他们采取我军惯用的声东击西的战术，派出348团进到临津江北岸，控制主要制高点，进行战斗侦察，并在115师344团的配合下，对高浪浦里正面之敌发起佯攻。连攻十余日，摆出一副在此渡江的架势。

敌人果然中计了，把注意力全都集中在这里。

30日天黑后，116师连同配属的炮兵开始进入各自的进攻出发阵地。整整忙活了大半夜，7500多人马和装备全部就位。

真是天遂人愿。31日凌晨，临津江地区突降大雪，整个江岸一片雪白，116师阵地上覆盖了一层天然伪装。

拂晓前，各团司令部的参谋人员进行了仔细检查，密密麻麻的交通壕和阵地上的电话线已全部用冰块或积雪伪装好，就连炮车进入阵地时留下的车辙印也用白雪掩埋住。汪洋回忆道：

美军士兵在阵地前沿观察

整个进攻阵地全构筑在地下，地面上不露一人一物，完全保持了自然地貌的原状。更巧的是，翌日凌晨下了一场雪，整个江岸一片雪白，使我方阵地覆盖了一层天然伪装。我第一梯队距敌仅150~300米，敌虽以航空兵终日低空盘旋侦察，刚接任美军第8集团军军长的李奇微中将，也亲自乘喷气式教练机在临津江北岸上空进行了观察，但均未发现我军迹象。这一大胆而巧妙的隐蔽伪装，取得了空前的巨大的成功，是一段战争史上惊险完美的绝唱。

天刚蒙蒙亮，吴信泉便打电话给汪洋，再次强调这么多兵力和武器装备必须熬过整整一个白天，绝对不能暴露一人一马、一枪一炮。

为确保不被敌人发现或察觉，116师想出了许多隐蔽的方法，并规定了严格的伪装纪律，如有暴露目标，严惩不贷。军史中是这样记载的：

将距阵地1000米内的电线、车辙印和稠密脚印等用白雪覆盖，交通壕内插上稻草，盖上一层薄雪，白天严禁人员、车马走动。隐蔽期间，各连炊事班于拂晓、黄昏或夜间，利用民房挡好门窗，修散烟灶制作熟食，通过交通壕将熟饭、热汤送到各班，既保证了热食供应，又防止了暴露目标。

对于每一名参加这次战斗的官兵来说，这一天是他们有生以来最漫长、最难熬的一天。张峰回忆道：

30号晚上，部队进入阵地，一梯队、二梯队，包括炮兵，都各就各位，准备随时开火。师长、政委下了死命令：全师上至师长政委，下至每个兵，一夜都必须转到地下，转到地下就不准出来。白天要发现哪一个人出来，立即枪毙，毫不含糊。白天不准冒烟，不准烧开水，就是渴死也不行，阵地上看不见一个人。一直到天黑，敌人没有发现我们。

美国记者罗素·斯泊乐在《韩战内幕》一书中写道：

为防止中国军队集结兵力、发动新的攻势，李奇微便命令空军巡逻队加强空中侦察，31日这天他本人也乘坐了一架喷气式教练机，做低空飞行，飞往20英里外的敌战区。返回后，他对中国军队的隐蔽惊叹不已——没有任何迹象表

炊事员火线送饭

明他们在那里出现，没有烟火，没有汽车车轮，连雪地里也未留下大队人马经过时留下的脚印，中国人在这片毫无生气的荒原上发起了他们的元旦攻势，突击部队高喊着杀死美国佬。

　　志愿军右纵队总攻时间原定在 31 日下午 5 时。汪洋考虑到此时天近黄昏，能见度差，不利于炮兵瞄准目标，射击效果会受到很大的影响，便命令炮兵主任杜博和作战科长张常立于总攻前一周，校对日落和敌机飞离 116 师阵地上空的时间。

　　经过一连数日的观测，最后测定日落时间为 17 时 03 分，敌机飞离时间为 16 时 40 分。这中间的 23 分钟既无敌机，能见度又好，是一个极利于炮兵瞄准的绝好时间段。汪洋遂向上级建议将总攻时间提前 20 分钟，并获得批准。

　　为了让寂静的阵地不引起敌人的怀疑，116 师用早已布置好的机枪，不时进行零星射击，以迷惑敌人。同时，39 军派出 115 师、117 师各 1 个营，在砂尾川、石湖方向佯攻配合。

　　时间就这样一分一秒地过去，敌人始终没有察觉到在他们眼前竟埋伏着志愿军的千军万马。总攻的时间终于来到了。

　　16 时 40 分，志愿军开始炮火准备，向敌前沿滩头阵地及防御纵深发射数千发各种口径的炮弹，一举摧毁了敌人几十个火力发射点和多层障碍物，压制

志愿军火炮向敌阵地轰击

了敌纵深炮兵火力。

10分钟后，志愿军炮兵群开始直瞄炮轰敌人第二批目标。在迫击炮火的协助下，最终在敌人雷区、铁丝网中开出了两条长40公尺、宽6至10公尺的步兵冲击通路。

在总共20分钟的炮火准备中，志愿军共摧毁了敌人地堡、火力点40余个，歼灭美军一个黑人防坦克炮兵连，炮弹命中率达到80%。

与此同时，各突击连障碍排除组利用炮火烟雾，迅速排除江北岸残存的地雷。

排爆战斗中，346团4连3班班长张财书冒着炮火，连续排除4处集群地雷。在部队已经发起冲锋的紧要关头，他果断撇下已被炸碎的自制扫雷杆，毅然冲入雷区，用手抓住弹雷索，拉响了最后一群地雷，以自己身负重伤的代价为冲锋部队打开了通路。战后，张财书被授予"一等功臣"。

17时，志愿军炮火开始延伸。

3分钟后，汪洋发出冲锋信号。在三发绿色信号弹升空后，两挺美式重机枪朝天同时交叉发射500发红色曳光弹。只见两条闪烁金红光芒的火龙射向天空，在苍茫暮色中显得格外壮美。

在嘹亮的冲锋号声中，40多挺轻重机枪喷射出数条火龙，射向对岸敌军阵地。埋伏了整整一个白天的志愿军战士跃出堑壕，冒着猛烈的炮火和严寒，对敌发起冲击。

左翼346团1连、4连跑步通过冰封的临津江，迅速消灭残存火力点内负

遭志愿军炮火猛烈轰击的"联合国军"前沿阵地

隅顽抗的敌人，胜利占领了南岸登陆场。时间是 17 时 08 分，仅用时 5 分钟。

右翼 347 团 5 连、7 连的战士们纷纷跳进临津江。战斗前，大家就做好了涉水破冰的准备，又饱餐了一顿辣椒牛肉。乘着牛肉和辣椒激发的热乎劲，战士们在冰冷刺骨、深及胸腰的江水里不顾一切地往前冲。身上的棉衣虽然全都湿透了，刺骨的寒流一阵阵涌上胸口，浑身也已经麻木，而战士们仍勇敢地向对岸冲击。

这时，敌人从惊慌中清醒过来，重机枪疯狂地向江面扫射。但为时已晚，5 连副排长王殿学带领的尖刀班冲上了岸边。战士们甩掉雨布套裤，一鼓作气攀上 10 米高的悬崖。

敌人的 18 号地堡还在作最后挣扎。王殿学带着战士唐洪斌迂回到地堡旁，把手榴弹从机枪射孔里扔进去。随着一声巨响，机枪哑巴了，里边的敌人鬼哭狼嚎地叫起来。敌人的前沿阵地被占领了，时间是 17 时 14 分。

战后，一名被俘的南朝鲜军官在供词中一连用了三个没有料到——"没有料到你们集中那么多的火炮，密度那么大，打得那么准。没有料到你们在难以攀登的新岱、土井突破。而我们一直在加强高浪浦里方向的防御，增强那里的火力。也没有料到你们那么快地占领了我们的前沿阵地。"

17 时 55 分，347 团和 346 团的突击营歼灭南朝鲜军反冲击分队后，在师、团炮火支援下，密切协同，先后攻占敌人基本阵地和团预备队阵地之间的主要支撑点 147.7 高地和 182 高地，歼敌 2 个连大部，牢牢地控制住了南岸滩头阵

志愿军某部向敌发起进攻

地，为后续部队渡江创造了有利条件。

第二梯队348团渡江后，以1个营接应115师渡江，团主力随347团前进。

至22时，347团主力在346团1个营协同下，攻占纵深要点马智里。随后各团继续向纵深发展进攻，占领南朝鲜军团预备队阵地，歼其一部。

1951年1月1日6时许，116师进占卢坡洞、大村及新村、直川里，13个小时前进12~15公里，毙伤俘南朝鲜军1040余人，胜利完成突破任务，在世界军事史上写下了浓墨重彩的一笔。就连李奇微也不得不沮丧地承认："真没想到中国军人在这片毫无生机的荒原上发起了元旦攻势。"

当志愿军强渡临津江后，江南岸便流传着一首中朝人民心连心的民谣：

> 临津江的水呀深又深，
> 中朝人民心连心，
> 把苦诉给志愿军，
> 志愿军帮助我们活了命，
> 志愿军给我们报仇恨！

6日，志愿军司令部、政治部发出通报，表彰116师在此次突破临津江战斗中的出色表现。通报中写道：

我39军116师此次战役前克服各种困难，做好充分的攻击准备工作，严密

10.
高浪浦里东南突破临津江战斗

175

志愿军某部冒雪向"三八线"挺进

地组织对敌阵地侦察，故攻击顺利，仅 10 分钟即将敌防线突破，使该军后续部队顺利投入战斗。该师在突破敌阵地后，迅猛地向敌纵深攻击，击破敌人的抵抗，并于 4 日 16 时进占汉城，迅速地占领了汉江南岸滩头阵地，并及时地报告了敌情及汉江情况。这种认真负责、英勇果敢的积极的战斗作风，值得全军学习。特通令表扬。

25 日，中国人民志愿军和朝鲜人民军高级干部联席会议在朝鲜君子里志愿军总部举行。

116 师副师长张峰汇报了他们突破临津江的战斗经验，受到了彭德怀司令员、金日成首相以及其他与会高级将领的一致好评。志愿军副司令员陈赓将此次战斗经验总结为"三险三奇"：

一是突破口选得险，但很奇。即敢于把突破口选在临津江弯向敌方的地段，一反兵家的常规，出其不意而制胜；二是进攻出发阵地选得险，但很奇。即大胆地把近 8000 人的进攻部队和武器提前一天隐蔽在进攻出发阵地上，而没有被敌人发觉，起到了出奇制胜的效果；三是炮兵阵地选得险（近），但很奇。即大胆地把五十余门火炮设置在距敌前沿 300 米处进行直瞄射击，准确地摧垮了敌人的工事。

1957 年，时任南京军事学院院长的刘伯承元帅在听取战役系将校级学员关于强渡临津江战例后，称赞 116 师部署及突破口的选择都是正确的，应该给 5 分（满分）。

11. 突破"三八线"

1950 年 12 月 31 日黄昏时分，在朝鲜前线敌我双方对峙的"三八线"上，突然炮火连天，中国人民志愿军和朝鲜人民军共 30 余万人，分为左右两个纵队，向"联合国军"发起了全面进攻。抗美援朝第三次战役就此打响了。

"三八线"，即北纬 38 度线。谁也没有想到：这条原本没有任何政治、军事含义的纬度线竟会成为朝鲜半岛的南北分界线，并埋下了战争的隐患。

在 20 世纪 50 年代，"三八线"成为一条血线，吸引了全世界的目光。而

1945 年 7 月，节节胜利的同盟国举行波茨坦会议，苏联在会议上做出抗日承诺。会议导致结果是苏联占领朝鲜半岛北部、美军占领南部，沿"三八线"分割而治

这条线的始作俑者是美国陆军部一个名叫迪安·腊斯克的上校参谋。

那是 1945 年 8 月，日本法西斯投降在即。尽管"在朝鲜没有长远的利益"，但美国人仍想插足其中，希望"朝鲜成为阻止苏联进攻日本的缓冲地带"。于是，美国国务院、陆军部、海军部三部协调委员会在华盛顿召开紧急会议，研究在朝鲜的日本军队的投降问题。

出于政治上的考虑，美国政府认为接受日本投降的区域要尽可能往北推移，以阻止苏联控制朝鲜全境。然而把日本军队在朝鲜的投降区域划到什么位置，才能既满足美国政府的需要，又能使苏联人接受呢？就这个问题，与会人员争吵了几个小时仍不能达成一致。

最后，腊斯克上校在朝鲜地图北纬 38 度线上随手划了一道直线，解释说：美国在这条线以南接受日本投降比较合适，它可以把朝鲜半岛大体上分为两半。最重要的是，朝鲜的首都汉城（今首尔）被划在美军的受降区内。

"三八线"方案最终获得了通过，并得到杜鲁门总统的批准，而苏联政府竟然也没有对此提出异议。就这样，一个完整的主权国家的命运在这个从来没有到过朝鲜的美军参谋手里改变了。

这条长约 300 公里的分界线斜穿朝鲜，将朝鲜半岛人为地一分为二。就连美国人都承认"这条横穿朝鲜的刻板的纬度线，是任意武断的，有悖于'自

1945 年 12 月，莫斯科会议同意由四国委员会共同治理朝鲜。图中左边为英国外交大臣欧内斯特·贝文，中间为苏联外长莫洛托夫，右为美国国务卿詹姆士·伯恩斯

然'的国界"，"事实上，这是一条不顾实际情况臆造出来的分界线"。

8月15日，日本裕仁天皇表示接受《波茨坦公告》，宣布无条件投降。

西南太平洋地区盟军总司令麦克阿瑟立即发出关于受降的总字第1号命令，其中明确在朝鲜的日军以北纬38度线为界，"三八线"以北的日军向苏军投降，以南的向美军投降。

随后，美苏两国军队为了接受驻朝鲜日军的投降，以北纬38度线为界，分别进驻南北朝鲜。

于是，当世界人民欢庆反法西斯战争胜利之际，朝鲜人民迎来的却是一个在美苏两个超级大国政治交易下形成的分裂的国家——

"三八线"以北是苏联支持的金日成领导的朝鲜民主主义人民共和国，以南则是美国政府扶植的李承晚担任总统的大韩民国。战争的乌云很快又在这片饱经战火蹂躏的土地上空聚集。

1950年6月25日拂晓，朝鲜战争爆发了。

10月19日，中国人民志愿军跨过鸭绿江，开赴朝鲜战场。在短短的两个月内，接连取得第一、第二次战役的重大胜利，把"联合国军"打回了"三八线"及以南地区，从根本上扭转了朝鲜战局。

"联合国军"在朝鲜战场上屡遭重创，引起美国及其盟友的极大不安。

为挽回败局，美国政府于12月14日操纵联合国大会通过成立所谓"朝

朝鲜人民军南进作战

1950 年 9 月，经过激烈巷战的汉城大部分建筑都被摧毁，美陆战队员正在引导 M26 坦克进行搜索打击

鲜停战三人委员会"的决议，打出"先停火，后谈判"的幌子，企图争取时间，整军再战。同时还抛出准备在朝鲜战场上使用原子弹，对中朝两国进行"核讹诈"。

彭德怀考虑到志愿军入朝参战后虽然取得了两次战役的胜利，但是尚未大量歼灭敌人有生力量，而且志愿军部队减员严重，连续作战非常疲劳，供应十分困难，急需休整一段时间，准备等到明年春季再进行新的战役。

毛泽东则认为不能给"联合国军"以喘息时机，为在政治上争取更大主动，指示志愿军立即越过"三八线"。

12 月 15 日，彭德怀召集朴一禹、洪学智、韩先楚、解方等人开会研究。

会上，彭老总表示：既然政治形势要求我们打，既然毛主席下了命令要我们打，就是有天大的困难也要克服，一定要打过"三八线"去。会议决定放弃原定过冬休整的计划，发动第三次战役，一举打过"三八线"。

鉴于美、英军集中在汉城，志愿军计划先集中兵力打南朝鲜军，牵制美军。首先歼灭南朝鲜军第 1 师，而后相机打击南朝鲜军第 6 师。如果战役发展顺利，再打春川之南朝鲜军第 3 军团；如进展不顺利，则改变作战方针。彭德怀领会了毛泽东的战略意图，指出："突破就是胜利，就是对敌人和谈阴谋的有力打击。"

此时，败退到"三八线"以南地区的"联合国军"总兵力为 34 万余人，基

在朝鲜战场上的澳大利亚皇家兵团

本防线的兵力为 13 个师另 3 个旅约 20 余万人，在横贯朝鲜半岛 250 公里正面和 60 余公里纵深内，组成两道基本防线：第一道西起临津江口，经汶山里沿"三八线"至东海岸的襄阳；第二道西起高阳，经议政府、加平、春川、自隐里至东海岸的冬德里。

此外，在第二道防线至北纬 37 度线之间，"联合国军"还准备了三道机动防线。其部署特点是：置南朝鲜军于第一线，美、英军于第二线，并大部集结于汉城周围及汉江南北地区之交通要道上，能守则守，不能守则随时准备撤退。

遵照中央军委和毛泽东的指示，彭德怀与金日成商定，决定集中志愿军 6 个军和朝鲜人民军 3 个军团发起第三次战役，彻底粉碎敌人在"三八线"既设阵地的防御。

为使中朝军队有效地配合作战，经中朝两党协商，于 12 月上旬成立了中国人民志愿军和朝鲜人民军联合司令部，决定"凡属作战范围及前线一切活动"，包括志愿军和人民军在朝鲜境内的一切作战与作战有关的交通运输、粮秣筹措、人力物力动员等事宜，统由联合司令部指挥。联合司令部由彭德怀任司令员兼政治委员，朝鲜方面金雄为副司令员、朴一禹为副政治委员。

在中朝联合司令部作战会议上，彭德怀说："第三次战役会比上两次战役打得好，因为敌人已是惊弓之鸟，士气低落，连招架之力都不足。我们是进攻部队，战争的主动权掌握在我们手里，从上到下都摸到了敌人的老底，信心足，士气旺，这就是我们胜利之本。"

经过充分讨论，中朝联合司令部于 12 月 22 日制定了作战部署：全军分为左右两个纵队。

右纵队以志愿军第 38、第 39、第 40、第 50 军并加强炮兵 6 个团组成，由韩先楚副司令员指挥，首先歼灭南朝鲜军第 6 师，再求歼南朝鲜军第 1 师，而后向议政府方向发展胜利。人民军第 1 军团主力向汶山方向实施佯攻，配合志愿军右纵队歼灭南朝鲜军第 1 师，另以一部在海州地区警戒海上敌人，保障右翼安全。

左纵队以志愿军第 42、第 66 军并加强炮兵第 44 团组成，由第 42 军军长吴瑞林、政治委员周彪指挥，首先歼灭南朝鲜军第 2 师 1 至 2 个团，而后切断汉城、春川间的交通；另以一个师向春川以北佯攻，牵制南朝鲜军第 5 师，策应左翼人民军第 2、第 5 军团南进。

会议决定把战役发起时间选在 12 月 31 日夜晚。这是因为根据入朝后的作战经验，志愿军没有制空权，敌机白天轰炸得很厉害，只能在有月亮的晚上，发挥志愿军近战、夜战的优势，打击敌人。阳历 12 月底恰逢阴历 11 月中旬，是月圆期；12 月 31 日又是阳历新年的除夕，敌军对过新年感兴趣，过了圣诞节，就要过新年。选择这天发起进攻，更能出敌不意。

两天后，毛泽东致电彭德怀：

目前伪军及美军一部在三十八度至三十七度之间站住脚跟，组成防线，对

中朝联合司令部人员合影（1951）

于我军各个歼灭该敌，最为有利。目前伪军集中于我有利，分散则于我不利。因此，不但我军于此次战役后收兵休整可以向后撤退一步，使伪军又能集中起来，构成防线，以利下一次歼击，而且对于原定人民军第二、第五军团深入敌后分散敌人兵力的计划，值得重新考虑。该两兵团在此次战役后暂时和志愿军一同休整，不要南进，待下一战役后再行南进，似较适宜，究应如何，请你酌定。

在第三次战役中，中朝两军要跨过临津江、汉滩川、永平川，还要攀越海拔600~1000米的道城岘、峨洋岩、国望峰、华岳山、高秀岭等。在这种冰天雪地、呵气成冰的恶劣天气里和山高沟深、道路崎岖的复杂地形下作战，对于缺乏现代化交通工具的志愿军而言，困难确实太大了。

为加强志愿军的运输能力，中央军委决定尽快补充两千辆汽车；命令1个工兵团火速入朝，担负修建定州至平壤的公路、桥梁及扫雷任务；命令铁道兵桥梁团和独立团立即开赴朝鲜前线，执行抢修大同江桥等铁路桥梁任务。

29日上午，"三八线"地区大雪纷飞，气温骤降。

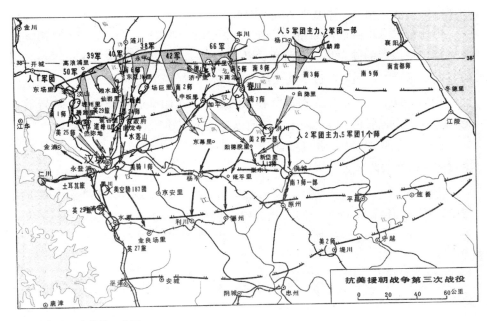

抗美援朝第三次战役示意图

指挥志愿军右纵队的韩先楚副司令员向中朝联合司令部报告："突破三八线歼灭南朝鲜六师作战，决定于31日黄昏开始总攻击。第38、39军统于31日16时40分开始炮火袭击，17时步兵开始攻击；第40军于31日20时开始攻击。步兵突破成功后，即组织一部分炮火渡过临津江，以便继续支援步兵纵深作战。"

1950年12月31日，是一个值得后人永远铭记的除夕之夜。志愿军以锐不可当之势突破了"联合国军"的第一道防线，迅速向敌人防御纵深发展进攻。

志愿军右纵队方面，39军116师仅用11分钟就在高浪浦里东南新垡至土井地段突破临津江，于1951年1月1日6时许进占卢坡洞、大村及新村、直川里，前进12~15公里。

担任右纵队右翼迂回任务的39军117师沿途打破南朝鲜军五次拦阻，于1日晨突入敌人防御纵深15公里，攻占湘水里、仙岩里地区，割裂了南朝鲜军第1师与第6师的联系。

担任右纵队左翼迂回任务的38军突过汉滩川后，军主力向抱川发展，进至抱川西侧的新邑里。抱川之敌弃城南逃，114师于1日天明后继续前进，但因走错了路，直至12时才突入敌防御纵深20公里，占领七峰山，未能与117师构成合围，使南朝鲜军第6师大部乘隙逃走。

担任右纵队正面进攻的40军突过临津江和汉滩川后，119师于1日拂晓进至东豆川里以西的安兴里、上牌里，并以1个连占领了东豆川里东山。与此同时，人民军第1军团也渡过了临津江，向坡州里前进。

战至2日中午，志愿军右纵队和人民军第1军团推进到坡州里、仙岩里、七峰山及议政府东北一线，突入敌防御纵深达15~20公里。

志愿军左纵队方面，担任迂回任务的42军涉过永平川，一举突破南朝鲜军道城岘、峨洋岩阵地。

该军124师于1日3时许，按遭遇战编组队形，沿道城岘至济宁里斜贯南朝鲜军第2师防御纵深的公路前进。124师以372团2营4连为尖刀连，规定于中午12点以前插到济宁里。时任4连2排副班长的冷树国回忆道：

我们不歇脚地走了一夜，跑到三八线附近第一个大村子——巨林川时，已是1951年第一个早晨的7点20分。只剩下四个多小时的时间了，而我们离济宁里还有25公里左右。连长王秀清马上命令赶到的2排转为尖刀排，迅速南插。王连长指示 2 排："敌人不打我们，我们就不还手；敌人要打我们，还要看看值不值得打，千万不可与敌人纠缠。你们只管插不管打，早一分钟插到济宁里，敌人就少跑掉一些。"

按照王连长的命令，我们 2 排的战士们一线式前进。……我们尖刀组的四个人跑到了连队的最前面，成了"尖刀连"名副其实的"刀尖"。……冲过了一段又一段起伏地，我看见远处的小山包上有股敌人正在布防。我带着战友们跳进河滩，潜行到距敌人很近的地方，一阵猛打，打散了敌人。

向前望，看见前边不远处一排排瓦房顶。"济宁里！"我大喊一声："快跑！"可是我们前面却还有一条河挡住了去路。我们卧倒在河边仔细观察着。河两岸结着冰，河中间还漂着冰块。如果能从河里直插进去，比绕道近多了。时间紧迫，不能犹豫，我果断地一摆手："咱们从河里插进去，堵住敌人。"

就这样，4 连不顾山高雪深和空中敌机威胁，边打边进，8 小时前进 40 余公里，进行大小战斗 10 余次，硬是用双脚跑过了敌人的汽车轮子，终于在 12 点前赶到了济宁里。

1951 年 5 月底，42 军军长吴瑞林与其他三位首批入朝作战的军首长奉命回国，向毛泽东主席汇报朝鲜战况和作战经验。

据吴瑞林回忆，毛泽东在会谈中问他："看了一个报告说，你军有个小分

志愿军战士在破坏敌"三八线"上的铁丝网

队，双脚跑过汽车轮子，是怎么回事？"他回答道：

我军一从道城岘突破，敌人就混乱不堪了，纷纷溃逃。南朝鲜2师美上校顾问惊慌失措，乘吉普车向汉城逃跑，因沿途盘山公路弯曲，又加河流多，冰雪阻碍，他欲速不能。我军372团4连的白文林、冷树国战斗组，每人均穿上美军、伪军的服装，伪装起来，翻山越岭滑坡走直线，直插济宁里，断敌退路，伏击敌人。在公路上截击并停虏了企图向汉城逃跑的南朝鲜军第2师美上校顾问等三人，截住了退逃的敌人，打退了敌人的多次反扑。

4连刚到济宁里，就与南朝鲜军700余人及汽车、炮车20余辆遭遇。4连立即组织进攻，一阵猛打猛冲，将这股敌人击退，切断了南朝鲜军第2师的退路。

16时，124师主力到达，以372团和371团分别占领城隍堂、济宁里附近高地，370团占领济宁里以西以南各高地，准备阻击逃敌和从加平方向北援之敌。

22时，南朝鲜军第2师第32团1个营由北向南撤逃，在济宁里以西被370团歼灭。

2日4时，124师配合由正面进攻的66军围歼被堵击的南朝鲜军第2师第31团和第5师第36团，以372团主力和371团分别向蝉川、美洞和上南淙、柳洞、内新堂进攻。战至5时左右，歼其一部，并与66军会师。随后124师展开2个团进行搜山清剿。

济宁里战斗，志愿军共毙伤俘南朝鲜军2300余人，缴获各种炮92门、汽车49辆。

42军主力在突击中于加平以北花岘里、中板里、赤木里地区歼灭南朝鲜军第2师1个多营，随后向加平方向发展进攻。

担任左纵队正面攻击的66军主力踩着两尺多深的积雪，克服敌人设置的雷区和铁丝网、鹿砦等障碍，连续突破了国望峰、华岳山、高秀岭等阵地。

196师587团3连班长张续计在突破国望峰以南龙沼洞阵地的战斗中，1人连续夺取5个地堡，为部队开辟了前进的通路，荣立特等功。586团4连担任突破华岳山的尖刀连，经五小时激战，攻占华岳山主峰，获"首破三八线英雄连"锦旗一面。

志愿军抢占华岳山

　　66军主力向南朝鲜军防御纵深猛突，至2日先后占领修德山、上红碛里、下红碛里、上南淙、下南淙地区，在124师的协同下，歼灭了该地区的南朝鲜军第2师第31、第32团和南朝鲜军第5师第36团大部，以及南朝鲜军1个炮兵营，共毙伤俘3200余人，缴获各种火炮60余门，各种枪1500余支（挺）。

　　随后，左纵队乘胜发展进攻，占领加平、春川。与此同时，人民军第2军团主力、第5军团第12师共5个师，相继越过"三八线"，分别向洪川、横城、原州方向渗透迂回前进，威胁敌人后方，迫使南朝鲜军第3师南逃。

　　中朝军队进攻之勇猛程度着实让李奇微吃惊不小。

　　整整一夜，告急的电话和电报纷至沓来，由西到东数百里阵地上，到处被中共军队突破，第一线的南朝鲜军6个师均岌岌可危，第1、第6师更是溃不成军……

　　号称"铜墙铁壁"的临津江防线，为何在中共军队面前竟然如此不堪一击，数小时内便土崩瓦解。坐在汉城指挥所里的李奇微百思不得其解。

　　1月2日，中朝军队经过两天两夜的战斗，已经全线突破敌人防御纵深20多公里，将敌人整个部署打乱了。扼守在"三八线"上的南朝鲜军争相南逃，防线全面崩溃。

　　由于第一道防线南朝鲜军的迅速崩溃，美、英军东部翼侧完全暴露出来，

中朝军队大举越过"三八线"

汉城更是无险可守。李奇微为避免十几万"联合国军"部队拥挤在汉江北岸背水作战，立即下令全线撤退，以最快的速度撤至汉江以南15公里的预设阵地，只留少量部队在汉城以北高阳、道峰山、水落山一线进行掩护，企图阻止中朝军队继续进攻。

许多年后，李奇微在他的回忆录中追述了当时南朝鲜军从"三八线"溃逃的真实情景：

敌人的攻势在大约除夕黄昏后两小时到来了。那一夜，南韩第一师和第六师的败讯，不断传进我的指挥所。元旦上午，我驱车由北面出了汉城，结果见到了一幅令人沮丧的景象。南朝鲜士兵乘坐一辆辆卡车，正川流不息地向南涌去。他们没有秩序，没有武器，没有领导，完全是在全面败退。有些士兵是依靠步行或者乘着各种征用的车辆逃到这里来的。他们只有一个念头——逃得离中国军队愈远愈好。他们扔掉了自己的步枪和手枪，丢弃了所有的火炮、迫击炮、机枪及数人操作的武器。

其实，在中朝军队的勇猛攻击下，"联合国军"的狼狈状况比南朝鲜军也好不了多少。《韩国战争史》是这样记载的：

狼狈的"联合国军"

"联合国军"的士兵扔掉所有的重炮、机关枪等支援武器，爬上卡车向南疾驰。车上的人挤得连个小孩子都不能挤上去了，甚至携带步枪的人也寥寥无几。他们只有一个念头：把那可怕的敌人甩掉几英里。拼命跑呀！跑呀！控制不住的后退狂潮蔓延开了，扩大开了……

彭德怀估计敌人有可能放弃汉城，或退守汉江南岸，甚至有可能继续南撤，当即决定乘胜追击，向汉城进军。

2 日晚，志愿军右纵队 50 军 149 师以 445 团、446 团各 1 个加强营组成先头追击分队，直插高阳。

高阳位于议政府到汉城的公路上，距两地各为 30 公里，地理位置十分重要。志愿军如拿下高阳，既可威胁汉城侧背，又可截断议政府敌军退路。高阳以北 1 公里处有一个名叫碧蹄里的小村子，由美军第 25 师第 34 团 1 个营据守。

志愿军先头追击分队发起猛攻。激战 20 分钟，攻占碧蹄里，俘美军 28 人。美军残部狼狈逃回汉城，把驻守议政府地区、担负掩护任务的英军完全暴露出来，陷入志愿军的天罗地网中。

碧蹄里既下，志愿军先头追击分队乘胜追击，向高阳东南仙游里发起进攻。仙游里位于议政府至汉城公路以西，英军的一支掩护分队在此据守。

3 日拂晓，志愿军先头追击分队以 2 个连的兵力向仙游里发起攻击。已成惊弓之鸟的英军没有抵抗多久，便仓皇撤逃，甚至连联络飞机的信号板都没有来得及带走。志愿军随即攻占高阳以南佛弥地的195.3高地，完全截断了英军退路。

被围英军是第29旅皇家奥斯特来复枪团第1营和第8骑兵（坦克）团直属中队。皇家奥斯特来复枪团是一支能征善战的部队，第二次世界大战期间曾在蒙哥马利元帅的指挥下打过不少硬仗、恶战，战功卓著。第8骑兵（坦克）团直属中队更是英军的一支王牌装甲部队，装备有几十辆重达40多吨的"百人队长"式坦克。

为夺路而逃，英军在坦克和大炮的掩护下，轮番向195.3高地发起反扑。

坚守高地的志愿军奋勇抗击。他们头戴着缴获的英军钢盔，手里摆弄着联络飞机的信号板，指挥美军飞机猛炸高地周围的英军，连续击退了敌人的数次进攻，前沿阵地上堆满了英军士兵的尸体。战士们兴高采烈地说："眼看着敌人打敌人，真是让人开心啊！"

当晚，英军准备突围撤往汉城。149师先头追击分队随即发起攻击。时任志愿军政治部主任的杜平在回忆录中写道：

在漆黑的夜里，"嘭嘭！咕咚！"突然一阵响，第一辆敌坦克挨炸，冒烟起火，停止了前进。

"炸一辆坦克就是大功！""抓活王八（指坦克）呀！"响亮的口号传到

被志愿军俘虏的英军第29旅官兵之一部

每个指战员的耳朵里，也拨动了每个战士的心。他们勇敢地冲向敌坦克，用各种打坦克的火器打击敌人。顿时，阵地上烟火冲天，土石横飞。敌我厮杀在一起，使来援的美机也弄不清敌我阵地，竟向英军坦克营猛射狂炸。美机炸毁和志愿军分批击毁的坦克，一辆辆冒着火烟，像死猪一样躺在地上不动了。美机投下的照明弹把战场照得明如白昼，还有几辆挣扎着的坦克喷出带黑烟的红火，时进时退，像大蜗牛一样缓慢而犹豫地想夺路南逃。

……一群群英军高举着双手，被押下战场。他们惶惑地说："天上飞机是我们的，地下坦克、大炮是我们的，做梦也想不到，当俘虏的却还是我们！"

激战 3 个多小时，志愿军全歼被围英军，毙伤 500 余人，俘虏 189 人，缴获和击毁坦克 31 辆、装甲车和汽车 24 辆。

战斗中，志愿军战士们充分显示了高度的创造性和大无畏的精神，以弱克强。他们首先炸毁先头坦克，将道路堵死，然后将英军行进纵队拦腰斩断，趁敌混乱之际，扛着炸药包、提着爆破筒甚至是举着集束手榴弹，冲入坦克群中实施攻击。仅 5 连就缴获、击毁敌坦克 12 辆、装甲车 1 辆，并生俘英军少校队长以下 32 人。

在向汉城进军途中，志愿军战士高唱《不赶走美帝不回国》的战歌：

> 志愿军不怕困难多，
> 经得起寒冷经得起饿。

高阳战斗中，被志愿军炸毁的英军坦克

两条腿撵上四个轱辘，
翻了高山过大河。
不怕美国飞机凶，
隐蔽好了它炸不着；
不管飞机满天飞，
照样开会照样唱歌。
朝鲜人民军一起干，
朝鲜游击队来配合。
美军的防线 A、B、C，
一攻就是全线突破。
志愿军不怕困难多，
经得起考验经得起磨，
不到胜利不停休，
不赶走美帝不回国。

一时间英雄辈出，创造了许多可歌可泣的事迹。

右纵队 39 军在议政府西南回龙寺与美军第 24 师第 21 团遭遇，歼其一部，后又在议政府以西釜谷里歼灭英军第 29 旅 2 个连。

该军 116 师 347 团 3 连、7 连在釜谷里战斗中担任阻援任务。7 连司号员郑

志愿军某部向汉城独立门搜索前进

起在连长身负重伤、指导员牺牲后，挺身而出，代理连长指挥，打退敌人多次进攻，毙伤60余人，最后全连只剩下7名战士。这时，敌人以1个营的兵力在6辆坦克掩护下猛烈进攻。郑起回忆道：

> 敌人冲上来了，50米、40米、30米……战士杨占山、爆破手史洪祥两人将一根爆破筒拉着了，投向敌群。敌人距我四十多米时，我的子弹打光了，最后一颗手榴弹扔出去时，我负伤了。鲜血往外流，可用于包伤的衬衣也没了（给伤病员用了）。在危急的情况下，我吹响了冲锋号。敌人听到嘹亮雄壮的号声后，立即仓皇逃窜。我们乘胜追击，敌人溃退了。

战后，郑起荣立特等功，被授予"二级战斗英雄"称号。

与此同时，38军、40军追至议政府东南水落山地区，击溃美军第24师第19团。左纵队42军主力和66军1个师分别由加平、春川渡过北汉江向洪川方向追击。人民军第2、第5军团则继续向洪川、横城方向进攻，截歼南逃之敌。

面对中朝两国军队的凌厉攻势，要求撤退的告急电报不断从"联合国军"各个防御地段飞向李奇微在汉城的指挥所。

李奇微再也坐不住了，决定亲自去阻击溃军，把他们赶回前线，然而形势令人绝望。许多年后，他在回忆录中写道：

志愿军在冰天雪地里追击逃敌

11.
突破『三八线』

193

　　我乘吉普车想去找这支溃退的部队。要是可能的话，我想方设法阻止它一个劲儿冲到后方去。在汉城北面几里路，我碰上了第一批败兵，他们想尽快南逃到汉城去。他们把武器抛掉了，只有几个人还带着步枪。我把吉普车横在路中心，阻止这条人流，然后设法找出他们的长官来。以前我从来没有这种经验，我希望以后再也不做这种事，因为要设法拦住一支败军，就等于拦一次雪崩一样……

　　现在唯一有效的办法就是让他们往南撤，一直撤到汉江以南15公里的预设防御线。

　　尽管李奇微知道此举非常危险，因为将汉江以北众多的部队和火炮、坦克及各种车辆撤过乱兵阻塞的汉江，无疑是一种大规模的复杂军事行动。一旦撤退因中国军队的迫近轰击而延误在汉江以北，损失将是巨大的。

　　但除此之外，他别无选择。

　　3日，李奇微请美国驻南朝鲜大使莫西奥通知李承晚：第8集团军准备立即撤出汉城，要求南朝鲜政府仍留在汉城的部分机构必须于下午3时以前撤离汉城；自下午3时起，汉江大桥和来往要道，仅供军队通过，民间车辆和行人一律禁止通行。

　　很快，李奇微就接到莫西奥大使的电话，转达了李承晚的质问："李奇微将军讲过，你是准备长期留在朝鲜的，可现在你刚到朝鲜一个星期，就要撤离汉城，难道你指挥的军队只会撤退吗？"

朝鲜人民军某部进入汉城

"请您告诉那位可爱的总统"，李奇微在电话上对莫西奥大使说："最好请他到前线听听中共军队进攻时吹起的刺耳的军号，看看成千上万的中共军队用不堪入耳的英语喊'缴枪不杀'和蜂拥冲锋的情景，再看看他的军队是怎样像羊群一般的溃逃吧！"

"大使先生，请你也帮我考虑考虑，这样的军队怎能实施我的突击计划？而坚守阵地就等于送死！"李奇微越说越生气，最后在电话中对莫西奥咆哮道："请你转告李承晚，我李奇微现在只是撤离汉城，并没有准备离开朝鲜！"

放下电话后，李奇微把第1骑兵师师长帕尔默准将叫来，命令他亲自赶到汉江大桥，全权负责交通管制。

"你要以我的名义，采取一切必要的手段，保证第8集团军源源不断地通过。从下午3时起，禁止非军方以外的一切车辆和行人通行，以免堵塞交通。我最担心的是，汉城的数十万难民涌上大桥，那可就给中共军帮大忙啦！"

撤离汉城前，李奇微还特意把他的一件睡衣钉在办公室的墙壁上，并且写下了一句话："第八集团军司令官谨向中国军队总司令官致意。"

后来，李奇微回忆道：

我们已经竭尽全力了。……背靠冰封的江河进行战斗……能够给敌人以严

1951年1月3日，美第24师19步兵团撤退到汉城以南16公里地方

重的损失，收到了最大的迟滞效果。……我是担心过退却的命运，即担心退却时容易出现的错误和溃败，但得知取得了以上成果，感到极大的满足。

从汉城撤退时，美军采取了同平壤撤退时一样的破坏行动——凡是认为敌人可能利用的设施全都焚毁。

金浦机场储存的 50 万加仑航空燃料和 25000 加仑凝固汽油弹被点燃了，冲天的黑烟飘忽在汉城那布满雪云的上空，久久不散。美国报纸曾作了如下描述：

警察已撤走，汉城的大街成了掠夺之城。……1 月 4 日夜间的汉城，巨大的黑烟在寒风中飘动，喧闹的机枪声不时地响彻寂静的夜空。汉城已是三次改换其主人了。

4 日下午，风雨潇潇。志愿军 39 军、50 军及人民军第 1 军团各一部先后进入被美军完全破坏、仍笼罩在一片烈火浓烟和爆炸声中的汉城。

志愿军攻克汉城的消息传回中国，全国人民沸腾了，成千上万的群众自发走上街头，热烈欢呼，天安门广场上的庆祝活动通宵达旦。

5 日，50 军及人民军第 1 军团主力渡过汉江，继续追击。50 军于果川、军

中国各地举行声势浩大的群众游行，庆祝抗美援朝战争取得重大胜利

浦场歼美军空降第 187 团和土耳其旅各一部。

志愿军右纵队其余 3 个军在汉城东北地区集结待命。7 日，50 军进占水原、金良场里；8 日，人民军第 1 军团收复仁川港。

志愿军左纵队于 4 日占领洪川、阳德院里后，42 军继续追击，6 日进占砥平里，并在横城西北梨木亭歼美军第 2 师一部，8 日攻占骊州、利川。与此同时，人民军第 2、第 5 军团占领横城、原州。

"联合国军"在中朝军队的沉重打击下，仓皇撤至北纬 37 度线附近的平泽、安城、堤川、三陟一线。

这时，彭德怀察觉"联合国军"的后撤似有计划进行，企图诱使中朝军队深入后实施反击，而志愿军正面临着前所未有的困难。

朝鲜战争是一场人民军队自 1927 年南昌起义诞生后，从未经历过的现代化战争，不仅武器弹药消耗巨大，而且身处异国作战，几十万志愿军的粮食、衣物、药品等一切物资均不能在当地征集，是由国内组织运送。特别是在志愿军发起第三次战役突破"三八线"后，战线由鸭绿江畔迅速前推至"三八线"南北地区，部队保障任务日益繁重，加之"联合国军"严密封锁后方交通线，使志愿军本来就捉襟见肘、脆弱不堪的后勤补给线已近断裂，连粮食、弹药和衣物等基本物资都无法保障。为避免向南推进过远而陷于不利地位，彭德怀果断决定停止追击，第三次战役遂告结束。

1951 年 1 月 4 日，中朝部队解放汉城。图为中朝两军在南朝鲜"国会大厦"前欢庆胜利

　　此役，中国人民志愿军同朝鲜人民军并肩作战，迅速突破"联合国军"的"三八线"既设阵地和纵深防御，粉碎其争取时间、整军再战的企图，毙伤俘敌 1.9 万余人，其中志愿军歼敌 1.2 万余人，占领汉城，将战线推进到北纬 37 度线附近地区。

12. 汉江南岸阻击战

    1951 年 1 月初，"联合国军"在中朝人民军队的打击下，弃守汉城（今首尔），仓皇败退至北纬 37 度线附近地区。

    朝鲜战场上一连串的失利使"联合国军"内部矛盾日益加剧，失败情绪愈发严重，简直就是乱成了一锅粥。

    以美国共和党首脑塔夫脱为代表，认为这是"美国从未遭受过的最严重的失败"，尖锐地抨击杜鲁门政府奉行了"使美国在世人眼中威信扫地的政策"。英国则为在朝鲜的失败担心会影响到以后的自身利益，于 1 月上旬举行英联邦

一支向南败逃的"联合国军"在铁路边等待火车

1950 年 8 月，蒋介石与到台湾访问的"联合国军"总司令麦克阿瑟在一起

总理会议，公开提出"不应使美国的政策把联邦牵累太深"，主张同中国政府进行停战谈判。

对朝鲜战争的战略问题，是撤还是守，美国政府内部又一次展开激烈的争论。

在短短两个多月的时间里，中国人民志愿军接连发起三次战役，重创以美国为首的"联合国军"，让嚣张的麦克阿瑟尝到了苦头。

巨大的失败耻辱也让这位五星上将彻底疯狂了。他歇斯底里地要美国政府扩大对中国的战争，不仅空袭中国东北，封锁中国海岸，还要把败退到台湾的国民党军编入"联合国军"中，赴朝直接参战，并要国民党军大举窜犯中国东南沿海，进行骚扰破坏，牵制中国的力量。

正在孤岛上做着"反共复国"美梦的蒋介石早就盼望着这一天的到来，立即向杜鲁门政府表示"愿意供给适合于平原或山地作战的富有作战经验的部队一个军约 3.3 万人用于南朝鲜"。

据杜鲁门后来回忆说，他的"第一个反应就是应当接受蒋委员长的这番好意"。

蒋介石对出兵朝鲜"热情"异常，绝不是出于对美国献殷勤，也不是他所说的"中华民国政府军队距离韩国最近，是能够赴援最快的友军"，归根结底是为了实现其"反共复国"的梦想。蒋介石认为赴朝参战一举三得：

一是挑起美国与中共之间的大战，甚至是第三次世界大战就此爆发，人民解放军自然无力进攻台湾；二是可以把朝鲜作为反攻大陆的前进基地；三是国军可以从朝鲜进攻东北，同时在东南沿海开辟第二战场，南北夹击大陆。

然而，就在蒋介石摩拳擦掌、准备到朝鲜战场上大显身手之际，从华盛顿传来了令他无比心寒的消息——美国政府拒绝了他的请求。

原来，美国务卿艾奇逊坚决反对国民党军入朝参战，认为如果蒋介石出兵，朝鲜问题将变得更加复杂化，可能引发美国与中国的全面战争，甚至会引起苏联参战。这样一来，美国就不得不从欧洲抽调重兵到亚洲。同时在两个战场与两个强敌作战，是美国的能力所不及的。

美国的主要盟友英国，由于已经宣布承认中华人民共和国并建立起代办级的外交关系，因此不希望看到蒋介石的军队出现在朝鲜半岛。而加拿大等国也反对使用蒋介石的军队。如果美国同意蒋介石出兵朝鲜，必然导致西方主要盟国的分裂，甚至欧洲集体防务的解体，危及欧洲的战略利益。毕竟美国的战略重点在欧洲。

经再三权衡利弊，美国政府认为朝鲜战场的局势即使再严重十分，也不能动用蒋介石的军队。蒋介石的军队一旦入朝作战，无论是从军事战略还是从政治、外交的角度来看，都是让人无法接受的、不明智的举动，非但无助于问题的解决，反而会使问题变得更加复杂化。因此，尽管美国人在朝鲜战场上连吃败仗，还是决定谢绝蒋介石的出兵请求。

南朝鲜大批难民乘船逃离战火纷飞的家园

空欢喜一场的蒋介石气得在台北的"总统府"里大骂杜鲁门"娘希匹"。

虽说美国人不愿冒扩大战争的危险，但仍坚持不退出朝鲜的方针。为争取时间，恢复攻势，挽回其失败影响，1月13日，美国操纵联合国大会第一委员会通过了所谓"立即安排停火"的"五步方案"，即先停火后谈判的方案。

在国内，美国政府继续加紧扩军备战。

1月6日，杜鲁门签署了增拨200亿美元作为国防费用的法案，使年度军事预算一下子上升到450亿美元，较1950年增加了80%。3月9日，美国国会又通过了"军事人力法案"，将征兵年龄从19岁降到18岁，并延长了服役期限；将国民警卫师编入现役，加紧后备部队的训练；同时从美国本土和其他地区迅速抽调大批老兵补充在朝部队，并大力增加军工生产，要求每年生产5万架新式飞机和35000辆坦克。

在国外，为加强其全球战略部署，1月7日，艾森豪威尔到西欧各国，拼凑北大西洋公约组织统一领导的军队。25日，杜勒斯到日本活动，策划单独对日签订和约及加速武装日本的问题，并加紧筹划地区军事条约组织，以便镇压亚非拉正在兴起的民族解放运动和人民民主运动。

此时在朝鲜战场上，敌我双方的态势正在悄然发生着变化。

志愿军虽接连取得三次战役的胜利，士气高涨，但由于连续作战，部队十分疲劳，减员严重，尤其是冻伤手脚的官兵人数陡然增加，付出了巨大的代价。

最大的困难还是物资供应不上。原本十分脆弱的补给线在第三次战役后猛然向南延伸了上百公里，早已超出了志愿军后勤部门的保障极限。加之"三八线"地区经过长时间的残酷战争，朝鲜当地的老百姓跑了个精光，根本无法就

志愿军某部突破"三八线"后继续向南挺进

地筹粮。志愿军20多万前线部队缺衣少食，每天都在为吃饭发愁，弹药也得不到补充。

鉴于此，中朝联合司令部决定从1月8日起转入休整，计划于3月发动春季攻势。韩国人编纂的《朝鲜战争》一书也认为：

> 敌粮短缺，是从1月攻势开始一直存在的问题。其主要原因，是我军撤出汉城时把敌之前出路线上的补给设施和补给品一扫干净，使敌军无法就地筹粮。因此，敌军不得不从远离420公里的满洲调运大量粮食，为此动员了几乎所有的运输部门，竭尽全力向前线运送。然而，由于美第5航空队的轰炸，运输量的80%在长途运输途中遭到损失。尤其是，渡过汉江进行运输更为困难。因此，敌军对汉江以南地区的中共军粮食补给成了最困难的问题。

相比之下，"联合国军"得到了充足的补充，很快就恢复了实力。

原来，李奇微利用美军良好的运输条件，迅速从美国本土及驻扎在欧洲、日本的军队中，抽调了一批老兵投入到朝鲜战场，并加强了坦克和野战炮兵，改善了后方供应。同时把从元山撤回来的美军第10军调至北纬36度线附近地区，加入第一线的作战序列，使"联合国军"在前线的作战部队达到25万人。

在美军高级将领中，李奇微绝非泛泛之辈。他判断在第三次战役后，中国

大批美军来到朝鲜战场上。图为背着勃朗宁自动步枪行进的美军黑人士兵

军队已是力竭气衰，忙于补充休整，无法迅速发起新一轮攻势。而这正是"联合国军"实施反击的绝好机会。如果经此一举，既能遏止住中国军队的进攻势头，又可相应地向北推进，使不利的军事形势发生改观。

在与到朝鲜前线视察的美陆军参谋长柯林斯和空军参谋长范登堡交谈中，李奇微信誓旦旦地保证：中国军队因运输线延长，补给困难，已成强弩之末。"联合国军"正在集结兵力，准备实施一次强有力的大反攻。

李奇微认为事在人为，机会全在于你是否能及时地把握它。聪明的指挥员与愚蠢的指挥员的区别就在于此——前者能及时发现并抓住机会，后者却视而不见。

机不可失，时不再来。进攻，一定要进攻！

话虽说得铿锵有力，但李奇微心里并无十足把握。毕竟他已在战场上领教过中国军人视死如归的高昂斗志。为人谨慎的李奇微可不像他的老校长麦克阿瑟那样狂妄自大，冒冒失失地把自己的部队投入到中国军队设置的巨大陷阱里。

为避免重蹈"圣诞节攻势"的覆辙，确保反击成功，1月15日，李奇微命令"联合国军"出动1个加强团的兵力，采取"磁性战术"，在水原至利川间实施试探性进攻。

所谓"磁性战术"，就是每天用汽车搭载步兵，配合少量坦克，采取多路小股的方式，在宽大正面进行火力搜索。一旦遇上志愿军主力就立刻后退，然

美军骑兵第1师气势汹汹地发起攻击

后出动空军和炮兵，以强大的火力轰击志愿军阵地。如果发现志愿军阵地薄弱，即采取强攻，抢占要点。

李奇微是想依恃其现代化装备机动快、火力强的优势，像磁铁一样始终与志愿军粘在一起，最大程度地消耗疲惫志愿军，并查明志愿军的真实情况，以便发动更大规模的进攻。

与此同时，李奇微在指挥所里反复查阅近期的作战地图和与志愿军交战的记录，试图从中揭开这支军队的神秘面纱！

志愿军入朝参战以来，共与"联合国军"进行了三次大的战役。"联合国军"前两次为进攻方，后一次为防御方。美军的作战笔记簿上是这样记载的：

第八集团军第一次向鸭绿江的进攻，从1950年10月25日遭到中共参战部队的埋伏攻击，大规模战斗从26日开始，至11月2日第八集团军主力撤至清川江以南为止，历时8天；第八集团军第二次向鸭绿江的进攻，从11月25日夜开始遭到中共军的攻击，战至12月2日，中共军就停止了对溃败的联合国军的攻击，历时8天；第三次是中共与北朝鲜军队于12月31日黄昏全线向联合国军发动大规模进攻，战至1月8日，中共军队即停止了攻击，历时8天。

三次攻击都持续了八天，而且每次又都在夜里发起攻势，这难道仅仅是巧合？

李奇微思考再三，终于恍然大悟——原来中国军队并不具备长时间进攻的能力。

志愿军战士在战前准备粮食

显而易见，由于"联合国军"的空军优势，使得中国军队的后勤运输时断时续，甚至不得不依靠原始的人力、畜力，沿着崎岖的山道，肩扛背驮。在紧张的进攻战斗中，中国军队的弹药、粮食几乎完全依靠作战士兵自身携带，一旦粮弹消耗完毕而补给又跟不上，那么进攻就不得不停止。这就是说中国军队只能维持八天攻势，典型的"礼拜攻势"。

至于中国军队为何每每在夜里发起攻击，李奇微认为这也很好解释：中国军队没有空军，缺乏空中支援，为避开遭受空中打击，只能发挥夜战优势。

在仔细翻看了日历后，李奇微又惊喜地发现三次战役都发生在满月之时。这就更加充分说明了中国军队只能打夜战，必须依靠月光的照明发起大规模的攻势，典型的"月光攻势"。

既然已经摸清了中国军队的作战规律，找到了中国军队装备劣势和供应困难的致命弱点，李奇微一改变过去分兵冒进的战法，要求各部队互相靠拢，齐头并进，稳扎稳打，步步为营，以避免被中国军队分割包围。

除了继续运用"磁性战术"外，李奇微还特别强调实行所谓的"火海战术"，即依恃其优势的炮兵、航空兵火力，以及坦克的火力进行密集猛烈的火力突击，以杀伤中国军队的有生力量。

25日，随着李奇微一声令下，美军第1、第9、第10军和南朝鲜军第1、第3军团共16个师又3个旅、1个空降团，计23万余人，由西至东逐步在全线发起大规模进攻。

这次进攻，李奇微将主力置于西线（南汉江以西），向汉城方向实施主要突击，以一部兵力在东线（南汉江以东）实施辅助突击。他把这次精心准备的进攻命名为"雷击作战"。

在西线，美军第1军指挥土耳其旅、美军第25师和第3师、英军第29旅为第一梯队，在野牧里至金良场里约30公里的正面上展开，向汉城方向实施主要突击；南朝鲜军第1师于乌山里地区为预备队。美军第9军指挥美军骑兵第1师、美军第24师、英军第27旅为第一梯队，在金良场里至骊川约38公里的正面上展开，向礼峰山方向实施突击；南朝鲜军第6师位于院湖里地区为预备队。

在东线，美军第10军指挥美军第2师、美军第187空降团、南朝鲜军第8师和第5师为第一梯队，在骊川至平昌共67公里的正面上展开，向横城、阳德院里、清平川方向实施突击；美军第7师位于堤川地区为预备队。南朝鲜军第3军团以第7师为第一梯队，在乌洞里至北洞里约30公里的正面上展开，向下

"联合国军"发挥机械化部队的优势，快速向前线推进

珍富里、县里方向突击；第3师位于宁越及其以东地区为预备队。南朝鲜军第1军团指挥第9师和首都师在北洞里至玉溪30公里的地段上展开，沿东海岸向北配合进攻。

除了东西两线兵力配置外，美军陆战第1师、南朝鲜军第11师分别位于义城、大丘地区为战役预备队。南朝鲜军第2师在忠州、丹阳、永春等地区担任警备和掩护后方交通运输任务。

无论是毛泽东还是彭德怀，都没有料到李奇微的反扑会来得如此之快、如此之猛。

当时，彭德怀正在组织召开中朝两军高级干部联席会议，志愿军大部分军师团长甚至都已回到东北沈阳，参加苏联顾问主办的联合兵种作战训练班，为换装苏式武器进行现代化战争做准备。时任志愿军副司令员的洪学智在回忆录中写道：

第四次战役我们是被迫打的，彭总对此次战役的后果是很担心的。他在1月31日给毛主席的电报中曾明确指出："第三次战役即带若干勉强性（疲劳），此次战役则带有更大的勉强性，如主力出击受阻，朝鲜战局有暂时转入被动的可能。"

摆在彭德怀面前的困难实在是太大了。

朝鲜老大娘在给志愿军伤员喂饭

　　中央军委已决定入朝的 19 兵团尚在东北换装苏式武器，3 兵团还在出川的途中；东线宋时轮的 9 兵团因在第二次战役中冻伤减员太大，正在元山、咸兴一带休整，短期内难以立即投入作战。彭德怀手里能投入作战的部队，除了朝鲜人民军的 3 个军团 7 万人外，志愿军就只剩下首批入朝的 6 个军 21 万余人。但这些部队一连参加了三次战役，早已是人困马乏，连排骨干几乎都拼光了，国内原定补充的 4 万老兵、8 万新兵还没有到位。

　　这样，中朝两军不仅在技术装备上处于绝对的劣势，而且在兵力数量上也失去了往日的优势。

　　面对"联合国军"突如其来的大举反扑，彭德怀万般无奈之下，只得下令部队立即停止休整，按照"力争停止敌人前进，稳步打开战局，并从各方面加紧准备，仍作长期艰苦打算"的方针，转入防御作战。

　　针对李奇微把进攻重点放在西线，美军主力也多集中于此，而东线多为南朝鲜军，中朝联合司令部研究决定采取"西顶东放"的打法，即以一部兵力在西线组织防御，抗击"联合国军"向汉城方向的进攻，牵制敌主要进攻集团；在东线有计划地后退，待"联合国军"一部态势突出、翼侧暴露时，集中主力实施反击，争取歼灭敌人（主要是南朝鲜军）1 至 2 个师，进而向敌纵深发展突击，从翼侧威胁西线敌人主要进攻集团。如反击得手，可制止敌人的进攻；如反击不顺利，则准备退至"三八线"以北地区，给敌人以坚决回击。

　　具体部署是：西线由志愿军副司令员韩先楚指挥第 38、第 50 军和人民军第 1 军团（简称韩集团），在金浦、仁川及野牧里至骊州以北 68 公里的地段上组织防御，抗击"联合国军"向汉城方向的进攻；东线由志愿军副司令员邓华指挥第39、第40、第42、第66军（简称邓集团），在人民军前线指挥部司令官金雄指挥的第2、第3、第5军团（简称金集团）配合下，在东线横城地区寻机实施反击。

从25日起，美军第1、第9军的第一梯队共4个师3个旅，在大量坦克、飞机、火炮的支援下，对志愿军第50军和第38军第112师野牧里至骊州一线阵地实施多路猛攻。

与前三次战役不同，这次西线志愿军打得不是拿手的运动战，而是摆开架势打阵地防御战，与强敌进行针尖对麦芒的较量，拼实力、拼消耗。

毫无疑问，这对装备落后又缺粮少弹的志愿军来讲，是多么大的考验。首当其冲的就是曾泽生的50军。

50军克服天寒地冻、工程器材缺乏、粮弹供应不上等困难，依托临时构筑的野战工事，顽强坚守阵地，以突然、猛烈的火力配合阵前反冲击。战斗进行得异常激烈，指战员们前仆后继，不怕牺牲，打得很英勇，也很艰苦。每一要点都要同敌人进行反复争夺，使敌人付出重大代价。其中最为著名的就是白云山阻击战。

汉江南岸的白云山，左边是光教山，右边是帽落山，三山互为依托，扼制着从水原通往汉城的铁路和两条公路，为敌我双方争取的战略要地。50军149师447团担负着白云山至东远里正面约9公里、纵深约6公里地域的防御任务。

1951年2月，美军第25师炮兵向志愿军阵地发射白磷炮弹

27 日拂晓，美军第 25 师以 1 个营的兵力，在 5 辆坦克配合下，分三路向白云山扑来。447 团以 3 个连在前卫阵地兄弟峰下的杜陵等地设伏，一举将该股敌军击溃，毙伤 60 余人。

美军随即发起更大规模的进攻，激战至 29 日晨，才费尽九牛二虎之力攻占了 328 高地和西峰。当天下午，447 团组织力量对立足未稳的美军实施反击，一举夺回了西峰阵地。

30 日，美军集中 3000 余人，在 80 辆坦克、20 余架飞机、30 多门火炮支援下，猛攻 447 团阵地。进攻前，美军进行了长达 1 小时的炮击，炽烈的炮火炸翻了土地，烧红了山岩。

坚守 261.5 高地的一支小分队，在与美军激战 4 小时后，弹药殆尽，全部阵亡。扼守东峰的 6 连，轮番进入阵地。激战竟日，打退了美军 8 次冲锋，最后只剩下指导员和 3 名战士，仍牢牢地守住了阵地。

几天来，战斗几乎如出一辙。

空中，无数敌机在志愿军阵地上空扔下成千上万吨的炸弹；地面上，敌军各类火炮昼夜不停地倾泻着弹药。炽盛的炮火犁遍了志愿军阵地上的每一寸土地。炮火过后，黑压压的美军跟在成群的坦克后面开始发起冲锋。被打退后，继续轰炸、炮击，而后再冲锋。志愿军伤亡惨重，不少阵地都是战至最后一人，才被美军占领的。

31 日夜，447 团调整部署，主动撤出兄弟峰阵地，集中兵力，加强白云山主阵地的防御。

志愿军某部在汉江以南帽落山与敌激战

志愿军某部在白云山前沿阵地与敌激战

2月1日拂晓，美军2个连在20余架飞机、30多门火炮的掩护下，进攻光教山。

在此据守的4连与敌激战竟日，终因寡不敌众，伤亡巨大，阵地失守。447团立即组织反击，仅用半小时就把美军从阵地上赶了下去。

围绕光教山，双方展开了拉锯式的反复争夺。

美军投入了更大的兵力和更猛烈的炮火。激战至3日，500多名美军攻占了光教山阵地。随后，美军以光教山为依托，以一至两个营的兵力，在炮火掩护下，向白云山志愿军阵地发起疯狂冲锋。

447团指战员以"人在阵地在"的决心顽强抗击，一次次打退美军的进攻。至5日晚，447团完成了阻击任务，奉命撤出白云山阵地。

根据50军实施防御作战的情况和经验，志愿军总部及时向全军发出了战术指示，强调进行野战阵地防御，必须做好工事，采取疏散的纵深的兵力配备，每一阵地只以少数兵力加强轻火器进行防守，主要兵力疏散配置在纵深机动位置上，以最大程度地减少伤亡，保持防御的稳定性；必须以短促、突然、猛烈的火力配合阵前反击，以有效地阻止敌人的进攻；必须作好对敌实施反击的充分准备，较大的反击必须于夜间进行，以收到最大的效果；同时还特别强调，不能死守一地，在争取到一定时间或无力防守时，应主动转移阵地，并尽力坚持夜间转移，以减少伤亡。

战至2月3日，美军突破了第一道防御阵地，志愿军转至第二道防御阵地继续防御。此时，西线志愿军已连续作战10昼夜，在敌绝对优势的炮兵和航空兵火力猛烈突击下，伤亡较大。

为了保持汉江南岸阵地，继续钳制敌人主要进攻集团，保障志愿军主力在东部战线实施反击，志愿军总部决心缩小50军防御正面，将南泰岭、果川、军浦场及其以西14公里的防御阵地交人民军第1军团防守，加强纵深防御力量。同时以38军主力进至汉江以南加强112师的防御。

仗打到这个分上，美国人对中国人的打法已经不陌生了，甚至也开始仿效对手的战法，打起夜战，搞迂回穿插。

4日夜，美军第24师第19团一部大胆穿插，竟迂回到38军113师侧后的山中里、洗月里地区。

情况万分危急，38军命令不惜一切代价消灭这股敌人。338团连夜奔袭，将敌包围。一场恶战下来，这股美军大部被歼，但338团也所剩无几。

战至7日，"联合国军"占领了虎岘、安养里、内飞山、鹰峰、国主峰一线阵地，14个昼夜仅向前推进了18公里，平均每天付出近千人的代价才前进1.3公里。

这时，天气突然转暖，汉江局部地段已开始解冻。由于汉江以南作战地区狭小，为避免背水作战，当日晚，汉江西段的50军将主力撤至汉江北岸组织防御，留一部兵力坚守南岸桥头阵地；汉江东段的38军仍坚守原阵地，继续牵制"联合国军"主要进攻集团，以隔断东、西线敌人的联系，保障东线反击作战得以顺利进行。人民军第1军团主力也撤到汉江北岸进行防御。

8日，西线几乎所有的"联合国军"都将攻击的矛头指向了留在汉江南岸孤军奋战的38军。

面对"联合国军"疯狂的突然进攻，中朝军队被迫退回汉江北岸。图为1951年1月初，志愿军某部强渡汉江

38军军史上最为残酷、激烈的一仗打响了。

在已连续战斗十多天、食物和弹药都十分缺乏的困境中，指战员们以"人在阵地在"的决心，"一把炒面一把雪"，顽强作战，同敌军反复争夺每一块阵地。有的阵地失而复得多达五六次，始终守住了汉江以南的武甲山、南治岘一线阵地。

但自身伤亡实在太惨重了。尤其是112师的334团和336团更是付出了巨大的牺牲，连排干部几乎打光了。全军一半以上的步兵连不足40人，每个班只有三四支步枪还能打响，其余的战士只有手榴弹可用。

在38军血战汉江、阻挡美军重兵集团进攻的掩护下，11日晚，东线邓集团向横城地区发起了反击。激战至13日晨，全歼南朝鲜军第8师3个团及第3、第5师和美军第2师各一部，共1.2万余人，迫使"联合国军"后退26公里。

随后，邓集团以6个团的兵力对被围于砥平里的美军第2师第23团和1个法国营、1个炮兵营、1个坦克连共6000余人，发起了猛攻。

正当东线砥平里激战正酣之际，西线担负阻击任务的韩集团也进入最为残酷的关键时刻。

38军军长梁兴初连日来处于高度紧张状态：各主要守备阵地不断告急，部队损失一天天加重，兵员极度缺乏。他只能紧咬牙关，命令各级指挥员："上级交给的任务，没有二话！我们38军历来就是这样。为了保证东线部队胜利出击，我们就是要血战汉江南岸！"

38军112师335团1营3连，也就是在第二次战役中血战松骨峰的那个英

志愿军某部在汉江南岸实施阻击

雄连队，奉命坚守汉江南岸的 580 高地南坡。

连长命令1排、2排、3排由主峰依次由上往下进入阵地。3排8班在左前方，9班在右前方，7班处于全连阵地的最前沿。7班的机枪手名叫马玉祥，曾被魏巍写入《谁是最可爱的人》一文里：

在汉江北岸，我遇到一个青年战士，他今年才21岁，名叫马玉祥，是黑龙江青冈县人。他长着一副微黑透红的脸膛，高高的个儿，站在那儿，像秋天田野里一株红高粱那样淳朴可爱。不过因为他才从阵地上下来，显得稍为疲劳些。

对于这场战斗的惨烈，马玉祥是这样描述的：

太阳出来时间不长，敌人的飞机就在我们阵地上空投弹扫射，并轮番投掷燃烧弹，同时敌人的大炮坦克也向我们袭来。……敌人撤到山底下时，有人将下撤的敌人拦住，再次组织进攻。一天进攻七八次。……到了第二天，敌人还是轮番向我阵地进攻，每次进攻前都是先打炮后进攻。我们还是坚持敌人不到跟前不打。打到下午两点钟左右时，我们打反击的火力就弱了，因为很多战友牺牲了。敌人的炮弹将8班长的肚子炸开了，肠子露了出来。我看到他把肠子往肚子里按，然后用毛巾堵上。只听到他大呼数声，时间不长就牺牲了。8班

美军用大口径重炮轰击志愿军阵地

长是抗日时期参加八路军的，是老共产党员。

……打到3点钟左右时，敌人把9班前沿阵地占领了，这说明9班同志都牺牲了。这时我瞄准敌人，看他是否还上来，如果还上来我就打；不来我就不打了，因为子弹要打完了。这时我盼望着部队来支援，一直盼到天黑也没有来。

最后，当3连完成阻击任务，接到上级命令撤退时，100多人的连队从阵地上只走下了指导员、马玉祥和另外1名战士三个人了。

38军还有一个3连打得也同样惨烈。

在第二次战役中，113师337团3连参加了著名的龙源里阻击战，扼守价（川）顺（川）公路的咽喉——龙源里东葛岘山。在美军兵力、火力均占绝对优势且前后受敌的情况下，全连英勇沉着，和兄弟连队一起在南逃与北援之敌中间进行两面阻击，打退了美军5个营在百余架飞机、数十门火炮、上百辆坦克支援下发起的20多次进攻。激战两天一夜，毙伤敌200余人，为战役胜利做出了贡献。

此次汉江南岸阻击战中，该连负责扼守西官厅北山。

这里是三条公路的交会处。美军第24师为打开北进通路，自2月1日起，先后以1个排至4个营的兵力在飞机、坦克和火炮的支援下，向3连阵地实施连续进攻。3连在连长郭忠田指挥下，依托构筑的工事，与十倍于己的敌军展开血战。在阵地工事被毁、人员伤亡大半的情况下，全连指战员以"誓与阵地

受到表彰的志愿军某部官兵

共存亡"的坚强决心，苦战四昼夜，打退美军十多次进攻，毙伤敌260余人，阵地寸土未丢。战后，该连被授予"二级英雄特等功连"称号，并获"屡战屡胜"锦旗一面。

112师342团1营扼守京安里东山。山下是利川、龙仁、水原三条公路通往汉城的会合交叉点，是敌我必争之战略要地。营长曹玉海把主阵地设在主峰350.3高地上，由3连防守，前沿阵地设在276.8高地上，由2连防守。

2月11日晨，大雾尚未散去，美军就向276.8高地发起了猛烈的进攻。敌人的炮火把整个山头轰得没有一处完整的工事。2连顽强抗击，打退了敌人的多次进攻，伤亡也越来越大。

14时，曹玉海命令2连撤到营主阵地上。这时2连阵地上只剩下了5个人了。班长潘学仕是个彝族小伙儿，双腿被炮弹炸断，鲜血把身下的土地都染红了。接到撤退命令后，潘学仕毅然留在了阵地上，掩护其他4名战友转移。

不一会儿，一群美军蜂拥而上，攻占了276.8高地。潘学仕在射出最后一颗子弹后，拉响了手榴弹，与敌同归于尽。

12日拂晓，美军精锐骑1师以1个团的兵力，在24架飞机、52辆坦克、50门大炮的支援下，向350.3高地发起猛攻。

敌人先是对350.3高地进行毁灭性轰击，炸弹、炮弹、燃烧弹如冰雹一般铺天盖地，3连的阵地完全湮灭在硝烟烈火中。

炮火向后延伸，步兵开始冲锋。美国大兵们满以为，在那片被炮火犁过数遍的废墟上根本不可能再有任何生命存在。但就在他们冲到离阵地只有二三十

美军炮兵阵地上堆积如山的炮弹壳

米时，不可思议的一幕出现了。

一群志愿军战士好像从地底下突然冒了出来，射出一阵急风暴雨般子弹，夹杂着数十枚手榴弹，将美国兵连滚带爬地打了下去。

整整一个上午，3连在连长赵连山的带领下，打退了美军4次进攻，阵地前留下了200多具美军尸体，而3连官兵也越打越少。山下公路上，美军的汽车来来往往在运兵、运弹药和拖走伤员、死尸，坦克则不停地向3连阵地开炮。

战斗愈发激烈。黑压压的敌人又从四面八方围攻上来。六〇炮手傅国良一连打出百余发炮弹，炮筒都打红了。突然一发炮弹在他身边爆炸，巨大的气浪将傅国良冲倒在地，六〇炮也被炸飞了，炮盘被炸碎了。傅国良挣扎着爬起来，找到炮筒，毫不犹豫地用手扶着炮身继续进行简便射击。滚烫的炮筒立刻就把他的手烫起了水泡。

机枪手牺牲了，敌人趁机涌上来。1班长涂金跃出工事，抱起机枪就打。敌人被堵住了，涂金胸前连中数弹，倚在大石前壮烈牺牲，双手仍牢牢地抱着机枪，保持着射击的姿势。

中午时分，敌人分五六路从后面迂回过来，包围了营部。曹玉海率半个班的预备队冲上阵地，一阵猛冲将敌人打下山去。战斗中，曹营长不幸中弹牺牲。

15时，争夺350.3高地的战斗仍在继续，3连阵地上还有4个人。负伤在营部休息的机枪1连副指导员孙德玉带着营部勤杂人员前来支援。在一连打退了敌人的6次进攻后，阵地上只剩下赵连山和1班副刘占清两个人了，弹药也

志愿军在汉江南岸阻击战中

所剩无几。

这时，敌人又发起了第 7 次进攻。

教导员方新带着通信班长王青山冲上阵地，用六〇炮弹掷击敌人。一阵炮火袭来，方新的左腿被炸伤。敌人从四面八方涌上来，方新抱起一颗迫击炮弹冲入敌群，与敌同归于尽。

1 营的勇士们用鲜血和生命守住了 350.3 高地，歼敌 680 余人，全营也基本上拼光了。战后，志愿军司令部、政治部给 1 营记集体一等功。

其实，在整个 38 军里，像这样的部队还有很多很多。

美军虽有着数百倍于 38 军的火力，九倍于 38 军的兵力，但在 38 军将士们坚如钢铁的意志和舍生忘死的斗志前，畏惧了，退缩了，始终未能越过雷池一步。

就这样，38 军苦苦支撑到 16 日晚上，终于等来了撤到汉江北岸的命令。坚守 580 高地的 335 团团长范天恩听到撤退命令后，紧张多日的神经一下子放松下来，竟昏倒在地……

日后，这位铁骨铮铮的山东汉子说："以后有人要问我什么日子显得最长，最难熬，那就告诉他：汉江南岸的日日夜夜……"

经过 20 多个日日夜夜的奋战，志愿军第 50、第 38 军以无比顽强的防御将美军第 1、第 9 军牵制于西线，共毙伤俘敌 2 万余人，有力地保障了志愿军主力在东线的反击作战。

1951 年 1 月中旬，中朝军队全部撤回汉江北岸。图为第三次战役中，志愿军某部冒着炮火渡过汉江

13. 横城反击作战

　　1951 年 1 月 25 日，美军第 8 集团军司令李奇微指挥"联合国军"16 个师又 3 个旅、1 个空降团共 23 万余人，由西向东发起大规模进攻。正在"三八线"地区休整的中国人民志愿军和朝鲜人民军，立即转入防御作战，抗美援朝第四次战役就此打响了。

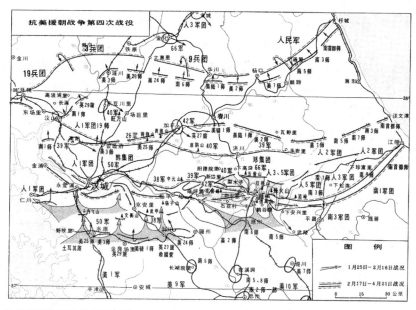

抗美援朝第四次战役示意图

这次进攻，"联合国军"是有备而来，一改变过去分兵冒进的战法，各部队齐头并进，稳扎稳打，步步为营，以"磁性战术"和"火海战术"，向志愿军发起猛烈的攻势。

在西线，美军第 25 师、美军第 3 师、英军第 29 旅、土耳其旅在野牧里至金良场里约 30 公里的正面上展开，向汉城（今首尔）方向实施主要突击；南朝鲜军第 1 师位于乌山里地区为预备队。美军骑兵第 1 师、美军第 24 师、英军第 27 旅在金良场里至骊川约 38 公里的正面上展开，向礼峰山方向实施突击；南朝鲜军第 6 师位于院湖里地区为预备队。

在东线，美军第 2 师、美军空降第 187 团、南朝鲜军第 8 师和第 5 师在骊川至平昌约 67 公里的正面上展开，向横城、阳德院里、清平川方向实施突击；美军第 7 师位于堤川地区为预备队。南朝鲜军第 3 军团第 7 师在乌洞里至北洞里约 30 公里的正面上展开，向下珍富里、县里方向突击；第 3 师位于宁越及其以东地区为预备队。南朝鲜军第 1 军团指挥第 9 师和首都师在北洞里至玉溪 30 公里的地段上展开，沿东海岸向北配合进攻。

针对敌人的大举反扑，中朝军队决心"西顶东反"：以一部兵力在西线组织防御，牵制"联合国军"主要进攻集团；集中主力于东线实施反击，从翼侧威胁西线敌人，制止其进攻。

西线由志愿军副司令员韩先楚指挥第 38、第 50 军和人民军第 1 军团（简称韩集团），在金浦、仁川及野牧里至骊州以北 68 公里的地段上组织防御，抗击"联合国军"向汉城方向的进攻；东线由志愿军副司令员邓华指挥第 39、第 40、第 42、第 66 军（简称邓集团），准备向横城、原州方向实施反击。人民军前线指挥部司令官金雄指挥的第 2、第 3、第 5 军团（简称金集团）负责掩护邓集团集结，并准备在邓集团左翼向横城东南方向反击。

1 月 31 日，东线"联合国军"集中 8 个师从原州、武陵地区向砥平里、横城方向发起进攻。

邓集团当即以 42 军和 66 军 198 师节节阻击，诱敌深入。其中，198 师奉命在横城以北五音山地区担负防御任务，阻击"联合国军"进攻，掩护主力的战役集结和展开，进行反击作战准备。

2 月 5 日，198 师进至五音山地区，立即构筑了基本阵地和预备阵地，并将全师编为两个梯队。

7 日拂晓，南朝鲜军第 8 师师长崔荣喜准将以 2 个团的兵力向五音山发起

美军 40MM 双管自行防空炮正在向志愿军阵地射击

猛烈进攻。198 师顽强抗击，先后打退了敌军的 30 余次攻势。

从 8 日起，"联合国军"为突破五音山阵地，进而夺取洪川，先后投入南朝鲜军第 8 师全部、第 3 师一部和美军第 2 师 1 个团，在 4 个榴弹炮营及飞机、坦克的支援下，向五音山轮番进攻。198 师先后击退敌军大小数百次进攻，在连续五昼夜的阻击战中，共毙伤俘敌军 1500 余人，守住了阵地。

此时，邓集团主力 39 军、40 军、66 军已分别从高阳、东豆川里、金化地区向阳德院里及洪川以南地域迅速开进，准备进行反击。

就在西线 38 军、50 军用血肉之躯阻击"联合国军"向北反攻的时候，东线向横城和砥平里地区北进的"联合国军"以快于西线的速度一路推进，至 2 月 9 日已进至砥平里、横城、下珍富里、江陵一线。其态势为：

美军第 2 师第 23 团和 1 个法国营、1 个炮兵营、1 个坦克中队被志愿军第 42 军阻击于砥平里地区；南朝鲜军第 8、第 5 师和美军第 2 师一部进至横城以北约 10 公里的丰水院、上苍峰里、釜洞里、梅田里一线；南朝鲜军第 7、第 9 师以及首都师则拖后于下珍富里、江陵一线。

此时，美军第 2 师第 38 团及荷兰营，美军第 2 师师部及第 9 团尚在原州，美军第 7 师及第 187 空降团在原州以南。这样，前进至横城的敌军翼侧暴露。

战机稍纵即逝，必须果断抓住。

邓集团当即决定集中兵力在沓谷岘、上高垈至三巨里 33 公里的地段上，向横城西北方向实施反击，采取两翼突击与正面攻击相结合的战法，首先歼灭南朝鲜军第 8 师和美军第 2 师一部，以期由此打开缺口，然后向原州、牧溪洞方

横城反击战前，志愿军某部指挥员在向部队布置作战任务

向发展进攻。具体部署为：

42 军配属 39 军 117 师及炮兵 25 团 1 营，以 124 师、117 师为先头部队，向横城西北鹤谷里、上下加云防线进攻，切断南朝鲜军第 8 师的退路；以 125 师前出至横城西南介天里、回岩峰地区，阻击敌原州方向可能出现的援助，并策应 66 军作战；以 126 师配置于砥平里以北地区，继续牵制砥平里之敌。40 军配属炮兵 29 团 1 营、3 营，由正面向横城西北的南朝鲜军第 8 师突击。66 军以 196 师、197 师向横城东南方向突击，切断横城之敌的退路。39 军（欠 117 师）为预备队，配置于龙头里东南地区，逼近砥平里，保障主力右翼安全。如果反击作战开始后砥平里敌人南逃，予以坚决追击。

2 月 11 日，邓集团主力先后到达进攻出发地域。17 时，经短促火力急袭后，志愿军的 4 个军分多路向横城地区的敌军突然发起大规模的反击作战。

42 军突破后，124 师右翼迅速攻占上物安里、仓村、石子洞地区；左翼攻占 726.6 和 531 高地。至次日拂晓，124 师前出至鹰峰、鸭谷里和石子洞地区，继向福祚洞、广田攻击前进。

372 团 7 连在副连长姜新良的率领下，冒着大雪，向南朝鲜军第 8 师 1 个营据守的 780 高地发起反击。一口气攻下四个山头，最后攻上主峰，冲进敌指挥所。只见山上电线七零八落，军用物资撒满一地，一幅狼狈溃逃的景象。更奇怪的是指挥所掩蔽部外一小块地方，横七竖八地躺着六具南朝鲜军军官的尸体。一问俘虏才知这是美军督战队的杰作。

美军士兵杀害朝鲜群众

原来，美军督战队见阵地不保，大发雷霆，撤逃前把南朝鲜军的营长、连长找来一顿臭骂，最后每人"赏"给了一颗子弹。

配属给42军的39军117师担负打穿插的任务，反击战打响后即从上吾安里敌人接合部的间隙进入战斗，沿药寺田、仓村里、琴垈里一线，向横城西面的夏日、鹤谷里实施穿插迂回。

按照战前部署，117师务必于12日晨7时前占领夏日、鹤谷里公路西侧的有利地形，彻底切断敌人的退路，配合正面攻击部队歼灭安兴的南朝鲜军第8师及美军第2师一部。117师决定以351团为前卫，攻占夏日公路，349团负责攻占鹤谷里，350团为师预备队。

11日17时，117师全体官兵携带了五天的干粮，配足了弹药，依照351团、师指挥所、349团、350团、机关、后勤分队的序列，开始了大规模的敌后穿插。

公路两边的民房在敌机的轰炸中燃烧着，凝固汽油弹的气味令人窒息。117师沿着公路前进，如同在火海中穿行。半个小时后，117师进入黑暗的山谷，悄悄地穿过南朝鲜军第8师第16团的阵地左翼。除了尖刀连不断与敌人排级规模的搜索队遭遇之外，一路上并没有发生大的战斗，117师一刻不停地向夏日前进。

午夜时分，师长张竭诚突然接到前卫351团的报告：他们走错路了，决定翻山去夏日。

这时，邓华指挥部来电：正面攻击部队已突入敌人阵地，敌人开始向横城

13. 横城反击作战

223

被俘的美军黑人士兵

方向溃败，望穿插部队按规定时间到达阻击地点。

张竭诚命令师侦察队抓个俘虏查问情况。师侦察队在崎岖的山路上搜索了半天，可根本见不到一个人影儿。正在着急时，猛然发现雪地里有一根美式军用电话线。机警的侦察员们便顺着电话线前进，没走多远找到了一个小村落，在一间有亮光的房舍外听见里面有叽里呱啦的说话声，是美国人。

排长吴永章一挥手，侦察队员们冲了进去。战斗很快结束，活捉了30多个美军兵，清一色的黑人，是美军第2师第9团的1个黑人排，担负南朝鲜军第8师的后方警戒任务。

这些美国黑人大兵站在雪地上直发呆，无论如何也搞不懂，中国士兵究竟是从哪里来的，自己怎么会在战线的后方被俘虏了。

117师继续前进，当攀上一座满是积雪的大山顶时，天开始放亮。往山下一看，一条公路延伸而来，是鹤谷里。公路上一片寂静，战士们知道，他们已经跑在敌人汽车轮子的前边了。

原来前卫351团走错了路，却意外地俘获了一群溃退下来的南朝鲜士兵。经审讯，其中有个俘虏说有一条近路可以到夏日，于是就让他带路。这个俘虏还真的把351团带到了夏日。

刚到那里，就看见公路上行进的汽车一眼望不到头。美军第2师第9团和南朝鲜军第8师撤退下来的残部正在抢占公路边的高地。351团立即发起攻击，把这股敌人击溃，毙伤俘800余人，并迅速占领了公路两侧的高地。被打散的美军和南朝鲜军士兵则躲进了公路附近的一个山沟里。

此时的时间是 12 日晨 6 点 30 分，117 师一夜前进 30 余公里，提前半个小时到达穿插目的地，从而卡死了南朝鲜军第 8 师从横城南逃的退路。

而 125 师主力也经居瑟峙、下物安里、石花村，于 12 日 10 时进至横城西南之介田里、回岩峰地区，截歼了来自横城的南朝鲜军一部。

至此，42 军切断南朝鲜军第 8 师主力与在横城的师指挥所的联系，并占领梨木亭至陵谷公路以西以南地区。

40 军负责从正面由下高垈、新垈里攻击南朝鲜军第 8 师。

军长温玉成和政委袁升平把 118 师和 120 师放在第一梯队的位置上，由打响抗美援朝战争第一枪的 118 师担任主攻，其任务是迅速割断南朝鲜军第 8 师的防线，前出至广田、碧鹤山、下草院里地区。

为此，温玉成不仅把军里主要炮兵力量统统配属给 118 师，还将作为预备队的 119 师主力团 355 团也加强给 118 师。120 师担负攻占圣智峰、梨木亭和 784 高地的任务，以牵制当面的南朝鲜军，支援 118 师向纵深发展。

118 师师长邓岳仔细察看地图，发现在主攻方向的正面，有一个两条公路会合的"丫"字形路口，这显然是南朝鲜军溃逃的必经之路。要想不打成击溃战，更多地消灭敌人，就要派一支有力的部队穿插进去，死死地堵住这个"丫"字形路口。

考虑再三后，邓岳决定在攻击正面上摆出 3 个团的兵力，353 团在左，354 团在右，并肩突破南朝鲜军第 8 师第 21 团的防御阵地，352 团从两个团中间渗

志愿军某部向横城敌侧翼穿插

透进去，迅速搜入敌纵深，务必在黎明前占领那个"丫"字形路口，切断南朝鲜军的退路，并协同正面部队歼灭逃敌。

几年后，西方的军事史学家对邓岳这一反常规的战法仍称赞不已：两个团从正面并肩突破，一个团从中间穿插到后位。险棋！新奇！

战斗打响后，左翼353团在一小时之内就突破了南朝鲜军2个连的防御阵地。右翼354团2营仅用半小时就攻占了当面的阻击阵地，歼灭南朝鲜军的1个加强连。

352团是118师的主力团，素以敢打敢拼而闻名。团长罗绍福是个老红军，曾是邓岳的老班长。趁353团和354团正打得激烈的时候，352团立即行动，从这两个团之间乘隙直插南朝鲜军第8师心脏——广田村。时任352团3营教导员的翟文清回忆道：

1951年2月11日16时，全营由新岱里等地出发，冒着敌机的轰炸扫射，沿下榆洞、地吾谷、谷村向敌人心脏广田村穿插。

我营主力进至上榆洞沿北侧十字路口时，遭敌纵深炮火密集拦阻。在3营指挥作战的战斗英雄、352团参谋长冷利华和他的警卫员小丁不幸牺牲。当尖刀7连进至上榆洞南侧时，与敌人一个排的兵力遭遇，8班是尖刀的尖刀，8班长周祥双即命令轻机枪向敌人射击，重机枪就地开火，将敌人打乱。3排长孙荣田机智勇敢地带领全排行进间向敌人冲击，与敌人格斗，迅速将敌人歼灭。首战获胜，为向敌纵深穿插撕开了口子……

18时30分全营通过地吾谷，沿着崎岖山谷小道，踏着一尺多深的积雪，奋力攀登700多米的高山。当爬上山鞍部时发现两侧山顶上都有敌人，营长命令7连在山鞍部两侧各放一个加强班，严密警戒监视敌人行动，掩护全营通过山口……

当到达谷村以南时，突然发现在我们前进的西南方向灯光闪亮，敌人的车队像长龙一般沿着由龙头到横城的公路向广田方向而来。当时我和营长认为前边不远就是广田，应加速行动，趁敌人不备突袭并占领广田。我们确定营长和副教导员带领7连、9连从北面首先夺取广田北山，然后向广田攻击；我带8连从西面夺取台峰，切断公路，由西向东攻占广田。

分工后，8连3排迅速抢占了台峰，切断了公路，歼敌一个班，占领了有利地形，并牢牢地控制了公路，同时8连1排、2排在连长吕玉俭指挥下，沿

1951 年 2 月，一支在败退途中的美军

公路由西向东配合 7 连、9 连夹攻广田。此时，支援南朝鲜军 8 师作战的美 2 师炮兵营被 8 连 3 排迎头拦住，在我轻重机枪突然而猛烈地射击下，行驶在前边的指挥车和几辆大卡车顿时起火，随后的炮车和运输车也全部被阻。当时敌车灯熄灭，车辆翻倒碰撞，乱成一团，纷纷弃车四散潜逃。两辆敌坦克从汽车群中冲出来，沿公路奔向我 3 排阵地，坦克炮和机枪火力猛烈向我射击。3 排 8 班长周洪玉在我火力掩护下，从侧后冲向敌人坦克，将一枚磁性反坦克手雷投向敌人坦克，"轰"的一声坦克停止了。当时他们很高兴，刚冲到坦克跟前要迈腿爬上坦克时，坦克又突然发动狼狈地向东逃窜，当敌人坦克摇摇晃晃地逃到广田村西头时，又被我 8 连 5 班战斗小组长、共产党员于水林用反坦克手雷将其击毁。

12 日 1 时许，3 营攻占了广田村，完成了对敌穿插分割任务。随后，该营迅速攻占广田南山 536.7 高地，截断敌人退路。几乎与此同时，右翼 120 师相继攻占了圣智峰，梨木亭、784 高地，有力地支援了 118 师向纵深发展。

至此，40 军已完全占领横城至龙头里公路及广田以北地区，将该地区的南朝鲜军第 8 师第 10、第 21 团基本歼灭。

韩国国防部战史编纂委员会编写的《韩国战争史》中是这样记载当天的战斗的：

战况急剧变化，全师面临敌军一波又一波的攻击，虽然竭尽全力奋战，但

13.
横城反击作战

被志愿军俘虏的"联合国军"士兵走下战场

战况时刻发生逆转，陷于敌之重围中苦战。

第21团在五音山、大三马峙一线同中共主攻部队第66军展开激战。当时，敌军3个步兵师在各种炮兵和坦克支援下发起夜袭，2时已逼近阵前。在这敌军强大攻击面前，全体官兵虽英勇奋战，集中全部步坦炮火力猛烈打击敌人，但始终未能阻止优势敌军的猛攻，战线一角被敌突破。团长河甲清上校决定立即收拢部队，坚守碧鹤山和台峰山之间要地。但敌军一部已趁夜暗深入我后方，炸坏下草院里（碧鹤山北1公里处）附近机动路，并实施大包围，使我陷入四面楚歌的旋涡中。团长虽然命令坦克排为先导突破敌阵，但是因机动路已被敌人破坏，未能突破，5时，在苍峰里附近收拢部队。团长下达命令："各营要破坏不能携带的全部装备，突破敌阵，到横城集结。"遂各营开始突破重围撤退。

第10团和反坦克炮营在上榆洞、桃源里一线，也受到中共军大部队的攻击，展开激烈的战斗。敌军翻过葛基山，攻击第10团，同时猛打第16团左肩部阵地，潜入我后方，前后夹击，使我第10团和反坦克炮营在夜暗和混乱中陷于困境。这时团长权泰顺上校边收拢兵力边在阵前指挥战斗，不幸中弹，壮烈牺牲。各营便寻找出路，撤回师司令部所在地横城。

66军右翼198师由五音山突破后，于12日6时占领苍峰里，随即向草塘突击，途中歼南朝鲜军1个炮兵连，并俘美军200余人；左翼196师、197师突破后，于12日6时占领阳地村、新村，一度占领红桃山。

12日8时，南朝鲜军第8师余部和美军第2师第9团一部在航空兵掩护下，

志愿军某部在横城以北的山地构筑工事，阻击敌人

企图冲过鹤谷里、夏日，向横城方向撤逃。

117 师开始了顽强的阻击战斗。美军第 2 师第 9 团全力向 351 团 2 营阵地猛烈攻击。

4 连的阵地在最前面，打退了美军的多次进攻，2 排也付出了巨大的伤亡代价，阵地上只剩下了副排长和两名战士。这时，美军又冲上了阵地，他们与敌人扭打在一起，直到全部牺牲。4 连把连队的文化教员、炊事员、司号员、通信员全都组织了起来，顽强地坚守在连队的主阵地上。5 连干部全部牺牲后，司号员马德起代替指挥，坚守阵地。3 连的弹药打光了，战士们就用石头、用刺刀反击美军的进攻。

10 时 30 分，从横城出动的南朝鲜军 2 个营北援接应。在 118 师的配合下，117 师将这股援敌打退。而美军也始终未能突破 351 团的阻击阵地，汽车和坦克把数公里长的公路挤得水泄不通。

天渐渐黑了下来，空中升起了三颗信号弹，志愿军的总攻开始了。

公路上，此起彼伏的枪炮声响成了一锅粥，尖厉的军号声令美军第 2 师和南朝鲜军第 8 师的官兵们感受着世界末日般的恐惧。美军的飞机在盘旋，扔下的照明弹把战场映成白昼。到处是汽车和坦克燃烧的大火，志愿军战士们冲上公路，与美军、南朝鲜军士兵混战在一起。

午夜时分，战斗结束。117 师将被围于鹤谷里、夏日之间的敌人全歼，毙伤俘敌 2300 余人。李奇微在《朝鲜战争》一书中写道：

2 月 11 日夜间，共产党发动了反攻。在中共军队进攻面前，美 2 师遭受重大损失，尤其是火炮的损失更为严重。这些损失是由于南朝鲜军第8师仓皇撤退造成的，该师在敌人的一次夜间进攻面前彻底崩溃，实际上是全军覆没。

美军战史资料对这次战斗的描述是这样的：

韩国一个团的溃败又一次导致了一场重大的伤亡。当时，美军一个炮兵连在一支护卫队的掩护下，正沿着横城西北三英里一条狭窄公路北上，显然没有任何侧翼保护。这支部队是去支援北面几英里处的韩国第八师的。夜间，中共部队进行反攻，韩国部队溃败逃跑，接着中国人突然向美军炮兵蜂拥扑来。五百多人中仅三人幸存。幸存者中有一位下士，他战后回忆当时的情景时说："中国人在凌晨两点向我们扑过来。那地方到处枪林弹雨。中国人打倒了最前面那辆车上的司机，整个一列车队都停止不前了。人人手忙脚乱，只要一个人倒下，中国人马上就来抢走他的武器。有人喊叫道：'这里有一个！'我就开了火，但那只是一棵树。有人又喊道：'我们从这里冲出去！'我晕头转向，好像整个世界在我的脚下爆炸了。真是血流遍野。当时我知道我完蛋了……他们派我和另外十四名步兵去保护那些大炮。我们帮忙把大炮弄到车队里去，但是我们只有三个人活着回来了。"

至此，邓集团将南朝鲜军第8师3个团全部歼灭。但由于66军进到红桃

风雪下败退途中的美军格外狼狈

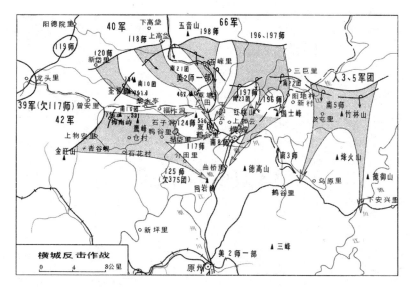

横城反击作战示意图

山、国土峰后受阻，未能及时插到德高山、曲桥里地区；42 军 125 师进到回岩峰后，也未能及时过蟾江控制要点，致使美军第 2 师一部、南朝鲜军第 8 师师部及第 3 师大部逃脱。

人民军第 3、第 5 军团由横城东北发起反击，13 日进至横城东南之鹤谷里、乌原里、下安兴里地区，歼灭南朝鲜军第 3、第 5 师各一部，有力地配合了邓集团的反击作战。

13 日晨，横城地区反击作战结束。

此战，志愿军邓集团和人民军第 3、第 5 军团经过 35 个小时激战，歼南朝鲜军第 8 师 3 个团及第 3、第 5 师和美军第 2 师各一部，共 1.2 万余人，其中俘敌 7800 余人，给"联合国军"以沉重打击，迫其后退 26 公里，对中朝军队完成战役防御任务起到了重要作用。

14. 砥平里战斗

　　1951 年 2 月 13 日晨，东线志愿军在副司令员邓华的指挥下，取得了横城反击战的胜利，共歼南朝鲜军和美军 1.2 万余人，迫使"联合国军"后退 26 公里。这样，整个东线的"联合国军"除在砥平里的部队驻守未动外，其余部队都已撤至原州、宁越、平昌、旌善等地。

　　砥平里位于骊州、砥平里、杨平三角地域的顶角上，因作为美军第 9 军右翼的突出部而变得格外重要。据守此地的是美军第 2 师第 23 团和 1 个法国营、1 个炮兵营、1 个坦克连，共 6000 余人，指挥官为第 23 团团长弗里曼上校。

　　第 23 团是在 10 天前进占砥平里的，并以村庄为中心，构筑了直径达 1.6 公里的环形防御阵地。在阵地外围方圆 5 公里内，南有望美山（397 高地），

负伤的美国士兵被背下战场

西南有 248 高地，西北有 345 高地，北有 207 高地，东北有 212 高地。这些高地环绕着砥平里，形成了一个天然绝佳的环形防御阵地。唯一美中不足的是，这个阵地周长过大，达 18 公里之多。弗里曼手里兵力有限，只好把外围环形阵地收缩到最小范围，其周长约为 6 公里。

2 月 11 日，志愿军发起横城反击战。在砥平里的环形阵地里，到处弥漫着紧张的临战气氛。远方枪炮的轰鸣声昼夜不停，美国兵、法国兵彻夜紧握自动步枪，局促不安地等待着阵地周围响起中国士兵胶鞋底摩擦冻土的声音和那直刺心脏的小喇叭声。可两天过去了，四周的枪炮声渐渐平息下来，中国人却没有来。

见东线"联合国军"其他部队都已开始全线动摇，纷纷后撤，唯独 23 团没有接到撤退的命令，弗里曼心里多少有些不安，总想找机会从砥平里溜走。因为与志愿军交过手的他知道中国人不来则已，一来便是人山人海。现在砥平里阵地孤零零地嵌在中国军队的攻击线上，对手不可能把他们抛在身后置之不理。说不定中国军人正从四面八方向砥平里围攻上来。

从战术上讲，放弃砥平里撤回原州是拉平"联合国军"防线以利再战的合理选择。只有白痴才会在这里坐等中国军人潮水一般的进攻。弗里曼越想越觉得此时不跑，更待何时？

机会终于等来了。13 日上午，美军第 10 军军长阿尔蒙德少将乘直升机飞抵砥平里，听取弗里曼关于警戒情况和敌情的报告。弗里曼在汇报完后，小心

横城反击战中，美军狼狈南逃的情景

翼翼地提议：第 23 团应从 14 日开始撤退。

阿尔蒙德略加思考后，也认为第 10 军应向原州地区集中力量，并鉴于第 23 团所处的紧迫情况和应战能力，便同意了弗里曼提出的撤退建议。因为他也觉得没有必要把这支部队孤零零地摆在砥平里，坚守阵地，这无疑是送入中共军队的虎口，况且连团长都没有守住的信心。但为了稳妥起见，阿尔蒙德随后向李奇微作了汇报。

再说弗里曼得到撤退命令后欣喜若狂，当即吩咐参谋制订行动计划。然而就在手下人开始忙着收拾行装准备撤离的时候，突然收到了一条出乎所有人意料的命令：不准撤退，坚守砥平里。

韩国国防部编纂的《韩国战争史》一书是这样记载的：

李奇微将军接到砥平里战况的紧急报告后，深入研究了砥平里战况推移以及对整个战线的影响，他指出："放弃砥平里势必使美第 9 军团右翼暴露，面临威胁。如果美第 9 军团遭受敌军攻击，不仅使正在进行中的'雷击作战'收不到预期的效果，而且招致全线龟裂，同时丧失反击的重要据点。"他的结论是："敌军为这次攻势的成功，攻占砥平里是绝对必要的。因此，我军无论如何要确保砥平里。"遂李奇微中将立即下达确保砥平里的作战命令。

弗里曼气得在心里直骂娘，可军令难违，而且还是那位出奇严厉的第 8 集

"联合国军"营地

守卫阵地的美军

团军总司令李奇微亲自下的死令，只好硬着头皮，命令手下人立即进入环形防御阵地，做好临战准备。

对于砥平里的敌情，志愿军并不十分清楚。战前得到的情报是，砥平里之敌已南逃一部分，兵力不足4个营，且孤立突出。显然这是一块送到嘴边的肥肉。邓华决心扩大战果，攻歼砥平里之敌，并以一部兵力前出原州予以配合。东线指挥部在发给前线的电报中写道："（砥平里）敌情不过是一两个营，可能已经逃跑了一部分，必须迅速抓住敌人，不能拖延！"

从后来匆忙而混乱的战斗组织可以看出，盲目的乐观情绪带来的是轻敌思想。志愿军从最初的2个团，像"添灯油"一样陆陆续续把6个团的兵力投入到攻击中，而这6个团又分别来自39军、40军和42军。

祸不单行的是，原本配合攻击砥平里的炮兵第42团因马匹受惊暴露了目标，遭敌机轰炸受损，不能参加战斗。这意味着本来火力就弱的志愿军只能靠战士们手上的步枪和手榴弹作战了。

临时负责砥平里战场指挥的是40军119师师长徐国夫，预定的攻击时间是13日上午。但志愿军的行动从一开始就没能合上拍，按时抵达作战位置的只有357团和359团，另外的几个团还在向砥平里突进的路上。攻击时间被一拖再拖，直到当晚才仓促发起攻击。

志愿军没有料到砥平里的敌人兵力如此之多，工事如此之坚固，更没有料

志愿军某部与敌激战

到的是敌人死守的决心如此之大，加上参加攻击的部队建制多，通信联络不畅，协同动作差。而且自跨过鸭绿江起，部队就没有得到足够的休整，经过一系列恶战后，每个团也就剩下两三千人，不仅火炮少得可怜，弹药也严重不足，以致战斗打响后即陷入胶着状态。

夜幕下，小小的砥平里到处都是爆炸和火光，以及曳光弹划出的红色弹道。阵地前，美军的机枪喷吐出上百条的火舌，筑起一道弹雨构成的铜墙铁壁，不断有志愿军战士中弹倒下。可志愿军攻击部队仍以散兵线队形，如波涛一样源源不断地涌上来。美军被眼前的这一幕震撼了，回忆道：

在地面密集的炮火和各种火器编织的密不透风的封锁下，大批中国士兵一波一波地进攻潮水般涌来，在照明弹惨白的光芒中，联合国军士兵惊恐地看着这些后面的士兵踏着前面士兵的尸体毫无畏惧地向他们冲击而来，这些中国士兵义无反顾，毫不退缩。

42 军 126 师 376 团在夜色的掩护下，摸到一个村庄。只见此处有开阔地、房舍、公路、铁路，和地图上砥平里的标志完全一致，于是毫不迟疑地展开了强攻。守在这里的美军人数不是很多，抵挡一阵后就溃退而去。

376 团兴奋地向师指挥部报告：已经占领了砥平里！

指挥部里一片欢腾。高兴过后，越想越觉得有些不对劲，于是问 376 团：

公路是不是拐向西南？铁路是不是拐向东南？

得到的回答却是这里的公路和铁路是平行向南的！原来376团攻下的地方叫田谷，真正的砥平里还在田谷的东南。

这时，39军115师343团也赶来参战，负责夺下砥平里外围据点马山。马山位于砥平里以南约1公里，西靠砥平里至曲水公路，东距杨（平）原（州）铁路约1.5公里。时任该团2营营长的王少伯回忆道：

我们立即出发，11时左右到达马山前沿南侧的闸岘村。当时2营共有八百余人，还有临时加强进来的团警卫连和化学迫击炮连。……战斗于11时20分左右打响，343团分两梯队进攻，2营和3营为第一梯队，分别在左右翼展开，1营为第二梯队跟进。攻击开始后十余分钟，即占领马山上敌人构筑有野战工事的阵地，守敌1个连除少数被俘外均遭歼灭。当时我主张继续扩大战果，乘胜攻入砥平里，消灭砥平里之敌。但团里经过侦察得知，砥平里守军人数众多，我后续部队尚未完全跟上，不宜立即进攻砥平里，令我营坚守既得阵地，准备打敌反扑。

只要志愿军据守马山北侧及其西北无名高地，就可用火力控制砥平里和南北交通，对砥平里守敌构成巨大的威胁。王少伯也清楚马山对于砥平里守敌的重要性，因此他估计敌人肯定不会善罢甘休，必然要拼命反扑，夺回马山的。

王少伯命令全营做好死守阵地的准备，以4连配属2挺重机枪，防守马山北侧的无名高地；以5连配属1挺重机枪，防守马山西北无名高地；以6连2

志愿军战士向敌阵地发起进攻

排配置在 247.8 高地，保障营左翼安全；以 6 连主力配置在闸岘村北侧，为营预备队；以团化学迫击炮连在马山东南、营迫击炮排在马山南沟口占领发射阵地，协同 4 连、5 连坚守阵地；营部设在马山南侧。

果然不出王少伯所料，凌晨 4 时许，美军第 23 团出动 2 个排的兵力，在坦克的掩护下，乘夜暗偷袭马山阵地。由于 2 营早有防备，很快将敌人的进攻打退了。拂晓前，敌人在炮火的支援下先后发起 6 次进攻，均未得逞。

整整一夜，砥平里打成了一锅粥。不断有志愿军部队赶到这里，投入进攻，最后的总兵力达到 6 个团。可是由于迷路、迟到等种种原因，这些部队大都错失了进攻的最佳时机，有的甚至只是跟美军打了个接触战。《韩国战争史》是这样记载的：

当夜，我每门火炮平均发射 250 发炮弹，发挥了强大威力，敌军也不示弱，向我团指挥所周围共发射 300 多发炮弹进行反击。团长弗里曼上校臂部受伤，后勤主任阵亡。敌军跨过尸体，穿过我军弹幕，伴随其特有的喇叭声，不断以班规模兵力波状式地接近我军阵地，投掷手榴弹，发起冲击。美第 23 团第一线部队，也以自动火器阻击敌军，或发起反冲击击退敌人，一直混战到黎明。

天空渐渐露出鱼肚白，天就要亮了。志愿军 2 个主攻团通宵血战，竟没有占领一块阵地，伤亡反而比预想的要大得多。白天是美军飞机的天下，志愿军各部纷纷退出战场，在附近的山谷中隐蔽起来。

紧张了一夜的弗里曼拼命呼叫增援。李奇微见砥平里局势危急，立即命令

在砥平里上空盘旋的美军侦察机

空军出动大批飞机轰炸志愿军阵地，并给弗里曼空投物资。但令李奇微左右为难的是美军第10军已经没有可以调动的部队了，如果增援，只有动用预备队。在这种前途未卜的时候，李奇微是不敢轻易动用东线预备队的。

可砥平里已经危如累卵，总不能看着弗里曼坐以待毙。李奇微思前想后，只好拆西墙补东墙了，命令在尚西线参与进攻的美军骑兵第1师、英军第27旅和南朝鲜军第6师等部立即北上增援砥平里。他下了一道死命令，无论受到何种规模的阻击也要突过砥平里，哪怕只突进去一辆坦克。

14日晨，西线"联合国军"开始增援砥平里，并出动大量飞机对砥平里外围的志愿军阵地进行猛烈轰炸和扫射。马山成为双方争夺的焦点。王少伯回忆道：

晨6时许，敌人出动数十架飞机配合猛烈的地面炮火，对我阵地狂轰滥炸。随后以坦克掩护一个加强连的兵力分两路向四连五连阵地进攻，我依托阵地，充分发挥火力，将其击退。……8时许，敌一个连向4连阵地进攻，并以一个排向该连左翼迂回。营直接指挥4连坚决抗击敌人正面进攻，并以部分兵力实施阵前出击，制止了敌人迂回，同时以迫击炮实施火力阻拦，将敌人击退。接着敌航空兵、炮兵再次对我阵地疯狂轰击，我营工事大部被毁，人员伤亡较大。由于激战多时，各连弹药亦告罄，但敌人进攻丝毫没有停歇之势。营部要求各连以顽强精神抗击敌人，坚守阵地。4连连长、指导员负伤后，副连长指挥全连冒敌炮火抢修工事、搜集弹药，并鼓励全体发扬"铁4连"的光荣

志愿军机枪阵地

传统，坚决抗击敌人。

11时许，敌四百余人，在航空兵、炮兵以及坦克的火力掩护下，分两路向4连、5连阵地连续冲击。5连3排伤亡较大，阵地被敌人突破，该排与敌人展开激烈的白刃战。这时，5连乘敌立足未稳，指挥2排及后勤人员实施反击，将敌人击退，此时4连也击退了进攻之敌。13时许，因4连、5连伤亡较大，我下令担任预备队的6连（欠2排）进入阵地接替4连防务，4连转为协助5连防御。经过多次交锋，我们部队的伤亡也是很大的，4连换防时连里的干部就只剩下副连长黄道武了。

15时，敌机十余架向我阵地轮番轰炸、扫射，随后美军又集结近两个营的兵力向我阵地进攻，并调集了数十辆坦克进行掩护，敌军的炮火空前猛烈，几乎是每一平方米都有一枚炮弹落下。当时马山火光冲天，敌人以优势的兵力加上坦克掩护一步步地逼近了阵地，整个2营除了重伤员以外，连炊事班和马夫都拿起武器，进行战斗，没有退缩半步。

马山防御战打了一个白天，2营伤亡惨重，高达近700人。天黑以后，2营奉命向新岱以东地区转移。下阵地时，115师师长王良太亲自来看望2营官兵。

王少伯对师长说的第一句话就是："师长，你看我们营就剩下这么几个人了……"这位铁打的汉子哽咽起来，再也说不下去了。

这一天，整个砥平里志愿军的阵地都无一例外地遭到美军飞机的疯狂轰

志愿军战士用火箭筒打击敌坦克

炸。被围的"联合国军"在坦克的掩护下也发起了反击，越来越多的志愿军战士倒在敌人的立体火网下。

双方杀得血肉横飞，志愿军苦苦支撑到天黑。入夜后，攻防角色再次发生转换。白天出击的"联合国军"又缩回了环形防御工事里固守，而志愿军则集中6个团进行攻击。

战况与前一天晚上如出一辙。志愿军虽然在进攻的章法上要比刚开始战斗时从容得多，但"联合国军"也学乖了，用飞机从空中投下大量用降落伞悬挂着的照明弹，如同巨大的灯笼一般在砥平里双方士兵的头颅上长时间的摇荡着，向四周洒下梦魇一般的阴影。在刺眼的白光下，志愿军战士从毫无遮拦的旷野里向敌人的环形防御工事发起一轮又一轮的攻击。

弗里曼不得不使用预备队来堵住蜂拥而上的志愿军。但是越来越多的连队被冲垮，越来越多阵地被攻陷。接近午夜的时候，激战到达最高潮。环形阵地已被志愿军突开一个很大的缺口，环形变成了凹形。突破口上四处闪耀着白刃格斗中刺刀的寒光，声嘶力竭地呼喊声散播开来。《韩国战争史》中写道：

日落后，敌军在刺耳的喇叭声和锣声伴奏下，发起夜袭。随着夜深，战斗越来越激烈，到22时战斗达到高峰。从这时起约3小时，战场上出现绚丽多彩的壮观景象，照明弹、曳光弹、飞散的信号弹和闪亮的钢花，点缀夜空，该团同敌人展开了从未经历的无比凄惨的大混战。敌军的主攻方向指向阵地南侧我第2营右翼G连正面。敌军从望美山开始像山崩一样冲击过来，双方反复激战，展开白刃格斗，G连阵地出现鬼哭狼嚎的局面。

砥平里战斗中美军拼死抵抗（电脑效果图）

这是一个令人毛骨悚然的恐怖场面。不惜一切代价拿下砥平里的命令，使得志愿军冒死进攻。而不惜一切代价守住砥平里的命令，又让美国与法国士兵只能拼死抵抗。所有人的眼睛都被这凄惨无比的场景染红了。而血腥的场面竟然持续了五个多小时。

终于，"联合国军"被压缩在不足两平方公里的狭小地区，眼看就要被志愿军直插心脏了。在这个关键的时刻，志愿军最不愿意看见的情景出现了：天又一次亮了。

15日拂晓时分，志愿军在付出了巨大的伤亡代价后，仍没能解决战斗，不得不撤出战场。惊天动地的彻夜激战过去了，清晨像台风过后的平静笼罩着整个砥平里战场。不曾间断的炮击，把阵地周围的整个地表层都掀开了，荒凉的山坡被交战双方士兵的鲜血染红。这一夜对邸平里的守军来说，简直就是噩梦中难熬的长夜。

上午，"联合国军"各路增援部队纷纷到达。美军骑兵第1师一部在30辆坦克、100余架飞机的掩护下，进至砥平里西南的曲水里，与志愿军阻击部队116师、126师各一部展开激战。美军步兵虽被击溃，但大部分坦克突入砥平里与守军会合。由骊州方向出援的南朝鲜军第6师和英军第27旅先头部队亦抵达砥平里，原州地区之敌也已集中。

下午，双方在砥平里依旧僵持不下。此时已经是志愿军发起横城反击战的第五天，如果在16日之前还拿不下砥平里，围攻部队将很快陷入弹尽粮绝的困境。且不说拿下砥平里有多大的胜算，即便攻下了砥平里，面对"联合国军"

美军机枪阵地

的绝对火力优势和坚固的纵深防御，已成强弩之势的志愿军也很难继续向南突进了。

40军军长温玉成在电话里向邓华表示，这场对砥平里的战斗，是没有协同的一场乱仗，是以我之短对敌人所长的一场打不胜的战斗，必须立即退出攻击。因为伤亡实在是太大了，已经不能再这样伤亡下去了。

邓华立即向彭德怀报告了温玉成的建议。由于这是志愿军在"三八线"以南最后一次全线反击的机会了，彭德怀沉默了一会儿，最终还是同意了温玉成的建议。

天渐渐昏暗下来，一场大雪悄然降落，覆盖了阵地上志愿军士兵和"联合国军"士兵的尸体。环形防御阵地里的守军正紧张地等待着志愿军的再次攻击。然而，砥平里的枪炮声却突然平息了，天地间一片寂静。

志愿军趁夜暗撤出战斗，在漫天飞舞的雪花中向北转移。这场惨烈的围攻战总算是结束了。

砥平里之战，其实规模并不大，也就是师级规模，但其影响却远非普通的一场师级规模战斗可比。此战后，"联合国军"从仁川登陆时的狂妄和被入朝初期的志愿军痛歼后的仓皇中彻底恢复了荣誉感和信心。《韩国战争史》吹嘘道：

砥平里战斗，是美军同中共军作战中在战术上取得的第一个成功战例，鼓舞了全军的信心和希望，解除了美军决策当局对战局发展所抱的疑虑。这次胜利的意义可与英国第八军在阿拉曼取得的胜利比拟，也可以说是"第二仁川"。

美军的战史也大言不惭地称："第2师在砥平里的英勇坚守后来证明是挡住共产党进攻的转折点。"

客观地讲，美军在砥平里战斗中并未占得多少便宜。但志愿军战前未经详细侦察，对敌情判断失误，且用野战方法仓促攻击固守据点之敌，致使无功而返，付出了巨大的伤亡代价。更为重要的是，志愿军把火力弱、攻坚能力差的弱点暴露无遗。美军自此不再像以前那样遭到志愿军的迂回穿插即全线撤退，而是敢于固守了。

时任志愿军政治部主任的杜平在回忆录中是这样记载的：

一名受伤的美军士兵被搀扶着撤离阵地

　　砥平里战斗失利，原因是多方面的，主要是指挥失算。志愿军司令部前方指挥所从作战指导上作了如下的分析和检查：

　　横城以北战斗的迅速胜利，产生了轻敌观念。接到部队报告，石谷里农乐美二师九团两个营撤退和悉原州李承晚军东撤，便认为两处敌均会收缩，遂准备在敌逃跑时从运动中歼灭，因此没有增强攻砥平里及打援的兵力。

　　其次，对砥平里敌情了解极不够。当时认为，敌人只有野战工事，兵力不到4个营，而实际上已形成据点，有5个营共6000余人。我攻击部队在兵力尤其是火力上不占优势，又以野战方法去打形成据点的敌人，必然不会成功。

　　再次，由于整个战役出动迟了几天，部队仓促投入战斗，因紊乱了师团建制，力量分散，协同动作差，攻击力不强。

　　由于上述原因，故两夜攻击均未奏效，教训是深刻的：一是攻击美军据点绝不能平分兵力；二是没有足够的炮火，仅靠步兵是不可能完成攻坚任务的；三是必须好好了解情况，对已占领阵地的敌人，不能打莽撞仗。

　　由于东线反击未能达到破坏"联合国军"战役布防的目的，西线的阻击也就失去了意义。

　　2月16日、18日，志愿军坚守汉江南岸的部队奉命撤回北岸，展开机动防御作战。第四次战役第一阶段就此结束。

15. 龙头里、阳德院里防御战斗

1951 年 2 月 17 日，在砥平里战斗结束后，中国人民志愿军和朝鲜人民军决定全线转入运动防御，准备以空间换取时间，在南起汉江北岸至横城一线、北至"三八线"一线地区，部署三道防线，每道防线力争坚守 20 天到 1 个月，计划总共两个月的时间，以掩护志愿军第二轮作战部队开进，集结兵力，补充兵员，改善交通运输，囤积作战物资，待"联合国军"深入后再行反击。

具体的防御部署是：第一梯队由西向东依次为人民军第 1 军团主力，志愿军第 50、第 38、第 42、第 66 军和人民军第 5、第 3、第 2 军团，共 8 个军（军团），在西起汉江口，向东沿汉江北岸经杨平、中元山、横城、烽火山、酒峰

第三次战役中，志愿军部队对南逃"三八线"的敌军实施追击

至下珍富里一线展开，并要求在纵深 25~30 公里的防御地幅内抗击 1 个月。第二梯队为人民军第 1 军团 1 个师和志愿军第 26、第 40、第 39 军共 3 个军 1 个师，在西起汶山里，经议政府、铸锦山、青雨山、座防山、洪川江北岸至洪川、丰岩里一线展开。

19 日，"联合国军"首先在东线发动进攻，志愿军和人民军节节抗击。

21 日，美军第 9 军指挥美军、英军、南朝鲜军共 5 个师 1 个旅的兵力，向砥平里以北志愿军第 42 军和横城以北志愿军第 66 军阵地发起进攻。

根据上级部署，42 军配属炮兵、工兵各一部，在洪川江以南龙头里、阳德院里抗击"联合国军"的进攻。军长吴瑞林决定在砥平里至洪江之间设置两个防御地带，以 126 师、124 师控制中元山、画彩峰、圣智峰一线为第一防御地带，以 125 师控制罗山、凤尾山、鹰峰山、梅花山一线为第二防御地带。

自入朝以来，42 军连续参加了四次战役，从鸭绿江畔一直打到北纬 37 度线，四个月里没有好好的休整过。官兵们异常疲劳，部队减员严重，有的团只能编成 4 个连队，个别连队甚至打光过几次。由于深入敌后，粮食和弹药供应不上，有的部队一天只能吃两顿稀粥，有的部队一连几天都吃不上饭，指战员们常常饿着肚子，用刺刀和石块同敌人拼杀。

这年 5 月下旬，中央军委电召首批入朝作战的志愿军四位军首长回国，向毛泽东主席汇报朝鲜战况和作战经验，吴瑞林便是其中之一。在北京中南海，他受到了毛泽东的亲切接见。

交谈中，毛泽东问吴瑞林："你军在四次战役，从 1 月 25 日开始，至 3 月 14 日结束，历时 49 天，这么长的时间进行作战，都有哪些困难和经验呢？"

吴瑞林如实回答："当时最大的困难是粮、弹供应不上。军领导机关曾有三天断粮。原来守天德山的 378 团未换下来时，就是一口炒面一口雪，坚持了二十多天。我们军的领导和机关同志把粮袋都集中起来，由军作战处长侯显堂、组织部长李乐之率机关参谋、干事

1955 年被授予中将军衔的吴瑞林

带粮去慰问。此后，军机关断了三天口粮，只喝开水，吃梨树皮、苹果树皮。弹药少，战士们就用石头打敌人，有好几个团、营、连都有这种情况。"

毛泽东听后，连声说："部队好呀，部队的素质好呀！"

志愿军第42军是支年轻的部队，前身为成立于1948年3月的东北人民解放军第5纵队，1949年1月改称中国人民解放军第42军，在第四野战军中属于小老弟。然而，正是这支年轻的部队，在朝鲜战场上打出了威风，打出了气势，成为彭德怀手中的一把利剑。就连美国人也以为42军是"井冈山部队"，是中共军队一等主力。

曾任42军宣传干部的张永枚在纪实文学《美军败于我手》中写道：

"42军！你们又上来了！联合国军要请你们吃原子弹！"

"42军！滚回井冈山当土匪去吧！滚回井冈山！"这是美军飞机在低空飞行进行的反动宣传。

125师374团1营3连，一齐向美军宣传飞机开火，打得它"滚回去"。指导员王炳和说："他敢扔原子弹，连山下的骑1师也得玩儿完！"连长孙连喜说："同志们，咱们年轻部队被打成老资格了！"

王炳和说："美国佬说我们是井冈山下来的部队！这顶高帽儿太光荣了！不敢接啊！"敌人是个好教员，连支部提出："发扬井冈山革命传统！"

志愿军某部官兵坚守阵地

在第四次战役第二阶段作战中，42军面对的敌人是美军骑兵第1师、美军第24师、英军第27旅和南朝鲜军第6师等部。敌人不仅兵力多，而且拥有空中和地面强大的立体火力优势，却在42军面前屡屡碰得头破血流。

战斗打响后，42军按照重点设防、梯次配备、扼守要点、以点制面的原则，以阻击结合反击、伏击、袭击等各种手段，依托每一阵地节节抗击，与进攻之敌进行逐山逐水的争夺。第一线的每个连排阵地均击退了敌人的数次冲锋，白天敌人占领阵地，晚上42军再组织反击夺回来。许多阵地数度易手，直至志愿军弹尽粮绝，全部阵亡，阵地才失守。

吴瑞林曾当面向毛泽东汇报："我军在朝鲜战场上，都是开展近战、夜战。特别是第四次战役，就靠这个法宝来战胜敌人的空、坦、炮。近战，把敌人放至手榴弹投掷距离以内再打，敌人就一片片地倒下，我们则乘机夺取敌人的枪支弹药来补充自己。在第四次战役35公里的正面防线上中，我们不断组织小的反击，吃掉敌人一口就走，一夜之间，就有好几个地方袭击敌人。防御则像钉子一样钉住敌人，利用有利地形和工事打击敌人。"

就这样，124师、126师在第一防御地带顽强抵抗了半个多月，有力地迟滞了"联合国军"的疯狂进攻。3月6日，"联合国军"推进到杨平、横城、下松滨迄东海岸之江陵一线，将东西战线拉平。

9日，42军撤出第一防御地带，以124师配合125师在第二防御地带继续组织防御。

125师师长王道全、政委谭文邦、参谋长王兴中等，来到374团1营3连坚守的牛角峰阵地。谭文邦鼓励3连官兵："吴军长告诉我，美国人说'42军是井冈山部队'，你们说敢不敢接这顶高帽儿？我说不要虾子过河——'牵须'，我们是支年轻部队，但在这个大问题上决不能'谦虚'！彭老总是井冈山的，军首长们是红军，也是井冈山人，我要说：凡是志愿军都是'井冈山部队'！我们是井冈山革命传统养育、武装起来的部队！"

13日是3连坚守牛角峰主阵地的最后一天。美军骑1师集中4个连，在20架飞机、20辆坦克的支援下，发起猛攻。

主阵地前有两座高地，犹如神牛的一对犄角。坚守左犄角的3排和坚守右犄角的2排，以交叉火力射杀美军。敌人被这对犀利的牛角"顶"得七零八落，丢下大量尸体，败退下去。

不甘心失败的美军重新开始炮火轰击，准备再次发起攻击。3连连长孙连

志愿军重机枪阵地

喜、指导员王炳和胸有成竹，紧紧掐住美军火炮向纵深转移、步兵还未发动冲击的短暂时刻，先机制敌，突击美军。

美军退到牛角峰一边，在石壁顶处布置白色对空联络布板。孙连喜立即组织六〇炮射击，几发炮弹飞过去，便将布板轰上了天。

这时，美军3架直升机飞来，企图空投、降落。在阴霾的天空下，直升机找不到地面的联络布板，既无法空投，也难以降落，便把一箱箱弹药和构筑工事用的一捆捆钢筋、一袋袋水泥胡乱往下抛，有的径直砸在美军的头上。混乱之机，一架直升机强行着陆，结果机翼碰在石壁上，坠地爆炸，燃起熊熊烈焰。

就这样，美骑1师一天进攻12次，均被打退。3连虽伤亡过半，但歼敌300多人，牢牢地守住了阵地，被42军授予"牛角峰英雄连"称号。

坚守503.5高地的125师375团2连打得同样精彩。该高地距4连坚守的石隅西山之间有一条宽约700米的山沟，其中有条从茂村经上下高松山丫口到龙头里的公路。由于美军第2师已经占领了上下高松山丫口，2连阵地处于孤立无援之中，形势险恶。

美军每天出动数十架飞机和几十辆坦克，以1个营的兵力向503.5高地发起连续不断的攻击。敌人的坦克开到上下高松山丫口，直接瞄准2连阵地疯狂射击。

375团团长赵立贤不放心，亲自打电话给2连连长刘福财："能守住吗？"

刘福财曾在辽沈战役中荣获战斗英雄称号，素有"智勇双全"之称。他毫

在前沿阵地里准备作战的美军士兵

不犹豫地回答："团长您放心，美国佬吞不下我们的！"

为拖延敌人、守住阵地，刘福财在最前面的山头上只部署了 1 个班的兵力，在中间山上部署了 1 个排的兵力，连主力位于 503.5 高地主阵地上。这种巧妙的兵力部署在此后的防御作战中发挥了奇效。

每天清晨，当美军发动进攻后，前边 1 个班率先打响，迫使敌人提早展开。接着，中间山上的这个排再打。战斗中，2 连战士们采取机动灵活的战术，打一阵换个地方，把敌人弄得晕头转向，摸不着底细。

等敌人费尽九牛二虎之力攻到 503.5 高地主阵地时，已时至中午，精疲力竭。而 2 连主力正以逸待劳，迎头一阵猛打，将敌人打下山去，并乘势收复刚刚丢失的阵地。如此周而复始，既大量消耗了敌人火力、疲惫了敌人兵力，又保证了部队有空隙休整，减少了部队的伤亡。这种灵活机动的战术，受到上级的表扬和推广。

就这样，2 连在 503.5 高地坚守了整整 7 个昼夜，打退了美军的数十次进攻，敌我伤亡比例为 4 ∶ 1。战后，42 军传令嘉奖，给 2 连记大功一次。

14 日，42 军完成了防御任务，全部撤至洪川江以北。

在这场持续 20 多天的防御作战中，42 军以伤亡 3541 人的巨大代价，抗击"联合国军" 3 个师（旅）在大量飞机、坦克支援下的进攻，毙伤俘敌近 9000 人，并以步兵武器击落敌机 1 架，有力掩护了志愿军纵深部队的部署调整和战役集结。

16. 议政府、铁原地区防御战斗

    1951年2月底至3月初，中国人民志愿军第42军在朝鲜洪川江以南龙头里、阳德院里地区英勇抗击"联合国军"，有力地迟滞其进攻之势。

    "联合国军"见在东线进攻受阻，捞不到任何便宜，遂于3月7日，在西线调集5个军共14个师又3个旅、2个团的兵力，发动了大规模的进攻。

    志愿军和人民军根据汉江南岸防御作战的经验，采取兵力配置前轻后重，火力配系前重后轻的战术原则，实施宽正面、大纵深的运动防御。从10日起，

1951年3月，中朝军队主动撤离汉城。图为第三次战役中，志愿军某部强渡汉江

按预定计划将第一梯队各军逐步向北转移，由第二梯队继续进行运动防御，14日晨主动撤离汉城（今首尔）。

15日夜，"联合国军"进占早已是一片废墟的汉城。朝鲜战争爆发后，这已是汉城的第四次易手。按照李奇微的话讲，占领汉城毫无军事价值，他最关注的是紧紧咬住中国军队并吃掉他们。

从16日起，"联合国军"继续采取"主力靠拢""等齐发展"的战法和"磁性战术"向"三八线"逼近。

志愿军第26军奉命在议政府、抱川、涟川，特别是"三八线"以北葛末面、高台山一线，阻击敌军进攻。

26军的前身是由山东军区所属鲁中军区部队改编而成的华东野战军第8纵队。该纵队曾参加过莱芜战役、泰（安）蒙（阴）战役、孟良崮战役、沙土集战役、平汉路破击战、洛阳战役、宛西战役、宛东战役、豫东战役、济南战役、淮海战役等，在华东战场上纵横驰骋，屡建战功。1949年2月改称中国人民解放军第26军，隶属第三野战军第8兵团，参加了渡江战役。在解放上海战斗中，攻占昆山、嘉定及江湾机场，从苏州河攻入市区，歼敌4.2万余人。随后担任上海市警备任务。1950年11月，改编为中国人民志愿军第26军，下辖第76、第77、第78、第88师，入朝参战。

在第二次战役中，26军担任东线第9兵团的预备队，于战役后期投入战斗，在长津湖地区顶风冒雪，围追堵截南逃的美军陆战第1师。

当时正赶上朝鲜百年一遇的严寒，连日降雪，气温在零下30多摄氏度，哈气成冰，26军因缺少御寒棉衣，冻伤减员严重，于战后不得不到朝鲜北部元山、咸兴地区休整，补充兵员，并撤销了第88师。1951年2月7日，26军提前结束休整，重返前线，参加第四次战役西

志愿军某部在汉江北岸构筑防御工事

线阻击战。

26 军在正面 40 公里、纵深 55 公里的防御地幅内组织了四道防御地带，贯彻兵力配置前轻后重、火力配系前重后轻的原则，重点扼守制高点，以点制面，节节交替防御，滞阻敌人进攻。

全军编为 2 个梯队，以 78 师、77 师为第一梯队，分别部署在东豆川地区、抱川地区；以 76 师为第二梯队，师主力部署在涟川地区，该师 226 团配置在抱川东南之陆川、永阳地区，保障整个防御体系的左翼安全。炮兵配置在主要方向，集中使用，支援步兵作战。

时任 26 军副军长的张铚秀回忆道：

2 月 8 日晚，我同军长带各师干部从永兴地区出发到战区看地形，研究工事构筑、阵地构成。20 日，根据志司关于将防线推至议政府、祝灵山一线的命令，我们对原防线阵地的部署又加以调整。我和军长研究了对美军作战的战术指导问题，并在全军师以上干部会上进行了讲解。

3 月初，敌人已推进到汉城以北，大战在即。这时，志司紧急电令，要求 26 军在三八线以南阻击敌 15 至 20 天，然后转到三八线以北地区继续阻敌。3 月 11 日下午，我奉召匆匆赶回军部，与军领导共同研究执行意见，并召开师长参加的军事会议。同时决定军长、政委率机关大部到后面的藏洞开设军部第二线指挥所，我率精干人员组成一线指挥所，具体组织指挥作战。

进攻 26 军阵地的是美军第 1 军第 3 师和第 25 师、第 9 军第 24 师第 5 团、第 187 空降团，土耳其旅，菲律宾第 10 营，英军第 27 旅 2 个营，共 8 万余人，并配有 400 余门重火炮，300 余辆坦克。

16 日晨 7 时，26 军的"三八线"阻击战打响了。

26 军一个侦察班在土美山南歼敌 20 多人，旗开得胜。接下来的两天里，"联合国军"一反常态，没有发动大规模的进攻，只是派出小股部队做试探性攻击。军长张仁初、副军长张铚秀分析认为：敌人此举的目的是要查明我军阵地情况，然后再发动大规模的进攻。

果然不出所料。19 日，美军第 24 师出动 1 个营的兵力在飞机、火炮的掩护下，向 226 团扼守的 623.6 高地发起猛烈进攻。在这个高地上防守的是 226 团的一个加强排，经 5 个小时的激战，终于打退了敌人的多次进攻。

1951 年 3 月，美军第 25 师炮兵观测小组在引导炮兵向志愿军
阵地炮击

22 日，美军第 3 师、第 25 师、第 24 师和英军第 29 旅分别向 26 军的防御正面发起全面攻击，战斗异常激烈。

张铚秀回忆道：

22 日这天，敌人以三个团的兵力向祝灵山、398.0 高地、泉占山、水落山、阳地里等五处攻击，每处使用一个营以上兵力。在飞机大炮配合下，从早 7 时攻击到下午 5 时。战斗尤以 398.0 高地最为激烈。我守备仅一两个班，打垮敌人三次冲锋，因我伤亡较大，完成任务后即安全转移。23 日，26 军防区有九个阵地遭敌轮番攻击，特别是在议政府以北一个小高地上，我一个班守备，敌用一个连、20 辆战车、7 架飞机，向我进攻一天，该班最后战至只有两个人仍坚守阵地。

这一天，美军出动飞机 100 余架次，在 26 军阵地西侧汶山里地区伞降了约 4000 人和少量坦克、火炮，企图向北向东截断志愿军后路，并威胁侧背。

为粉碎敌人企图，19 时，26 军发起全线反击，夺回全部失去的阵地，给敌以重大杀伤后，将一线阵地适时往后收缩，以当天之阵地作为前沿警戒阵地。

24 日，敌人在 50 架飞机、数十门火炮和 70 余辆战车的掩护下，向道乐山、天宝山、仙岩里发起了猛攻。26 军与敌军整整激战一日，阵地全部被炮火摧毁，最后硬是靠肉搏将敌人击退。

25 日，不甘失败的敌人调整了战术，对中间阵地实施佯攻，把攻击重点放在东西阵地，企图从两侧打开突破口。26 军将士们以顽强的意志，与敌血战一天，终于将敌人阻于阵地前沿。

至此，"联合国军"猛攻 10 天，遭受到重大伤亡，平均每天前进不足 1 公里。26 军也付出了巨大的伤亡代价，粮食弹药严重短缺，遂于当晚主动撤出第一防御地带。

26 日，第二防御地带阻击战斗打响了。这次敌人把进攻重点放在西线磨义山阵地。守卫阵地前沿的是 232 团 7 连。

敌人 1 个多营的兵力，在 17 架飞机、数十门火炮和 20 余辆坦克的支援下，向磨义山发起连续冲锋。7 连官兵打退了敌人的多次进攻，终因寡不敌众，阵地失守了。

当晚，张铚秀亲自组织 1 个连的兵力乘夜暗发起反击，歼敌 100 余人，把阵地又夺了回来。

27 日，敌人集中 1 个团的兵力和 70 多辆坦克、20 多架飞机进攻仙岩里阵地。战斗从早上 8 点一直打到黄昏，敌人多次发起冲锋，均被击退。

28 日，美军第 25 师和第 187 空降团向 26 军阵地发起全线猛攻，并在世界战争史上首次使用直升机搭载步兵实施攻击的战术，以 1 架直升机载步兵 1 个排 30 余人，在 26 军侧后阵地旺方山进行机降攻击。

234 团和 233 团坚守七峰山、海龙山阵地，击退美军 10 余次冲锋，歼敌 1500 余人。坚守旺方山阵地的 233 团 2 个班与机降之敌反复争夺后，阵地失守。

卫生员在前线为伤员包扎

1951 年 3 月下旬，美军第 25 步兵师向朝鲜中部地区运动

29 日后，美军第 25 师、第 24 师、第 187 空降团和英军第 27 旅对 26 军阵地各要点进行全线攻击。26 军节节抗击，与敌逐山反复争夺阵地，大量杀伤敌人。

至 31 日晚，26 军第一梯队部队因伤亡巨大撤出第二防御地带，进行休整。第二梯队从 4 月 1 日起在第三防御地带进行防御作战。

双方又展开了一场拉锯式的攻防战。一直打到 14 日晚，26 军第二梯队从第三防御地带撤出。从 15 日起，26 军第一梯队重新投入战斗，在第四防御地带继续抗击美军进攻。

这时，志愿军第 3、第 19 兵团已经入朝，分别在伊川、铁原、平康地区和南川店、市边里、兔山地区完成集结，原在元山地区休整的第 9 兵团也在平康、洗浦、淮阳地区完成集结。

"联合国军"发觉志愿军后续兵团到达，加上连续作战部队损失严重，因此除在铁原、金化地区继续发动进攻外，在其他地区基本上停止了进攻。

21 日，"联合国军"发现中国大批援军入朝，遂止于开城、长湍、高浪浦里、文惠里、华川、杨口、元通里、杆城一线，第四次战役就此结束。

22 日晚，26 军奉命撤出阵地，完成了西线阻击任务。

在这场持续 38 天的防御战中，26 军在极其艰难困苦的条件下，依靠山地有利地形，顽强战斗，毙伤俘敌 1.58 万余人，击毁击伤坦克 76 辆，使"联合国军"平均每天付出 400 多人的伤亡代价才前进 1.5 公里，为掩护志愿军后续兵团集结赢得了时间，为进行第五次战役创造了有利条件。

17. 雪马里战斗

    1951年3月下旬，朝鲜半岛的严寒终于过去了，积雪开始融化，冰封的大地渐渐解冻，一片万物复苏的景象，春天悄然而至。

    这时，抗美援朝第四次战役已经接近尾声，"联合国军"再次将战线推进到"三八线"附近地区。对于是否再次越过"三八线"，以及用何种方式结束朝鲜战争，"联合国军"内部发生了争论。英、法等国一致反对同中国扩大战争，主张谈判解决。

    毫无疑问，经过在战场上同中国人民志愿军几个月的较量，杜鲁门的高官

朝鲜战争使得数百万朝鲜人民流离失所，逃离家园

们要比战争刚刚爆发时头脑清醒了很多，已经认识到朝鲜问题仅凭军事手段是无法解决的，而美国也决不能陷入亚洲的一场持久战中，更不能消耗掉原应部署在欧洲的军事力量。因为他们最主要的敌人——苏联一直按兵不动，对欧洲虎视眈眈。

杜鲁门后来回忆道："我从来没有忘记，美国的主要敌人是苏联，只要这个敌人还没有卷入战场而在幕后操纵，我们就决不会浪费自己的力量。"

美国参谋长联席会议主席布雷德利更是一语中的："把战争扩大到共产党中国，会把我们卷入一个错误的地方，错误的时间和错误的敌人进行一场错误的战争中。"

美国人继续打下去的信心已经开始动摇，但如何更体面地从朝鲜半岛的泥潭中抽身呢？

在与英、法等盟国磋商后，杜鲁门政府决定在不扩大战争范围的前提下，继续稳步北进，待军事上占据有利地位后，以实力政策为基础，或与中朝方面进行谈判，或继续其军事行动。

报纸上刊登的有关麦克阿瑟下台的消息

然而，"联合国军"总司令麦克阿瑟大唱反调，公开发表声明，对中国进行赤裸裸的威胁："赤色中国这个新的敌人缺乏进行现代化战争的一切必要手段，中国军队数量上的巨大优势抵消不了自己陈旧的战争机器的巨大缺陷"，"如果联合国改变它力图把战争局限在朝鲜境内的容忍决定，而把我们的军事行动扩展到赤色中国的沿海地区和内部基地，那么，赤色中国就注定有立即发生军事崩溃的危险。"

当杜鲁门看到这份声明后，气得暴跳如雷："我已经别无选择，我再也不能容忍他的桀骜不驯了。"

最令杜鲁门不能容忍的是，麦克

阿瑟与台湾岛上的蒋介石眉来眼去，怂恿国民党军入朝参战，并对中国东南沿海地区实施大规模的窜犯袭扰。

4月5日，美国少数党领袖马丁在众议院宣读了麦克阿瑟的一封来信，建议把台湾的国民党军接纳到"联合国军"中，在朝鲜战场上与中共军队作战，以缓解兵力匮乏。

如果国民党军出现在朝鲜半岛，势必会把局势搞得更混乱更糟糕，这是杜鲁门绝对不能接受的。他被彻底激怒了，在日记中写道："麦克阿瑟又通过马丁扔出一颗政治的炸弹，这看来像是最后的致命一击，卑鄙下流地抗命不从……"

11日，杜鲁门宣布撤销麦克阿瑟的一切职务，由李奇微继任"联合国军"总司令。

此时，"联合国军"再次越过"三八线"，计划从中朝军队侧后登陆，配合正面进攻，将战线推进到平壤、元山一线。但当李奇微发现志愿军后续兵团已经集结完毕，判断中朝军队可能于4月下旬或5月初发动攻势，遂决定以一部兵力继续在铁原、金化、金城地区保持进攻，其他方向暂时转入防御。抗美援朝第四次战役宣告结束。

中朝军队经过87天的浴血奋战，在极其艰难困苦的条件下进行坚守防御、战役反击和运动防御作战，共毙伤俘敌7.8万余人。其中，志愿军以伤亡4.2万余人的巨大代价，歼敌5.3万余人，使"联合国军"平均每天伤亡近千人才能前进1.3公里。

对此，就连李奇微也不得不沮丧地承认："主要目的在于俘虏和消灭敌军有生力量，缴获摧毁其武器装备。从这种意义上说，这次作战没有获得完全成功。"

两个多月的运动防御作战，达到了预定目的，为中朝军队赢得了时间，掩护了志愿军第二轮作战部队第19、第3兵团全部和在朝鲜东北部休整的第9兵团主力抵达朝鲜前线，从而使志愿军第一线作战部队增至3个兵团共11个军33个师另4个炮兵师，加上人民军3个军团，总计60万余人，地面兵力重新占据绝对优势。

但志愿军仍面临着巨大的困难：新入朝兵团，对敌情、地形不熟，准备仓促；后勤保障尚无重大改善，只能保持最低限度的供应。

彭德怀根据毛泽东关于"战争准备长期，尽量争取短期"，志愿军后续兵

反映志愿军围歼美军的油画

团到齐后"再进行有力的新的战役"的指示，为避免两面作战，粉碎"联合国军"的登陆企图，决定发起第五次战役，消灭敌人几个师，重新夺回战场主动权。

4月6日，志愿军党委第5次扩大会议在金化郡上甘岭召开。志愿军第3、第9、第19兵团的司令员、政治委员（除陈赓因病未到），以及14个军（除38军、63军外）的军长、政治委员参加会议，并邀请了朝鲜人民军的部分指挥员。

会议的主要议事日程是部署第五次战役，并就如何加强运输、克服"三八线"以南无粮区的困难，以及如何在敌后配合这次战役等问题，进行了深入研究和讨论。最终决定，在战役指导上，实行战役分割与战术分割相结合、战役包围迂回与战术包围迂回相结合。在部署上，集中志愿军3个兵团共11个军及人民军1个军团于西线，在汶山里至春川间实施主要突击；以其中一部兵力从金化至加平劈开战役缺口，将"联合国军"东西割裂，使其不能互相增援。以人民军2个军团在东线牵制美军第2、第7师，使其不能西援。以志愿军3个军位于肃川、元山、平壤地区，人民军2个军团位于淮阳、沙里院地区，分别担任反登陆和反空降任务。

会后，志愿军总部转移到西线中部地区的空寺洞。时任志愿军政治部主任的杜平回忆道：

彭总和我们总部几位领导同志来到空寺洞的山下时，天已黑下来了。彭总

彭德怀与金日成等人在中朝联合司令部

对我说："上山还有段路，就在这山下的平房里休息，明天早晨再上山吧！"
韩先楚副司令员见我不表态，半开玩笑地说："不要那么怕死嘛！"邓华副司
令员怕我听了此话不高兴，连忙出来打圆场："老杜也是为了彭总的安全。"

我见天色已晚，彭总也确实累了，就不再坚持让彭总上山。但为了防止意
外，就让警卫人员在平房后面临时挖了个小防空洞，以备不测。那天晚上，解
方参谋长和我先上山，安排总部机关宿营，邓华和洪学智副司令员陪彭总留在
山下。

翌日清晨，我刚起床，走出洞外，只见几架敌机正在山下盘旋。我非常担
心彭总的安全，便与解方商定下山去看看。刚走下山腰，看到彭总带着警卫人
员正向山上走来。我们连忙迎上去，问："没出什么事吧？"彭总笑着挥动右
手说："苍天有眼噢！差一点去见马克思！"原来昨夜彭总睡得很晚，天放亮
时还没醒。飞机来时，志愿军司令部办公室主任杨凤安急忙嘱咐警卫员把彭总
叫醒。说来也巧，彭总刚披上大衣，出屋没多远，一架敌机呼啸着俯冲下来，
一梭子子弹把彭总睡觉的行军床打了几个洞。房子也被敌机炸塌了。真危险！

据我所知，彭总在朝鲜前线，已经多次遇险。当我们表示后怕，劝他注意
防空时，他风趣地说："美国飞行员不认识我彭德怀，还有什么可怕的呢？"

这时，"联合国军"的地面作战部队为6个军（军团）共17个师又3个旅、

17. 雪马里战斗

宋时轮在朝鲜战场

1个团，计34万余人。第一线兵力为12个师另2个旅，第二线和后方兵力为5个师又1个旅及1个团。具体部署是：

美军第1军位于临津江两岸及涟川以西地区，第9军位于涟川以东至华川地区，第10军和南朝鲜军第3、第1军团分别位于杨口、元通里、杆城地区。美军骑兵第1师、第187空降团及南朝鲜军第2师为预备队，分别配置于春川、水原、原州地区。南朝鲜军第2军团第8师位于大田。

4月22日黄昏，中朝军队在全线发起反击，抗美援朝第五次战役打响了。

西线，志愿军第3兵团副司令员王近山指挥第12、第15、第60军，从正面突破后在涟川以北遭到美军第3师、土耳其旅抵抗，进展较慢，24日晨进至哨城里、永平地区，与"联合国军"形成对峙。

志愿军第9兵团司令员兼政治委员宋时轮指挥5个军，从左翼迅速突破"联合国军"防御。至23日夜，第20、第27、第26军前出15~20公里，进占龙华洞、外药寺洞、白云山地区，歼美军第24师、南朝鲜军第6师各一部；第40军突入30余公里，前出到加平东北沐洞里地区，完成战役割裂任务；第39军前出到华川以南原川里地区，将美军陆战第1师隔于北汉江以东不得西援。

志愿军第19兵团司令员杨得志、政治委员李志民指挥第63、第64、第65军，从右翼实施战役迂回。第63军作为第一梯队，首先突破临津江。军长傅崇碧命令第188师在麻田里东西之间选择强攻突破口，第187师在高浪浦里以东选择突破口。

位于汉城（今首尔）以北75公里处的临津江是汉江的支流，发源于太白山脉北端西坡，西南流经汶山西侧，注入汉江。江南岸是连绵的群山，绀岳山、磨义山、道乐山是主要制高点。

对临津江，志愿军并不陌生。就在1950年的最后一天，志愿军发起抗美援朝第三次战役，39军116师仅用时10多分钟便突破了临津江天险，创造了世界战争史上的奇迹。

第五次战役发起前，"联合国军"在临津江一线布下重兵防守，由东向西分别为美军第3师、英军第29旅、南朝鲜军第1师等部共42000余人，配备有各式火炮1800余门，坦克400多辆。同时，敌人还依托临津江南岸有利地形构筑了坚固的防御体系，堑壕、交通壕、地堡、铁丝网、地雷布满了大小山头，并以主力防守临津江南岸第一线高地及纵深诸要点，江面上架有坦克浮桥一座，沟通临津江南北，江中布满了铁蒺藜，其炮兵火力可以控制江面和江北诸要点及通路。

为确保强渡临津江一举成功，傅崇碧带着担任右翼主攻任务的187师师长徐信连夜赶到江边，观测地形、侦察敌情，并据此制定了作战方案。

21时，187师559团、561团为第一梯队，分别从石湖、新垡开始偷渡临津江。20分钟后，559团2营、561团2营首先到达南岸。等到敌人发现志愿军进攻时，为时已晚，第一梯队全部登陆，偷渡成功，第二梯队也开始了强渡。

此时，临津江两岸的炮火织成了密集的火网。片刻，成群的敌机飞临江面上空，黑压压的炸弹倾泻而下。江岸到处是飞扬的泥土、石块和烟雾；江中是

志愿军某部在炮火掩护下，抢占临津江滩头阵地

林立的水柱和海浪般的波涛；对岸敌人的轻重机枪疯狂地扫射。志愿军的勇士们冒着敌人的枪林弹雨，跳入齐腰深的江水中，奋不顾身地向对岸冲去……不到 3 个小时，187 师 4 个团全部胜利突破临津江。

敌军在遭到突然打击后，一面继续组织抵抗，一面将主力后撤至锦屏山、县里、加平、春川第二线阵地，企图固守。不料，志愿军轻装突进，迅速攻占了第二线阵地。

被俘的美军炮兵中尉夏普沮丧地说："我们知道你们从北面追来了，就慌忙地把榴弹炮挂在汽车上逃跑，汽车刚上公路，就被你们的步兵打坏了。没想到你们的两条腿，追起来比我们的汽车、坦克还要快，我们到底还是被你们抓着了！"

为进一步扩大战果，志愿军 63 军各部过江后乘胜追击，在雪马里、弥陀寺等地与英军第 29 旅、南朝鲜军第 1 师等部展开激战。

雪马里，位于临津江南岸 4 公里处，北有 235 高地、314 高地为屏障，南有 414 高地、675 高地为依托，山势北低南高，易守难攻，是敌人防御前沿的一个强固要点。

守敌为英军第 29 旅格劳斯特营及其配属的英军炮兵第 45 团第 7 连、哈萨斯骑兵第 8 连、重型坦克连，共 1000 余人，有营属和配属火炮 42 门，纵深还有 2 个 105 榴炮营支援其战斗。

格劳斯特营是英军的王牌部队，已有 150 多年的历史，曾参加过两次世界大战。早在 1801 年英国征服埃及的殖民战争中，该营就以突破敌方重围、转败

志愿军 63 军 187 师某部攻占绀岳山阵地

为胜的辉煌战绩受到英国女王的奖赏——全营官兵每人一枚写有"皇家陆军"字样的帽徽。因此，该营官兵佩带两枚帽徽，号称"皇家陆军双徽营"。

23 日凌晨，63 军 187 师攻占江南要点绀岳山，随后以侧后迂回结合正面进攻的战法，对英军第 29 旅部队展开进攻。560 团奉命攻歼格劳斯特营。

24 日拂晓，围歼雪马里守敌的战斗打响了。担任主攻任务的 63 军 187 师 560 团 2 营及 3 营 9 连冒着敌机和火炮的轰炸，以迅速隐蔽的行动接近敌人，向雪马里东北 314 高地和以西的无名高地发起突然攻击。

主攻部队在营长孟东元、教导员宋万平指挥下，以 5 连向左迂回、4 连向右侧直插的战术，向 314 高地发起进攻。与此同时，6 连在连长杜国平、指导员韩顺通的带领下，向雪马里西北无名高地攻击。

格劳斯特营果然名不虚传，凭借强大火力，拼命顽抗。

6 连在连续 4 次突击均未奏效后，遂以 3 排迂回敌人右侧，协同主力攻击。3 排在排长牺牲、副排长双腿被炸断的情况下，各班互相配合，密切协同，首先插入敌人纵深，打乱其防御部署，配合 6 连主力，终于占领了无名高地。

战斗中，3 排 7 班战士沙德喜一直冲锋在前，连续打掉了敌人的两个火力点，不幸中弹倒下。弟弟沙德广早已杀红了眼，抱起一箱手榴弹，在战友掩护下，冲到距敌前沿 20 米处，连续投出 20 多枚手榴弹，炸得敌人血肉横飞，后不幸被敌机枪击中，壮烈牺牲。

5 连向 314 高地发起攻击后，连续冲击 8 次未成，伤亡较大。2 营又以 9 连在 5 连左翼加入战斗，同时令 6 连 1 排从 5 连右翼实施攻击。英军在两面攻击下稍有动摇，2 营乘机突入敌阵，激战 30 分钟，终于攻占了 314 高地。

这时，560 团 1 营从雪马里侧后发起攻击。格劳斯特营遭志愿军前后夹击，终于支持不住，便在纵深炮火及 335 高地敌人掩护下，于清晨时分趁大雾仓皇向南溃退。

当逃至雪马里南侧 2954 高地时，遭志愿军 560 团 1 营的痛击，又掉头回窜。1 营以 1 连、3 连各 1 个排向敌发起勇猛追击，俘敌 60 余人，余敌退回雪马里。

英军第 29 旅得知格劳斯特营被围，十分焦急，一面令其固守待援，一面令航空兵空投食品和武器弹药，并出动地面部队救援接应。

上午，英军以 1 个营的兵力在 10 多架飞机、20 余辆坦克的掩护下，从土桥场向雪马里开进，企图营救被围的格劳斯特营。

当敌人进至神岩里、新村一线，遭到志愿军 561 团 3 营的顽强阻击。

朝鲜战争中美军的 M46 坦克

3 营以反坦克火器、炸药包首先将援敌两头的坦克炸毁，使 20 多辆坦克瘫痪在狭长险要的公路上。英军步兵失去坦克掩护，溃散而逃。3 营奋起出击，歼敌一部，缴获坦克 18 辆、汽车 10 余辆。

眼看格劳斯特营全军覆没，"联合国军"总司令李奇微坐立不安。他知道英国人本来就反对继续在朝鲜打下去，如果这支在英国家喻户晓的皇家荣誉部队真的栽到志愿军手里，麻烦可就大了。于是，他匆忙赶到前线，召集美军第 8 集团军司令范弗里特、美军第 1 军军长米尔本、英军第 29 旅旅长布罗连等人，研究如何救援格劳斯特营。最后决定派美军第 3 师出兵救援。

当天下午，美军第 3 师第 65 团和菲律宾营、比利时营等部，沿着土桥场公路向雪马里增援。

志愿军 561 团 3 营凭借有利地形，放过援敌坦克，炸毁汽车，打击步兵，然后以反坦克小组从侧后攻击坦克。敌军坦克见势不妙，倒车后撤。结果忙中出乱，汽车与坦克、坦克与坦克互相倾轧。

美军第 3 师自己的防线和兵力这时也很吃紧，打心眼里不愿出兵援助英军，在遭到志愿军英勇阻击后，逡巡不前。见美军出工不出力，英军指挥官在电话里气愤地说："既然你们美国人不诚心救人，英国人不需要这种骗人的把戏。"

美军第 65 团团长哈里斯笑着回答："好啊，英国人充好汉了！不是我不执行命令，从现在开始，我不派一兵一卒了。"

为救出这支王牌部队，英军第 29 旅旅长早已杀红了眼，以数十门火炮猛烈

"联合国军"的迫击炮阵地

地向双方短兵相接的阵地轰击，每门炮发射炮弹多达上百发。同时命令其后续部队采取多波次轮番冲击。

志愿军561团3营以少摆多藏、轮流出击的战术，打退了敌人数次进攻。8连6班守卫的无名高地，是敌人每次进攻的必经之地。在副班长杜根德的带领下，6班连续击退了敌人7次冲锋，击毁敌人汽车、坦克各1辆。最后，阵地上只剩下杜根德1人，仍坚守阵地。他先后用手榴弹、爆破筒等武器，打退了敌人5次进攻，毙伤敌30名，坚守阵地5个多小时。

2连连长何永清命令2排迅速抢占山头制高点，1排向山后侧猛插，指导员则率一部兵力从正面冲杀。英军乱作一团，在半山腰中哇哇直叫。指导员高喊："勇敢地冲啊！多抓几个英军俘虏！"

激战中，一股英军向西南方向的深山沟里逃跑。战斗小组长刘光子端着冲锋枪一路快跑，从侧面包抄过去，隐蔽在一块大岩石后面。当英军进至相距15米时，刘光子投出2枚手榴弹，炸倒七八名英军，随即大喊："站住，不准动！"

最前面的一个英军士兵肩上扛着一挺轻机枪，似乎听懂了刘光子的话，乖乖地跪下来，把机枪高举过头顶。刘光子一个箭步冲上前，夺下机枪，对准后面的英军，用半生不熟的英语大喊："缴枪不杀，优待俘虏！"

英军被刘光子的英勇吓破了胆，一个个放下武器，举起双手投降。刘光子押着一长队的英军俘虏沿着深山沟走过来。清点人数，竟然有63个！这也是朝鲜战场上，志愿军战士一人一次俘虏敌人的最高纪录。

17.

雪马里战斗

被志愿军俘虏的"联合国军"士兵高举双手走下战场

战后，刘光子荣立一等功，被志愿军领导机关授予二级孤胆英雄称号，并荣获朝鲜民主主义人民共和国一级战士荣誉勋章。

由于 3 营的顽强抵抗，敌人的援军离雪马里被围的格劳斯特营相距只有 5 里路，却始终不能会合。韩国出版的《朝鲜战争》一书是这样描述的：

格劳斯特营遭到中共军第 63 军主力的集中攻击，展开苦战，午夜 1 时，敌边吹号边渡临津江攻打积城正面，其第一波次强袭积城南面的 A 连，连部被歼，连长安格少校被打死，连通信兵都空手参加搏斗，情况十分悲惨。接着，各连与敌展开白刃格斗，黎明，敌突破营的西侧 357 高地和东侧绀岳山（675 高地）绝壁处，在后方雪马岭切断积城至广水院公路，中共军以一个团继续攻击营正面，营补给所被歼，同旅部的有线通信线路被切断，陷入前门拒虎，后门进狼的困境。这时，该旅用无线电命令格劳斯特营死守阵地，并令第 45 炮兵营直接支援该营。该营在炮火支援下，继续与敌进行搏斗。炮营每门炮发射 1000 发以上炮弹，炮弹耗尽。下午，该营几乎弹尽粮绝。这时，美空军出动，轰炸包围该营之敌军，空投补给品，由于敌我混战，空军支援未能奏效。在这种情况下，该营坚守阵地直到当日深夜。

朝鲜战场上的英军某部正在研究进攻方案

这一天黎明，菲律宾营受英第 29 旅指挥，7 时 30 分开进广水院接受突破雪马岭（235 高地东南 3 公里处）的任务，目的是同格劳斯特营会合。10 时，该营 A 和 C 两个连在积城至广水院公路两侧展开队形并进，在这条公路上英第 8 营 1 个坦克连以 3 辆 M-24 坦克为先导试图突破雪马岭。A、C 两个连于 11 时接近雪马岭前方的两个高地（349、366 高地），但因敌依托高地进行顽强抵抗而受挫。公路上的坦克遇到敌军两个团的抵抗，突破再次受挫，离格劳斯特营只有 2.5 公里，未能会合，于 17 时 30 分返回广水院，该营虽然奋战一整天，但 235 高地的格劳斯特营丝毫没有摆脱困境。

敌军投入增援部队中共军第 188 师，向左翼英第 29 旅旅部正面施加压力。富基利俄营在阿尔斯它营的支援下，继续保持临津江南岸阵地。比利时营集结在广水院南面，做好支援格劳斯特营的准备。左翼格劳斯特营因后方公路被切断，处于被围困状态，但他们浴血奋战，死守阵地，该营 A 连在昨天的积城南侧战斗中几乎被歼灭。B 连只剩下 1 名军官和 15 名士兵。因此，营长令全营以雪马里西山 235 高地的营部为中心编成环形阵地，缩小防御正面，这时已完全孤立在敌军之中，与旅部相隔 7 公里，但该营决心与阵地共存亡。

左翼格劳斯特营仍陷于敌包围内，6 时虽接到撤退命令，但已经失去突围的良机，当时连伤员在内已减员到 300 人，弹药严重不足，因此，敌接近我阵地 50 米以内时，才许可开火。7 时 55 分营长召集各连连长研讨撤退事宜，但没什么办法，只能请求炮兵和空军提供支援，掩护撤退。10 时 30 分后，全旅已撤至"德尔搭"线，旅部通知："炮兵无法提供支援"。这时营长做出悲壮的决定，要求以连单位分散突围，到议政府集结，伤员留在阵地上。各连立即编组，A、B、C 连向南侧雪马岭南下，D 连沿着临津江方向逆流北上。营长卡恩中校、军牧雷维.S.戴维斯，军医 H.P.希基上尉和卫生兵若干名同伤员留在 235 高地，目送战友撤退。

见从雪马里以南土桥场方向接应连遭失败后，英军改变方向，从西面朝鲜人民军战区向东横向攻击，企图从西面接应格劳斯特营。

25 日拂晓，英军以 8 辆坦克夹护着 6 辆满载步兵的汽车，由神岩里西北侧向雪马里增援，被 559 团 9 连堵截。9 连采取打头截尾、中间突破的战术。经十几分钟激战，将英军 5 辆坦克、6 辆汽车当场击毁，全歼援敌百余人，有力地保障了 560 团全歼雪马里之敌。

在志愿军外围部队打援的同时，担任主攻雪马里任务的 560 团，已攻占了雪马里四周的几个阵地，将守敌压缩包围于 235 高地。

来自英国格劳斯特郡的英军士兵在战斗间隙喝下午茶。1951 年 4 月，这个营遭到志愿军的猛烈攻击，大部丧生或被俘，逃脱者寥寥无几

雪马里之战中，志愿军第 63 军缴获的英军坦克

8 时，560 团向格劳斯特营主阵地发起攻击。1 连利用缴获的 4 门迫击炮和 6 挺重机枪，掩护部队发起冲击，首先突破 235 主峰防线，杀入敌阵。随后，9 连也从西面突入。两个连协同作战，一举攻占了 235 主峰，全歼守敌。

雪马里战斗，63 军 187 师 560 团歼灭英军第 29 旅格劳斯特营和英军炮兵第 45 团第 7 连、哈萨斯骑兵第 8 连、重型坦克连等部，毙敌中校营长以下官兵 129 名，俘敌副营长以下 459 名，缴获各种火炮 20 门、坦克 18 辆、汽车 48 辆。

要知道，在整个朝鲜战争中，志愿军总共才俘虏英军 961 人，雪马里战斗就占了将近一半。"联合国军"对雪马里之战曾作过这样的记载：

左翼格劳斯特营仍陷于敌包围中，6 时虽接到撤退命令，但已失去突围的良机。这时，营长做出悲壮决定，要求以连为单位分散突围，向南突围的 A、B、C 三个连没有一人到达友军阵地，在突围过程中全部丧生。

就这样，有着 150 余年历史的英军王牌部队——"皇家陆军双徽营"在朝鲜战场上全军覆灭。

18. 县里地区围歼战

1951年4月22日，中国人民志愿军和朝鲜人民军发起全线反击，抗美援朝第五次战役打响了。

志愿军集中主力在西线汶山里至春川间地区实施主要突击，以第3兵团（辖第12、第15、第60军）实施正面突击，第9兵团（辖第20、第26、第27军，指挥第39、第40军）和第19兵团（辖第63、第64、第65军，指挥人民军第1军团）实施两翼突击并进行战役迂回，分割围歼当面之敌；人民军2个军团在东线实施辅助突击，牵制美军部队，使敌不得西援。另以志愿军3个军和人民军2个军团位于后方地区分别担任反登陆和反空降任务。

经三昼夜的连续作战，至25日晚，中朝军队全部越过"三八线"，在加平

志愿军某部向加平之敌进攻

方向打开战役缺口，对西线"联合国军"翼侧造成严重威胁，但战役发展形成一线平推，歼敌数量不多，战果并不理想。

26日，西线志愿军继续发动进攻，当天即占领"联合国军"第二线阵地的锦屏山、县里、加平一线。至28日，第19兵团攻占国祀峰、白云台地区；第3兵团进占自逸里、富坪里地区；第9兵团攻占榛伐里、祝灵山、清平川、加平、春川地区，逼近汉江。

面对志愿军的凌厉攻势，"联合国军"这次学乖了，迅速后撤以避锋芒，退至汉城（今首尔）及北汉江、昭阳江以南地区重新组织防御。美军骑兵第1师西调汉城，并于汉城周围构成绵密的火力控制地带。

鉴于在汉城以北歼敌机会已失，志愿军和人民军遂于29日停止进攻。

与此同时，东线人民军第3、第5军团先后向麟蹄以北南朝鲜军第5、第3师发起进攻，歼第5师第36团大部和北援之南朝鲜军第7师第5团大部，有力地配合了西线作战。

30日，"联合国军"为查明中朝人民军队动向，并掩护其调整部署，以一部兵力转入反攻。至5月8日，进占高阳、议政府、于论里、麟蹄、龙浦里一线。此后转入防御，在勿老里至西海岸部署了美军6个师，英军、土耳其军各1个旅，南朝鲜军3个师，以汉城为重点，呈一线密集配置。在勿老里至东海岸部署南朝鲜军首都师、第3、第5、第7、第9、第11师共6个师，呈一线配置。美军第3师、英军第29旅、美军第187空降团为预备队，分别配置于京安里、永登浦、金浦地区。

这样，"联合国军"的整个战线呈西南伸向东北的斜线态势，自隐里至东海岸一段的南朝鲜军第1军团刘载兴所部，态势突出。

志愿军和人民军为继续歼灭"联合国军"有生力量，使其难以抽出兵力实施侧后登陆，并多歼南朝鲜军以孤立美军，决定以第3、第9兵团隐蔽东移，在人民军主力的协同下，实施第二阶段作战。

具体部署是：以志愿军第9兵团指挥第20、第27、第12军附4个炮兵团，与东线朝鲜人民军前线指挥部所属第2、第3、第5军团密切配合，首先歼灭县里地区南朝鲜军第3、第5、第7、第9师，而后视情再歼南朝鲜军首都师和第11师；以志愿军第3兵团指挥第15、第60军和第39军2个师并附炮兵1个师又2个团，担负割裂西线美军与南朝鲜军联系，阻击美军第10军东援，保障东线作战任务。同时以志愿军第19兵团和人民军第1军团在汉城东西地区渡江佯

1951 年 5 月，美军用 155MM 远程大炮轰击志愿军

动，第 39 军主力南渡昭阳江，掩护第 3、第 9 兵团东移。

　　5 月 16 日黄昏，志愿军第 9 兵团各部在人民军的配合下，按预定作战计划，采取正面突破、两翼迂回、多路切断、层层包围的战法，向县里地区南朝鲜军发起猛烈突击。

　　左翼 20 军奉命在麟蹄至九万里地段突破昭阳江，向富坪里、美山里实施主要突击，割裂南朝鲜军第 7、第 9 师的联系，抢占五马峙要点，协同人民军第 5 军团构成对南朝鲜军第 3、第 9 师的合围。而后主力由南向北攻歼县里、龙浦地区之敌，另以一部协同攻歼南朝鲜军第 7 师。

　　由于战役开始时要强渡昭阳江，进攻正面达 15 公里，突破南朝鲜军防线后，又要实施长距离穿插，20 军的任务可谓十分艰巨。这时，军长兼政委张翼翔因病回国休养，指挥权交给了副军长廖政国。

　　廖政国深知自己肩上的担子沉重，战前反复研究，制定作战方案。为迅速突破敌防线，他决定集中优势兵力和火力用于主要进攻方向。具体部署是：把第一梯队 60 师、58 师及第二梯队 59 师共 8 个团的兵力，集中在兰田里至九万里 4 公里的正面上，并把炮兵 26 团、11 团和 17 团 1 个营配属给右翼担任主攻的 60 师，加上 60 师本身的炮兵和第二梯队 59 师的炮兵，使进攻方向每公里正面的火炮数量达到 80 至 120 门。而仅以 174 团在 12 公里宽大正面上以攻势防御牵制敌人。

　　16 时 30 分，战斗打响了。20 军以猛烈的炮火轰击昭阳江南岸九万里至富

志愿军某部跋山涉水向敌发起攻击

坪里一线南朝鲜军第 7 师阵地。短短几十分钟内，将敌军阵地全部摧毁。

17 时 40 分，主攻方向 60 师 178 团突击连 8 连开始强渡，以迅雷不及掩耳之势涉过宽 200 米的昭阳江，仅用时 9 分钟。7 连和 9 连随后跟进渡江，迅猛攻占了南岸 600、704.2 等敌前沿支撑点，打开了向纵深穿插的门户。

17 时 55 分，58 师 173 团 4 连开始突击。渡过江后，于 19 时占领 412.2 及附近 3 个高地。子夜时分，173 团全部过江。

担任牵制任务的 174 团攻占了 490.1、298 高地，并以一部兵力在开运里、加路里地段渡江，在 172 团一部的协同下，攻占了 363.4、613 高地，至次日中午进抵挞隐里地区。

这样，20 军在宽 15 公里的地段上，顺利突破昭阳江，攻占敌军第一线阵地，随即向敌纵深实施猛烈穿插。60 师 178 团过江后，即以 2 营为尖刀，直插预定目标五马峙。

韩国国防部战史编纂委员会编写的《韩国战争史》中将此战称为"县里地区撤退战斗"。书中是这样描述 5 月 16 日当天的战况的：

在中东部，敌人的主攻方向指向美第 10 军地区的我第 7 师正面。敌人以前所未有的猛烈而准确的炮击，炮轰美第 10 军的右翼师即我第 7 师。

……

敌军的炮击持续了两个小时，终于使第 5、第 8 两个团各营的指挥系统失

在志愿军猛烈的炮火下，"联合国军"士兵躲在战壕里痛苦的煎熬

灵。……23时45分，位于所峙里的第5团指挥所遭敌攻击而被打散，第5团不得不各自分散撤退。

另外，第8团也遭敌人攻击，第6、第10两个连被全歼，只好投入预备队支撑阵地。由于友邻第5团第2营未通报第8团撤退，第8团的主抵抗线也被突破。

这样，美第10军右翼被突破之后，第3军团也便陷入了困境。
……

设在下珍富里的军团司令部，接到第3、第9两个师关于敌人发动攻势的报告后，判断敌之主攻方向为美第10军我第7师正面。军团作战参谋李周一上校根据以往难以对付敌之人海战术的经验，于22时向军团长刘载兴少将提出："与其阵地被突破带来混乱，倒不如采取迟滞战术返回上南线。"军团长同意这一建议，并通过设在江陵的陆军总部前方指挥所，向陆军总部和美军提出了建议。但得到的回答是："不管发生任何情况，绝对不能撤退。"因此，军团长只好根据战况的推移指挥作战。……第9师师长崔锡准将用电话向友邻部队第3师师长金钟五准将求援，要点如下：第7师第5团阵地被突破，其兵力向我第9师方向涌进，敌人继续南下，上南岭处于危险，请第3师堵住五马峙。

五马峙是东线敌人纵深内公路边上的一个山头，地势险要，南北走向的公路在这里绕了一个大弯，是县里经半岩里通向横城公路上的要隘，还是南朝鲜军第3、第9师补给线上的要点。志愿军一旦攻下，便截断了县里、龙浦里南朝鲜军的退路。

2营5连担任攻击五马峙的先锋，在连长毛张苗的率领下，以最快的速度穿越崎岖的山路。晚11时，当5连进抵亭子里时与敌人遭遇，被敌炮火阻拦。

毛连长立即指挥部队从两侧迂回攻击。不到10分钟，右翼的7班在山沟里歼敌30余名，俘虏11人；左翼的9班也攻下敌炮兵阵地，缴获3门迫击炮。残敌仓皇败退。

17日凌晨4时许，5连进至直洞以北高地，发现有一股敌人据守山顶，挡住了前进的道路。尖刀班立即发起偷袭，迅速占领敌前沿，并打退了敌人的数次反扑。这时5连主力也上来了，敌人见势不妙，向东南方向逃窜。

5连乘势追击，又毙伤敌30多名，俘敌23人。此时天边已微微露出鱼肚白，5连不顾一夜行军作战疲劳，继续攻击前进，于7时进抵五马峙，夺占两侧高地。

就在这时，公路上传来轰隆的汽车马达声，是敌人正在南逃。

5连立即沿公路迎击，打了敌人一个措手不及。仅用半个小时，5连就占领了五马峙，缴获汽车61辆、榴弹炮3门，还俘虏了3名美军顾问，截断了敌人南逃之路。

战后，5连荣立集体一等功，连长毛张苗被授予"一级战斗英雄"光荣

志愿军长途奔袭迂回包围敌军

称号。

58 师 173 团在突破昭阳江后，经 412.1、822.6、863、865 高地，向鹰峰山、瓦家洞攻击前进。17 日 10 时，173 团进至瓦家洞，查明 774.4 高地以西山地驻有敌军 1 个营，立即以 3 营攻击，以 2 营向间岱、龙浦间、735.5、625 高地迂回前进。

当晚，173 团夺占 774.4 高地，残敌向东南芳台山逃窜。22 时，173 团占领间岱、龙浦间大路，至 18 日 1 时完全占领龙浦公路以西一线山地，牢牢控制了龙浦公路。

此时，朝鲜人民军第 5 军团第 6 师进至雪岳山、镇东里地区，与 173 团对县里之敌构成了合围态势。

在志愿军急风暴雨般的攻势面前，南朝鲜军溃不成军，上上下下充满着失败的恐惧，一些部队还没有收到"毁装命令"或根本就没有下达过"毁装命令"，就已经开始"将车辆内胎放气或放火烧毁"，准备丢弃装备，轻装逃行。对此，就连韩国人在《韩国战争史》一书中也不得不承认：

向芳台山撤退，哪是作战，纯粹是溃退的洋相。两个师在县里、龙浦地区焦急地等待第 18、第 30 两个团打开突破口。原想战斗力属第一流的被誉为"白骨部队"的第 18 团参加突破作战，整个撤退也许不会出现危险，但是经过敌我双方交战，枪炮声地动山摇，而且越来越近，炮弹集中落在摆开长蛇阵的龙浦、县里之间的公路两侧，在战况不明的夜色中，部队处于进退维谷的境地。因此，在没有接到任何命令的情况下，出现擅自破坏火炮和车辆等妄动现象，导致了无秩序地溃退到芳台山的结果。

南朝鲜军第 3、第 9 师仅留下 1 个营的兵力在龙浦企图掩护主力南逃，其余则争先恐后地败退到江东一线，集结在芳台山。

这时，南朝鲜军完全处于一片混乱状态之中。"营长们掌握不了自己的部队，也没有一个指挥官敢站出来指挥这样无秩序的部队，而且也无法指挥。大部分指挥官均拿掉军衔等一切标志，因此无法辨认谁是指挥官。"

志愿军 173 团连夜过江，逼近龙浦，准备截歼该敌。

天亮后，173 团正准备发起攻击，突然发现江东有敌人的数辆汽车和 1 辆装甲车由南向北疾驰而来。巧合的是，从县里南逃的敌军 300 多辆汽车、坦克

被摧毁的坦克

刚好行至龙浦。于是，两股敌人在龙浦桥上迎面相撞，互不相让，乱作一团。

173团趁乱发起攻击，占领了龙浦南北山头，并在172团的配合下，截住了南朝鲜军第9师师部和第7师一部，俘敌200余名，缴获汽车、坦克200余辆，榴弹炮17门。

右翼12军按照作战计划，在突破昭阳江后，迅速攻占加里山，切断洪杨公路。

加里山位于朝鲜中部昭阳江南岸，海拔1050米，在群峦叠峰中显得高大突兀，是"三八线"的天然屏障。敌人在此严密布防，从江边到山根15公里的山路上布满了雷区，在脊山顶的突出部建有交叉火力配置，只要是人能通过的地方都设有鹿砦和铁丝网。

12军决定由35师担任主攻，首先攻占加里山，切断洪川到杨口的公路，然后以一部分兵力控制住寒溪、长坪里地区要点，师主力协同34师歼灭南朝鲜军第5师。为增强火力，12军特意给35师配属了3个炮兵营。

夺取加里山，事关能否将县里之敌包围。东线总指挥宋时轮给35师师长李德生下了死命令：必须一天一夜拿下加里山。

李德生果断下令：103团向加里山攻击，104团向寒溪、鹅湖、长坪里攻击，105团为师预备队。他特意叮嘱103团团长王西军：为减少伤亡，要单线接敌，拉大距离，伺机向两侧展开，寻找敌人弱点。

果然这是一块难啃的硬骨头。

当103团刚刚展开，敌人就开始实施疯狂的火力反击。空中F-86战斗机一批次又一批次地进行拦阻扫射轰炸，地面大口径火炮在志愿军前进道路上织成一堵堵火墙。

根据战前敌情通报，加里山守敌是南朝鲜军，数量也不多。但当突击队 3 营 7 连和 9 连在自下村与敌人的警戒分队遭遇后，才发现这股敌人不是南朝鲜军队，而是美军。

战士们立即向美军发起了冲锋，干净利落地消灭了警戒分队，随后向纵深挺进 7 公里，攻占了敌人设在山腰的前哨阵地。这时通过讯问俘虏，得知驻守加里山的敌人是美军的 2 个营。

103 团的将士们义无反顾地向前冲锋，不少人中弹倒下了，负伤的躺在弹坑里喊着鼓动口号，脚下到处是雷区，就撒上一把炒面警示后面的战友。

攻到半山腰时已近午夜时分，王西军命令 1 营、3 营立即向主峰发起冲击。由于敌人的火力凶猛，加之事先将山上的大树伐倒，形成一道密集屏障，上面布满挂雷和铁丝网，致使连续发起 3 次进攻均受阻，103 团伤亡过半。

强攻不行，只能智取。李德生在电话中命令王西军："从两侧上。"

王西军心领神会，立即给 6 连连长杨官保下达任务。杨连长组织火力把敌人的注意力吸引到中间来，命令 1 排、3 排沿加里山坡度最大、树林最密的西侧地带接近美军阵地。战士们顺着山谷间的小路向加里山主峰爬去。他们抓藤条，爬悬崖，过峭壁，犹如神兵天降般手持钢枪出现在目瞪口呆的美军士兵面前。美军做梦也没有想到志愿军会从他们头顶上冲杀下来。

战士们居高临下，一顿手雷砸过去，掀翻了敌人的地堡，接着左右夹击，

人民志愿军某部在县里地区近战歼敌

发起猛冲，把敌人打得措手不及，弃阵而逃。6连攻占了加里山主峰1050高地。与此同时，1营3连也攻占了加里山东北坡的941高地。

李德生命令103团抓紧改造利用美军的工事，准备抗击美军的反扑，必须牢牢守住这两个突破口。

果然，15分钟后，美军在10多架飞机掩护下，向1050高地和941高地反扑了过来。美军的炮火非常猛烈，把高地上的大树和巨石都炸飞了。3连和6连的指战员英勇顽强地击退了美军的数次反扑，牢牢守住了阵地。

这时，104团攻下了加里山西南侧的790高地。

天亮后，35师迅速向美军纵深穿插。103团在大小平月附近遭遇法国营，展开激战。法国大兵自恃有飞机和坦克撑腰，向103团多次发动攻击，但均被击退。

天黑后，103团2营乘夜暗沿小路偷袭，法国营顿时乱了阵脚，被迫撤退。103团迅速占领大小平川以东的高地和扇坪以北的高地，彻底切断了洪川到杨口的公路。

105团越过加里山后，迅速占领毛老谷地区。

盘踞在自隐里外围的美军为夺回洪川到杨口公路的控制权，展开了疯狂的反扑。飞机轮番轰炸洪川到杨口公路两侧的高地，远程火炮不断对志愿军阵地轰击。

狂轰滥炸一番后，美军开始沿公路突围，以几十辆坦克打头阵，随后是200多辆汽车。敌人没有想到，等待他们的是志愿军105团梅永红反坦克小组在公路上埋设的地雷。

只听"轰、轰……"一连串的巨响，美军车队的前3辆坦克被炸成了一堆废钢铁。后面的坦克急忙向公路两侧隐蔽，结果又被志愿军事先埋设的地雷炸报销了。

105团和103团乘势出击，一时间冲锋号响彻山谷，喊杀声漫山遍野。

战斗异常惨烈。103团一个连的干部在作战中全部伤亡，一时没有了指挥人员。司号员张学才见此情景，对战友们说："同志们，我是共产党员，大家跟我来，狠狠地杀敌人，为牺牲的战友们报仇！"他把全连剩下的20多个人分成两个班，继续坚持战斗。

美军抵挡不住，拼了命地向东南方向突围出去。35师迅速展开追击。104团3连在攻占松谷台主峰后，发现主峰东侧还有200多名美军正准备逃跑，就

被志愿军俘虏的"联合国军"士兵

立即向这股美军发起了攻击。1 排坚守主峰阵地，从正面牵制住美军；2 排迂回到美军侧背后，前后夹击，把美军包了"饺子"，俘虏美军 170 多名。经过讯问才知道，这股美军是美军第 2 师第 23 团的一支掩护分队。

就在这时，12 军 34 师也赶了上来。师长尤太忠指挥 101 团和 106 团分别攻占了自隐里北侧的 410.4 高地和 410.7 高地，协同 35 师歼灭了美军 2 个营和法国营大部，击毁、缴获坦克和汽车 251 辆。

担任中央突破任务的 27 军，从西起大同里东至九万里间 16 公里宽的正面上实施突破，以一部直插砧桥一带，抢占要点，切断砧桥以北之敌退路，割裂南朝鲜军第 5 师与第 7 师的联系，而后会同友邻部队歼灭该敌。

战斗打响后，27 军顺利突破南朝鲜军防线，于 17 日 3 时进占桃水庵、美也洞、院巨里一线，一部攻占于论里附近地区。

为切断县里地区南朝鲜军第 3、第 9 师的南逃通道，27 军命令 81 师担任迂回穿插任务。

师长兼政委孙端夫亲自率领 242 团 2 营为先导，由南朝鲜军第 5、第 7 师的接合部揳入，沿于论里、新修谷、柏子洞向砧桥迂回。途中，全营不停息地交互攻击前进，不惜伤亡、不为小股敌人所诱，猛打猛冲。经过大小 18 次战斗，于 17 日 5 时突入南朝鲜军纵深 28 公里，提前到达指定位置，抢占岩达洞公路两侧高地和砧桥、坊内里诸要点，并对南撤的南朝鲜军发起突然攻击，迫敌退回县里。

清晨时分，81 师主力赶到，全部控制了砧桥、岩达洞、坊内里诸要点，从而完全切断了县里地区南朝鲜军向西南方向的退路。随后，81 师会同 60 师在上南里地区，击溃南朝鲜军第 5、第 7 师，全歼 5 个营 3000 多人，缴获了大量装备物资，有力支持了县里地区围歼战。

至此，志愿军和人民军通力合作，对县里地区的南朝鲜军构筑了三层包围圈。核心包围圈围绕着后坪里、美山里、旺盛谷一线，由志愿军第 20 军 1 个师和人民军第 5 军团的 1 个师构成；中间包围圈围绕着坊内里、长津坪一线，由志愿军第 27 军 1 个师和人民军第 2 军团一部分兵力构成；外层包围圈围绕着长坪里、束沙里一线，由志愿军第 12 军 1 个师和人民军第 2 军团一部分兵力构成。

南朝鲜军第 3、第 9 师等部的主力集结在广院里、三巨里一带。这里是内麟川和桂芳川汇合而形成的三角洲，也是开往苍村公路的始发站。

为避免被全歼，18 日晨，被围县里地区的南朝鲜军第 3、第 9 师分经龙浦、芳东里、镇东里向南及东南多个方向实施突围。《韩国战争史》中是这样描述南朝鲜军逃窜时的狼狈相的：

第 3 师第 18 团的一部和掉队人员经过连夜行军到达苍村三巨里，黎明时分渡过桂芳川的刹那间，遭到敌人的奇袭，2000 多人全被击溃。各部队的掉队人员混合在这个队伍中，没有人指挥，也没有人听指挥，真是一群残兵败将。这样一来，撤退部队在三巨里分成三大群，第一群主力部队退往苍村、下珍富里；第二群退往三巨里、五台山、月精寺、下珍富里；第三群退往三巨里、小桂芳山、桂芳山、下珍富里。

这时，军团前方指挥所开进三巨里。在苍村撤退的第一群主力部队由副军团长姜英勋准将直接指挥，根据指挥部的指示首先南下到苍村。但这里已被敌人占领，结果部队更加四分五裂，为打开血路，弄得精疲力尽。尤其是没有粮食吃，只能找水喝。但到了山上找水也很困难，个别人挖野菜充饥，还吃了毒草而中毒。山里偶尔也有少数农民居住，因兵力太多，无法找到吃的，即使能找到一些充饥的，也只不过是玉米。

为防止南朝鲜军四处逃窜，志愿军第 20 军和人民军第 5 军团从两面进行猛烈夹击。

20 军以 60 师主力经大小开仁里向月屯谷前进，决心将敌围歼于内麟川以北地区；同时命令 58 师向县里地区攻击前进。

志愿军某部围歼县里地区之敌

60师先头178团于19日3时进至生屯里，强渡内麟川，俘敌百余人。11时，进抵月屯谷，并控制1008.4、737.7附近高地。16时，179团在小开仁里一线歼敌1个连。

58师172团于18日11时攻占下德桥，迅速向县里进逼。但还是晚了一步，敌人除2个团南逃外，余部化整为零，分散窜匿于芳台山、主亿峰一带山林内。

为扩大战果，20军从19日拂晓开始，以主亿峰、芳台山为目标，进行重点搜剿，共俘敌1000余名，缴获南朝鲜军第3、第9师等部全部重装备，胜利结束围歼作战。

县里围歼战共歼灭南朝鲜军第3、第9师大部，击溃第5、第7师，并歼灭美军第2师一部，圆满完成了预定作战任务。

19. 涟川、铁原地区阻击战

　　1951 年 4 月 22 日，中国人民志愿军和朝鲜人民军发起全线反击，抗美援朝第五次战役打响了。至 5 月 21 日，经过一个月的连续作战，志愿军和人民军粮弹将尽，继续进攻已有困难，遂结束第五次战役第二阶段作战。

　　为集结休整，总结经验，造成以后有利态势，志愿军和人民军决定主力北移"三八线"南北地区，各兵团留 1 个师至 1 个军的兵力，进行运动防御，迟

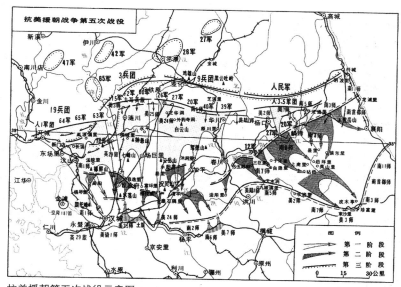

抗美援朝第五次战役示意图

滞敌人前进。

然而转移行动尚未开始，"联合国军"于20日即集中4个军13个师的兵力，以摩托化步兵、炮兵、坦克组成的"特遣队"为先导，在航空兵掩护下，沿汉城（今首尔）至涟川、春川至华川、洪川至麟蹄公路，多路向北快速推进，实施大举反扑。

志愿军和人民军对"联合国军"迅速实施全线反扑估计不足，转移的组织计划不够周密。担任运动防御的部队，有的尚未进入防御地区，有的虽已进入但没有很好地控制要点与公路，也没有组织起有效的交替掩护，以致全线出现多处空隙，使"联合国军"的"特遣队"得以乘隙揳入志愿军和人民军防线，部分部队被隔于敌后，遭受很大的损失。

27日，"联合国军"进占汶山、永平、华川、富坪里、麟蹄一线后，以美军第1军及其所属第1、第25师，加拿大旅，南朝鲜军第9师等部直逼涟川、铁原。

涟川、铁原一线既有公路又有铁路，是朝鲜西部地区的重要交通线。而铁原又是志愿军囤积物资的主要供应站，一旦被敌占领，就会切断志愿军东西战线的联系，直接威胁到后方乃至整个战局。

为此，彭德怀专门打电话给第19兵团司令员杨得志，再三说明：为确保涟川、铁原一线的安全和掩护兄弟部队转移，要求65军在议政府、清平川地区担负阻击任务，必须坚持15至20天。

65军在粮弹和兵力消耗比较大的情况下，已经顽强地坚守了4天。但面对数倍于己又有空军、坦克、炮兵支援的敌人，部队伤亡极大，有的阵地丢失了，有的部队被迫向后撤退20至30公里，撤到汉滩川以北地区……

杨得志回忆道：

65军的阻击是异常艰苦的，左右友邻部队已后撤60至100公里，没有火力支援；后勤供应跟进困难，部队缺少粮食和弹药；有的师、团几次被敌包围。但是他们打得十分顽强。193师师长郑三生同志率领部队坚守在议政府东南佛岩山、水落山、国赐峰地区，其中579团2营坚守佛岩山。2营上阵地时是299人，苦战到5月28日奉命撤出时，只剩下37人。

一旦65军顶不住了，将会危及整个战局。杨得志预感到形势的严峻，果断决定把 63 军调上去，在涟川、铁原间抢筑防御工事，拼死也要阻止敌人沿公路向纵深推进。

63 军下辖 187 师、188 师和 189 师，是一支能征惯战的部队。其前身为华北军区第 3 纵队，曾先后参加过正太、青沧、保北、清风店、石家庄、察南绥东、冀热察、察绥等战役。平津战役中，会同兄弟部队攻克新保安，全歼傅作义集团的王牌部队第 35 军。1949 年 1 月改编为中国人民解放军第 63 军，参加太原战役。随后调归第一野战军建制，执行解放大西北的任务，先后参加

1955 年被授予上将军衔的杨得志

扶郿战役、陇东追击战和兰州战役、宁夏战役等。1951 年 2 月改编为中国人民志愿军第 63 军，入朝参战。在第五次战役第一阶段作战中，187 师取得雪马里大捷，全歼号称英军王牌部队的"皇家陆军双徽营"——格劳斯特营。

自入朝参战以来，63 军已连续作战 1 个多月，基本上没有得到过休整和补充，战斗和非战斗减员相当严重，全军不足 2 万人；粮弹供应更是严重不足，甚至伤员每天也只能喝一碗炒面汤。而他们面对的敌人是来势凶猛的美军第 1 军指挥的 4 个师 4.7 万余人，还有 1300 多门火炮、400 余辆坦克和大量的飞机。

能否完成如此艰巨的阻击任务，杨得志不禁为 63 军暗暗捏了一把汗。

然而形势危急已使志愿军没有任何可以选择的余地。彭德怀在电话里以不容置疑的口气对杨得志说："阻击战只能胜，不能败！告诉傅崇碧，他损失 1 个团，我给他补 1 个团；损失 1 个师，我给他补 1 个师！要不惜一切代价坚守住！"

时任 63 军军长的是未满 35 周岁的傅崇碧，也是志愿军中最年轻的军级领导。

1916 年 12 月，傅崇碧生于四川通江，16 岁时参加红军。长征到达陕北后，于 1937 年入中国人民抗日军事政治大学学习，后在抗大任大队政治指导员、组织股股长、校政治部干部科科长等职。百团大战后，任抗大第 2 分校大队政委、晋察冀军区第 35 团政委、分区副政委等职。解放战争时期，先后任晋察冀

1955 年被授予少将军衔的傅崇碧

军区第 4 纵队第 10 旅政委、旅长，参加过清风店、石家庄、平津、太原、宁夏等战役。中华人民共和国建立后，任第 64 军副政委。

28 日 17 时，彭德怀电令傅崇碧率 63 军并指挥 65 军 194 师在涟川、铁原之间，东起古南山、西至临津江畔，正面 25 公里、纵深 20 公里的地域组织防御，不惜一切代价，坚决阻击敌人 10 至 15 天，掩护主力转移。

傅崇碧清楚他的 63 军连同配属的 194 师在内总兵力只有 2.4 万人，仅仅是敌人的一半，既没有飞机，也没有坦克，全部火炮包括六〇炮在内仅有 240 余门，还不及敌人的零头。自入朝参战以来，经过一个多月的长途连续行军作战，部队减员很大，官兵们极度疲劳，加之粮食、弹药严重短缺，战斗力大大削弱，而他们面对的又是齐装满员、战斗力超强的美军第 1 军，以寡敌众，以弱抗强，估计坚持一两天还是有把握的，但要坚持十天以上困难实在是太大了。

可如果丢掉了这段阵地，敌人将长驱直入，摧毁志愿军后方基地，对 19 兵团乃至整个战局构成重大威胁。因此，63 军必须要像颗钉子似的牢牢钉在涟川、铁原一线，决不能让敌人突破这道防线。

自从南昌起义中国共产党有了属于自己的军队后，在长期处于敌强我弱的劣势情况下，这支军队不仅没有被摧毁、被击垮，反而不断发展壮大，与将士上下同心、不怕流血牺牲的精神是分不开的。

常言道：狭路相逢勇者胜。当实力不及对手时，拼命往往是解决问题的最好办法。

傅崇碧决定在兵力部署上，采取纵深梯次和少摆兵多屯兵的方法，并以多个战斗小组到前沿与敌纠缠，使敌人不能过早地迫近主阵地；在火力组织上，充分发挥各种火炮和短兵火器的威力；在战术运用上，采取正面抗击与侧翼反击相结合，并在夜晚派出小部队袭扰敌人，等等。具体部署为：

守卫在铁原地区的志愿军某部在阻击来犯之敌

187师负责玉女峰以东、涟川至铁原铁路、公路以西地域的防御，集中主要兵力兵器于铁路和公路两侧，防敌中央突破；189师负责涟川至铁原公路以东、汉滩川以西地域的防御，依托有利地形阻敌北进；194师负责铁原以西玉女峰、内洞、朔宁一带的防御；以188师为预备队，在铁原以西灵洞、驿谷川、楸屯里地域集结待命，并以1个营为反空降预备队，准备歼灭在铁原、大马里地域可能空降之敌。各部于5月30日前全部进入阵地，积极抢修工事，完成战斗准备。

6月1日，美军第1军集中千余门火炮，并出动20余架飞机，对63军阵地进行猛烈轰炸，所有工事几乎在顷刻间就被炸得支离破碎。随后，美军在坦克引导下，分多路发起地面进攻。

一场空前悲壮而惨烈的阻击战打响了。

美军第1军军长范佛里特把进攻的重点放在187师防守的涟川口，企图以强大的兵力和火力，一举夺占涟川两侧有利地形，然后实施中间突破，直捣铁原。

在187师不足3公里的防御正面上，范佛里特集中了2个师的兵力，在飞机、大炮、坦克的支援下，以整连、整营、整团的兵力，进行多方面、多梯次的轮番攻击。

双方一交火，战斗便进入了白热化。

187师打得异常艰苦而顽强，战士们高喊着"人在阵地在""誓与阵地共存亡"的口号，依托临时构筑的简易工事，凭借有利地形，居高临下英勇抗击。有的阵地被敌人攻占后，立即组织反击夺回，一天之内竟反复几次，许多

1951 年 5 月，美军指挥官在春川简易机场查看地图。左起：李奇微、范佛里特、霍奇（美军第 9 军军长）

阵地都是在志愿军弹尽粮绝、全部牺牲后才丢失的。

就这样，187 师苦战三天三夜，牢牢掌握着基本阵地。但有些阵地还是被敌人突破，部队伤亡也很大，一些连排基本上打光了……

战斗最激烈的是位于涟川山口的榛田里北山、新村北山和 162、167.1 高地一带。这里是沿涟铁公路通往志愿军纵深阵地的必经之地，自然也成为美军的进攻重点。

守卫这里的是 561 团 3 营。在营长罗金友、教导员温树风的指挥下，全营以数个班和战斗小组前出，迫敌提前展开，而后进行节节阻击。

轰！轰！轰！炮弹接二连三地在 3 营阵地上爆炸。顿时，烟尘遮日，火光冲天；树林被削光了头，地面像被铁犁翻了个过；疯狂的敌人，毫不吝惜地倾泻着成吨成吨的钢铁……

炮轰刚一结束，黑压压的一大片敌人就开始发起了冲锋。奇怪的是，他们有的背着枪，有的挂着枪，有的扛着子弹箱，一个个大摇大摆，哼呀哈呀地朝上爬。原来敌人以为经过那么炽烈的炮火，阵地上再也没有能阻止他们前进的力量了。

敌人越来越近，阵地上的志愿军战士们一个个怒目圆睁，揭开盖的手榴弹紧紧攥在手里。

只有 20 来米了……"打！"随着一声令下，上百枚手榴弹飞入敌群，猛烈地爆炸着。敌人受到这突如其来的打击，拔腿就往回跑。这时，机枪怒吼了，六〇炮响了，猛烈的火力打得敌人一片一片往下倒，剩下的连滚带爬地逃下去了。

就这样，3营以灵活机动的战术，依托有利地形，顽强抗击，打退了数倍于己的敌人十多次进攻，坚守阵地四天三夜，共毙伤敌1300余人，为稳定一线防御阵地发挥了重要作用。

战后，3营被志愿军总部授予"守如泰山"称号，记集体二等功。

敌人在187师阵地前屡屡碰壁，没有捞到半点便宜，便把主要进攻矛头转向了189师阵地。

6月2日，敌人在以部分兵力继续进攻187师阵地的同时，集中4个团的兵力，在飞机、大炮的掩护下，向189师坚守的233.2高地和种子山阵地发起轮番冲击。

炮火连天，浓烟蔽日，弹痕遍地。经过几天激战，189师阵地上的工事、掩体、堑壕早已被敌人的炮火夷为平地、荡然无存。战士们踏着一尺多深的浮土，利用弹坑和岩石掩护，顽强坚守阵地，抗击潮水般涌上来的敌人。

激战整整持续了一天，敌人在付出了惨重的伤亡代价后，占领了种子山、五峰寺及以南阵地。

天黑后，566团团长朱彪指挥1连、3连各1个排在团炮火支援下，夜袭种子山，于3日凌晨夺回阵地，全歼守敌。

美军使用火焰喷射器攻击志愿军阵地

战至 3 日中午，189 师打得异常艰苦。所有的营、连均已不成建制，师、团机关的勤务人员全部投入到一线参加战斗。有的营、连因伤亡太大，基本上丧失了战斗力，就重新编组，把营编成连，连编成排，继续战斗；弹药打光了，就用刺刀、枪托拼杀，用石块、木头砸。无论轻伤还是重伤都不下火线，坚持战斗。许多指战员在陷入敌人包围后，拉响手榴弹与敌同归于尽……

有的阵地被敌人攻占后，志愿军就组织力量收复；敌人再占，志愿军再夺回。一天之内阵地往往反复好几次，真是寸土必争、寸土不让。

天黑后，伤亡巨大的 189 师奉命撤出阵地，转入第二梯队。接防的 188 师进入前沿后，立即连夜抢修工事，准备迎接第二天敌人的疯狂进攻。

果然 4 日天刚亮，敌人以 1 个师的兵力，在地空交叉火力的掩护下，分多路向 188 师阵地实施波浪式攻击。

188 师指战员依托工事、有利地形，避开敌人的炮火锋芒，待敌步兵进攻至距阵地前沿二三十米处时，机枪、步枪突然开火，成群的手榴弹抛向敌阵，大量杀伤敌人有生力量。战至下午，在打退了敌人数次进攻后，188 师的伤亡也越来越大，部分阵地被敌人突破，形势愈发严峻。

铁原，一时成为志愿军各级首长关注的焦点。

彭德怀密切地注视着 63 军，亲自给杨得志打电话："部队表现不错。告诉傅崇碧，要爱护战士，爱惜战士，注意保存战斗力。"

杨得志把彭老总的鼓励和指示原原本本地传达给了傅崇碧，并提醒他："你们的任务是防御阻击，而不是固守某一阵地，应当允许部队有失有得，失而复

杨得志司令员（右一）和李志民政委（左一）在进行作战部署

得、得而复失，关键要在总体上顶住敌人！"

根据上级指示，傅崇碧决定改坚守防御为机动防御，下令前线部队且战且退，向位于细柳洞、207高地、北台、古南山一线的第二道防御阵地转移。

5日上午，敌人开始向第二道防御阵地发起攻击，并把主攻方向对准了207高地。

坚守在这里的是563团1营1连2排。1营和2排都是英雄部队，曾在国内作战中获得过"钢铁营"和"特功排"的光荣称号。他们英勇顽强地打退了敌人1个营的两次进攻。

6日，敌人改变战术，以一部在正面攻击，另以1个营的兵力分两路从侧后迂回。这样，2排就被敌人2个营的重兵三面包围于207高地，而他们的背后是悬崖绝壁。

阵地上早已是浓烟滚滚、火光冲天，2排已经没有了退路，与上级和友邻部队的联系也已中断，只能孤军奋战。

在副排长李秉群的率领下，勇士们冒着敌人的猛烈炮火，面对数十倍于己的敌人，越战越勇，顽强地打退了敌人的两次进攻。

2排被围牵动着团、师、军以及兵团领导的心。杨得志回忆道：

我们得知这一情况时，2排已经和各级领导失去了联络。参谋李大权告诉我：从563团和2排的最后一次通话中知道，当时2排只有8个人，最高领导是副排长李秉群。我要大权把了解的情况及时向我们报告。时至午夜，大权告诉我，2排坚守的阵地上仍然有火光，有枪声，这说明我们的八位勇士仍在战斗，阵地还在手里。这一夜一直下雨，淅淅沥沥的。雨声撞着我们的心。我思念着我那8位不相识但使我夜不能寐的战士。

午夜时分，2排弹药消耗殆尽，8个人总共只有15发子弹，突围已经不可能了。这时，敌人又冲上来了。他们发扬一往无前的顽强精神，用刺刀、枪托和木棒、石头与敌人展开殊死搏斗，又一次打退了敌人的反冲。

阵地上，8个人的子弹全部打光了，仅剩下几颗手榴弹。眼看敌人又要发动新一轮冲击，李秉群对战士们说："情况大家都清楚，我们在敌人的三面包围之中，我们8个人要突围出去没有可能；要打，我们没有子弹；要和敌人面对面地拼，他们人太多，搞不好我们会成为俘虏。我们是'钢铁营'、'特功

志愿军战士在阵地上宣誓

排'的战士，不能给英雄连队抹黑，更不能给伟大祖国丢脸，要让敌人知道中国人是硬骨头，志愿军战士是钢铁汉！我提议我们跳崖！死也不能当俘虏！"

战士们异口同声地响应："死也不当俘虏！"

于是，他们留下1位党员班长带2名战士掩护，李秉群带领另外4名战士坚定地走向悬崖……留下的3名战士在完成掩护任务后，也高呼着"胜利属于我们！祖国万岁！"纵身跳下悬崖。

8名"狼牙山五壮士"式的英雄中，李秉群、崔学才、张秋昌、何成玉、孟庆修壮烈牺牲，翟国灵、侯天佑、罗俊成被崖下丛密的树枝托住，幸存逃生。当晚，3人带伤穿过敌人的封锁线，一步一步地爬回到自己的部队。

英雄的2排在两天两夜的战斗中，共毙伤敌100多人，用生命和鲜血在抗美援朝的战场上谱写了气壮山河的壮烈诗篇。

当207高地激战正酣之际，左邻坚守255.1高地和200高地的8连打得同样悲壮。连长郭恩志灵活使用兵力，机智运用战术，率领全连官兵以英勇顽强、坚韧不拔的战斗精神，连续打退了敌人多次大规模的进攻。

5日，敌人在数次强攻不能得逞后，组织1个连的兵力向1排侧后运动。郭恩志立即调3门六〇炮、2挺重机枪向敌猛烈射击，而后实施反冲击，打得敌人满山逃窜。天黑后，郭恩志又派出战斗小组，袭扰疲惫敌人。激战一天，8连共打退敌人的4次冲击，歼敌200余人。

6日拂晓，敌人又以1个连的兵力发起进攻。冲击前，敌人照例又是一顿猛烈的炮轰。

这种进攻套路早已被8连官兵们摸透了。他们先是隐蔽在工事里，躲避敌人的炮火，待炮击停止后即进入战位，做好战斗准备。待敌人的步兵冲到阵地前沿二三十米处时，以猛烈的火力将敌人打下去。

敌人并不愚蠢，见正面强攻屡屡受挫，便改智取，兵分两路同时向1排、2排阵地猛攻，并从两侧迂回，企图抄8连的后路。

郭恩志及时识破敌人的诡计，指挥各排全面防御，重点射击。激战一个多小时，敌人在阵地前陈尸累累，却始终不能前进一步。

恼羞成怒的敌人又增加了2个连的兵力，再次发起猛烈攻击。这时，8连的弹药将尽，前沿部分阵地被敌人夺占。

中午时分，敌人以1个连的兵力向8连右翼迂回，并进至255.1高地侧后，另一部分兵力从左侧8连、9连的接合部间进行渗透，步步逼近255.1高地，对8连形成三面包围之势。

危急关头，郭恩志沉着指挥，带领全连官兵顽强抗击。他端着冲锋枪边指挥边战斗，从1排打到2排，又从2排打到3排。连长身先士卒，战士们士气高涨，个个英勇，子弹打光了，就用刺刀捅、石头砸，顽强地坚守着阵地。

天又黑了。敌人的包围圈越来越小，兵力却在不断增加，而8连只剩下13发子弹和1枚反坦克手雷，与上级的联络也已完全中断，陷入了弹尽粮绝、孤军奋战的绝境中。

绝不能做俘虏，8连官兵们掩埋好烈士的遗体，组织人员背运伤员，然后

志愿军某部的机枪阵地

高唱战歌，从敌人较薄弱的西面跳崖，成功突围，转移到营主阵地 400 高地。

此战，8 连英勇拼杀，战术得当，以伤亡 16 人的代价，取得了歼敌 800 余人的辉煌战果，出色完成了上级交给的阻击任务。

第 19 兵团为 8 连记集体一等功。连长郭恩志也被志愿军总部授予"一级战斗英雄"称号，荣立特等功，并荣获朝鲜民主主义人民共和国"二级自由独立勋章"，曾先后四次受到毛泽东主席、三次受到金日成将军的接见。

8 日，敌人集中 2 个团、40 余辆坦克，在飞机、大炮狂轰滥炸后，向 560 团坚守的细柳洞高地发起猛烈攻击。

战至中午，敌人以高昂的代价，占领了细柳洞北山和怀玉洞阵地。志愿军炮兵 3 营立即以精准的炮火将阵地上的敌人炸得肢体横飞，抱头鼠窜。560 团乘机发起反击，又收复了阵地。

敌人见中间突破、左翼突击、全面进攻均遭失败后，又将重点转向东面，企图从 562 团阵地突破，然后居高临下，攻占纵深。

但敌人的如意算盘又打错了，63 军没有一支部队是吃素的。坚守 877 高地的 562 团 2 连，打退了敌人 2 个团和 40 多辆坦克的三次进攻。阵地最前沿的曹俊福小组，打退了敌人 2 个连的四次进攻，坚守阵地两昼夜。

9 日 8 时，敌人出动 1 个营的兵力，分三路扑向 877 高地，重点向曹俊福小组进攻。

曹俊福、杨士泉、陈占祥三人沉着机智地变换位置，使用各种武器打击敌人。子弹打光了，就用石头砸，最后三勇士烧毁身上的笔记本等物品，每人握着一枚手榴弹与冲上来的敌人同归于尽。

10 日晨，美军第 10 军突破了 63 军左翼 194 师防线后，铁原东面完全暴露。美军第 1 军乘机将机动部队隐蔽东移，突然向 564 团防御阵地疯狂进攻，企图偷袭内、外加山，迂回铁原。

守卫阵地最前沿的 564 团 5 连 1 排，面对敌军 3 个营、8 架飞机、40 余门重炮、11 辆坦克的轮番猛攻，以血战到底的英雄气概，与敌展开殊死拼杀，最后毙伤敌 250 多人，守住了阵地。

12 日，63 军接到了兵团的撤退命令，转向伊川休整。这场空前罕见的惨烈阻击战终于结束了。

63 军几乎以一军之力死死顶住了美军第 1 军指挥的 4 个主力师、长达 12 天的疯狂进攻，共歼敌 15000 余人，为志愿军总部迅速调整新的战略部署赢得

志愿军某部坚守阵地

了极其宝贵的时间。

但同时，63军也为之付出了巨大代价。作为第一梯队的189师撤出阵地时折损大半，一些营、连基本上都打光了，全师临时缩编为1个团做预备队；而接防的188师同样打得惨烈无比，1300多人的563团在撤下阵地时只剩下了266人。

彭德怀亲自穿越百里战区，赶到伊川看望63军将士。这在朝鲜战场上是绝无仅有的。

此时，63军的指战员们刚刚从前线下来。一个个不知被烈火烧烤了多少遍，不知被荆棘划了多少次，身上的军装早已是衣不遮体，一丝丝，一缕缕，上面布满了"窗户"。一个个蓬头垢面，血迹满身，胡子拉碴。

军长傅崇碧、政委龙道权率全军官兵列队，向彭老总行持枪礼。在一张张被战火熏黑的脸庞上，显露出坚毅的神情；从一双双布满血丝的眼睛里，放射出自豪的目光。

彭德怀来到战士们中间，带着少有的微笑，疼爱地望着一个个勇士。他拍拍这个露出肩头的肩膀，抚抚那个络腮胡子的面颊，理理这个的破军装，摸摸那个的烂军帽，深情地和他们一一握手。

最后，彭老总站在子弹箱上，向指战员们行了一个庄重的军礼，激动地说："同志们！你们打得好，打得很好！你们血战铁原12天，掩护了东线部队的转移，掩护了我军全线转入防御，狠狠地打击了敌人的气焰，你们是一支真正的铁军，我要向毛主席汇报你们的英雄业绩。全党、全军、全国人民为有你们这样的英雄铁军而自豪。"

战士们振臂高呼："祖国万岁！一切为了祖国！"

面对穷凶极恶的敌人，看着身边朝夕相处的战友一个个倒下，他们没有掉过一滴眼泪，而此时却再也抑制不住，失声痛哭起来。这是英雄的眼泪，这是自豪的眼泪。

当得知 63 军伤亡很大，有的连队只剩下一两个人时，彭老总立即表态："给你们补，要给你们发新衣服、新装备，还有烟、有酒、有各种罐头！"

不久，从西北地区和其他部队调来的 15000 名官兵补进了 63 军。

20. 芝浦里地区防御战斗

1951 年 5 月 21 日，抗美援朝第五次战役第二阶段作战结束，中国人民志愿军和朝鲜人民军经过连续作战，粮弹将尽，主力遂向"三八线"南北地区转移集结，准备进行休整。

然而，"联合国军"调集 13 个师的兵力，以摩托化步兵、炮兵、坦克组成的"特遣队"为先导，在飞机的掩护下，突然实施大规模的反扑，沿公路干线快速推进，揳入志愿军和人民军防线。

其实，中朝联合司令部对敌人的反扑行动还是有所警觉的，在 22 日曾预

反映抗美援朝战争的油画（局部）

计："根据敌人以前习惯，利用高度机械化进行所谓磁性战，企图消耗疲劳我军，我主力北移休整时，敌尾我北犯是肯定的。但前进速度，要看敌人的兵力大小、我机动防御打得好坏而定。"

但由于对战局发展变化之快、敌人实施反扑之猛估计不足，加上转移时组织不够严密，致使志愿军全线出现多处空隙，被敌"特遣队"乘隙而入，一些部队被隔于敌后，遭受很大损失。

战场形势风云突变。转瞬之间，志愿军和人民军便由追击转为退却，由进攻变为防御，局势危急万分。

27日，"联合国军"占领汶山、全谷里、永平、华川、富坪里一线后，以美军第1、第9、第10军分别向铁原、金化、杨口大举进犯，南朝鲜军第2军团沿东海岸向北步步进逼。

向铁原方向进攻的美军第1军，分四路北进。其中，沿抱川、永平线向芝浦里攻击的部队有加拿大军第25旅，美军第20、第3师，南朝鲜军第9师等部约4万人，企图抢占芝浦里，配合涟川、华川北犯之敌，迅速占领铁原、金化地区。

此时，志愿军和人民军尚有大量部队未及调整部署，其中有志愿军第19兵团的3个军、第3兵团第12军，人民军第1、第3军团。

如果敌人迅速占领铁原、金化，中朝东线部队几十万大军将窝在那个狭长地带里，要打还是要守都施展不开，同时既无后方，也没供给，后果不堪设想。

为阻止敌人继续向纵深发展，志愿军5个军和人民军3个军团在临津江、汉滩川以北、芝浦里、华川、杆城地区与敌军同时展开激战。

按照中朝联合司令部的命令，志愿军第15军立即赶到金化以南芝浦里地区，在正面约17公里、纵深约19公里的地域里组织防御，坚决阻击由永平公路快速北上的"联合国军"，防敌向铁原、金化方向进攻。并命令15军必须克服一切困难，坚守7至10天。

15军下辖第29、第44、第45师，其前身是中原野战军第9纵队，参加过宛西、宛东、豫东、郑州、淮海等战役。1949年2月改称为中国人民解放军第15军，隶属第二野战军第4兵团，参加渡江战役，挺进浙赣线上饶地区。后在第四野战军的指挥下，参加广东、广西战役。1950年1月进军云南，然后转进西康，参加西昌战役。11月，由川滇黔边开赴河北整训。1951年改为中国人民志愿军第15军，同年3月25日入朝参战。

志愿军 15 军军长秦基伟在前线部署战斗

时年 37 岁的军长秦基伟是位身经百战的老革命。

1927 年，只有 13 岁的秦基伟就参加了著名的黄麻起义。两年后加入红军，历任排长、连长、营长、团长、补充师师长、红四方面军总部参谋等职，参加过鄂豫皖苏区第一至第四次反"围剿"、川陕苏区保卫战。长征结束后，随部西渡黄河作战。抗日战争时期，任八路军第 129 师游击支队司令，晋冀豫军区司令部作战科科长、参谋处处长、新编第 11 旅副旅长，太行军区第 1 分区司令员等职，参加过磁武涉林战役、百团大战等。解放战争中，先后任太行军区司令员、晋冀鲁豫野战军第 9 纵队司令员、第 15 军军长等职，参加过平汉、陇海路破击战和洛阳、郑州、淮海、渡江、广东、广西等战役。

正是由于秦基伟有着丰富的作战经验，因此当他在第五次战役第二阶段后期接到向北撤退的命令时，并未慌乱，而是将手下所有的团长一个个叫来亲自交代回撤时间、路线，显示出惊人的指挥组织能力。也正因如此，15 军得以全身而退，并未遭受较大的损失。

当接到在芝浦里打阻击的命令后，秦基伟深知眼前的形势非常严峻，自己肩上的担子相当沉重。

因为 15 军自入朝以来，经过两个月的连续作战，部队伤亡不小，减员达三分之一。步兵营以下减员过半，多数连队仅有五十余人。粮食、弹药更为短缺，加上没有得到片刻休整和补充，官兵极度疲劳。而根据情报，他们面对的是来势凶猛的美军、加拿大军近两个师的进攻。以如此疲惫之师正面阻击敌军精锐之旅，仓促投入战斗，敌情不明，地形不熟，还要坚守 7 到 10 天，难度实

志愿军某部在进行转移

在是太大了。

许多年后，秦基伟在回忆录中写道：

在战争中，我有个体会：大部队行动，组织进攻还相对容易些，有主动权，比较从容。但撤退就不那么从容了，组织得不好，几万人马，一退起来就如洪水决溃，一旦乱套，指挥就不灵了，可以说叫天天不理，叫地地不应……敌大兵压境，我全线撤退，斗争焦点集中，仅我一点支撑、坚持数日并不是一件轻松的事。

但为了整个战役全局，为了不让敌人继续突入志愿军防御纵深，15 军必须死死地坚守住芝浦里地区。秦基伟立即与军里其他领导商议，决定不惜一切代价，不怕任何牺牲，为完成阻击任务，战至最后一兵一卒。具体部署是：

29 师和 45 师分别在角圪峰、朴达峰两处展开，构筑一线阵地，在芝浦里、广德山地区构筑二线阵地；44 师为军预备队，在初里洞、大德峰地区构筑三线阵地。并向各师发出紧急动员令，号召部队忍受艰苦、克服困难、誓与阵地共存亡，坚决顶住敌人的进攻。

30 日拂晓，敌军如潮水般涌来，向角圪峰、朴达峰同时发起猛攻。

角圪峰位于芝浦里南面金化通往抱川公路的两侧，直接扼制公路，是敌人北犯的必经之路、必夺要点。29 师把第一梯队 86 团摆在了这里。

进攻角圪峰阵地的是加拿大军第 25 旅。敌先头部队 3 个连在 7 辆坦克和 4

辆装甲车的掩护下，乘汽车沿公路由文岩里向北快速开进，企图冲破防线，为其主力攻占芝浦里开路。

86团立即进行坚决阻击，封锁敌军车辆前进的道路，迫使敌人步兵下车展开。

12时，加拿大军士兵在炮火的支援下，向86团阵地发起猛攻。86团官兵沉着应战，依托临时构筑的工事，利用有利地势，充分发挥我军的近战优势，大量杀伤敌人，毙伤敌少校营长以下150余人。

加拿大军数次进攻均被击退，知道遇上了劲敌，又见天色渐暗，唯恐志愿军发动夜袭，只得丢下上百具尸体，拖着几十名伤员，狼狈地败退下去。

第一天的阻击战就这样结束了，15军打得比较轻松，但秦基伟却高兴不起来。因为他清楚，敌人是不肯善罢甘休的，势必要发起更为猛烈的进攻，达到突破芝浦里、北上进犯金化的企图，更艰巨的战斗还在后面。

果然，次日一大早，美军第25师接替头一天失利的加拿大军，出动1个团的兵力，在飞机、重炮和坦克的支援下，向29师阵地展开攻击。

猛烈的炮火把阵地上碗口粗细的树木齐腰切断，凝固汽油弹更是把阵地完全笼罩在一片火海中。29师一面阻击美军1个连至1个营兵力的多次试探性进攻，一面抢修工事，调整部署，储备物资，加强防御准备。

激战持续了整整三天，美军第25师费尽九牛二虎之力，攻势一次比一次猛烈，炮火轮番轰炸，坦克轮番冲击，飞机数次俯冲，但始终没能突破角屹峰阵地。

6月2日，美军第3师气势汹汹地上来了。

战斗中受伤的"联合国军"士兵

3日，美军出动2个团，分三路围攻86团的阵地。

战斗进入白热化状态。由于86团已血战多日，弹药耗尽，伤亡过大，在连续击退敌人三次进攻后，阵地失守。29师立即组织反击，趁敌立足未稳，重新夺回了阵地。

4日6时，天刚蒙蒙亮，美军出动1个团，在30多架飞机和70余辆坦克的支援下，再次发起攻击。

守卫主峰的86团2营与敌人展开殊死搏斗。子弹打光了，英勇不屈的志愿军将士们就用手榴弹、六〇迫击炮弹以及石块投向敌人，最后以刺刀、枪托与敌拼杀。

下午3时许，敌人突上了主峰。半小时后，86团3营营长李天和率领仅剩下20多人的两个排，发起反击。在反复争夺后，终于将敌人赶下了阵地。

就这样，86团在六天里粉碎了敌人的数十次进攻，虽付出了巨大的伤亡代价，但完成了预定的阻击任务，奉命于4日夜从角屹峰撤下，转到芝浦里二线阵地。

在29师86团血战角屹峰的同时，45师134团在朴达峰也打得异常艰苦，几乎所有阵地打到最后都成了白刃战。

朴达峰位于芝浦里东南，与西面的脚歇峰相对，金化至都坪公路从其间通过，同样是敌人北犯的必经要口。

5月30日拂晓，134团1连刚刚进入朴达峰西侧无名高地，就发现美军大

志愿军某部在坚守阵地

约 1 个营的兵力，正在 14 辆坦克配合下，乘汽车沿公路向北迅速开进。

1 连立即占领有利地形，等敌人前进至 100 米内时，突然开火，打了敌人一个措手不及。敌人连忙调整部署，在飞机、火炮的支援下，展开进攻。1 连官兵坚守阵地两天两夜，大部牺牲。

6 月 1 日拂晓时分，7 连连长郭新年率部接防 1 连阵地。

美军第 25 师以 1 个营的兵力，在炮火支援下分若干梯队向无名高地连续进攻。7 连 1 个班依托有利地形，主动灵活地向前伸出 100 多米，依托石壁和有利地形，从侧翼以短兵火器和突然行动打击敌人，歼敌 100 余人，打退了敌人的进攻。

2 日 3 时，敌人在持续数小时的炮火轰击后，出动 2 个营围攻上来。7 连虽三面临敌，但英勇顽强，抗击敌军。

战斗中，郭新年下颚被打掉了一半，鲜血直流，昏死过去。苏醒后，他又重新投入战斗，指挥战士们打击敌人，并奋力向抵近之敌投掷手榴弹，直至壮烈牺牲。

激战至中午，美军的炮弹雨点般落在阵地上，把整座山头削平了 2 尺。7 连虽打退了敌人的多次进攻，但因伤亡过大，阵地大部被敌占领。身负重伤的副指导员刘汉和卫生员两个人用手榴弹又击退敌人的两次冲锋后，壮烈牺牲。

目睹连长、副指导员和战友们的英雄行为，19 岁的苗族战士刘兴文提起一箱手榴弹，主动会同机枪排负伤战士赵金平，坚守 2 排阵地。两人采取分工协作战术，远处之敌由赵金平用机枪消灭，抵近之敌由刘兴文用手榴弹和爆破筒消灭。同时经常交换战斗位置，迷惑敌人。

时任志愿军政治部主任的杜平在回忆录中写道：

> 到黄昏时，整个阵地上只剩下刘兴文一人没有负伤。敌人号叫着又一次冲上来了，他抱起手榴弹，等敌人靠近了，猛地投向敌人，当场炸倒了 5 个鬼子，剩下的美军吓得哇哇叫着滚了下去。趁着当口，负了轻伤的弹药手赵金平从负伤的战友手里接过了重机枪。敌人再次冲上来时，赵金平扳响了机枪，刘兴文甩起了手榴弹……

就这样，二人一直打到夜幕深沉，先后击退敌人 11 次冲击，毙伤敌 100 多人，守住了阵地。而刘兴文身上竟然毫发未损，战友们开玩笑地说他是"天神下凡，能避弹"。

战后，刘兴文荣立一等功，并获得二级英雄的称号，在当年被推选为志愿军国庆节归国观礼代表，后到祖国西南各地做报告。

3日零时，7连阵地上只剩下了7个人。危急关头，9连2个排前来增援。他们分成6个战斗小组，分别从正面和迂回到敌人侧后进行攻击。经过3个小时的激战，收复了全部阵地。

上午，当面进攻的敌人因伤亡严重，失去战斗力，终于支撑不下去了，被美军第25师一部接替。

从12时起，美军的1个营又连续发起6次攻击，均被击退。

4日清晨，美军出动了1个团的兵力，在飞机、火炮和坦克的支援下，采取逐次增大兵力的战术，向7连、9连阵地发起潮水般的进攻。战至12时，阵地上只剩下20名志愿军战士。

14时，敌人又以3个营的兵力分多路猛攻，7连主阵地为敌占领，一线防御阵地有被突破的危险。

危急关头，带病在3营指挥战斗的副团长刘占华即令该营组织7连、9连剩余人员坚决阻击，同时乘敌立足未稳，以营预备队8连进行反击。

人称"武和尚"的3营营长武尚志立即组织反击。刚刚由师警卫连补充到8连的7班长柴云振，把全班所剩的5名战士分成两个战斗小组，从一侧插入主峰阵地，以猛烈突然的火力，将占领7连主阵地的美军打了下去。

夺回阵地后，柴云振发现溃逃之敌正龟缩在一个较高的山头上构筑工事。这个山头地势较高，便于敌人发挥火力，对我方阵地威胁极大。

志愿军某部冲上高地

必须干掉它。而此时他身边只剩下了3个人。柴云振毫无惧色，带领这三名战士乘敌立足未稳之机，突然冲入敌阵。冲在最前面的柴云振还没等敌人反应过来，手里的枪就已喷射出仇恨的子弹。

战斗中，3名战士全部负伤倒地。4个敌人见柴云振孤身作战，一齐朝他猛扑过来。柴云振挥枪打倒了3人，但1个美国兵还是冲到了跟前。

那家伙是个黑人，长得人高马大，冲上来就将柴云振拦腰抱住，二人扭成一团。柴云振瘦小单薄，一点也不占上风。杀红了眼的柴云振情急之中，就用手指抠挖"黑兵"的眼睛。敌人痛得嗷嗷直叫，竟张嘴咬断了柴云振的食指。

两人在地上滚来滚去撕打着。最后，柴云振在全身28处负伤的情况下，用一块石头把"黑兵"砸昏，但自己也昏死过去。

战后，柴云振荣获特等功，并被志愿军总部授予"一级战斗英雄"称号。但在庆功会上，奖章和证书却无人认领。

原来，在朴达峰西侧无名高地的战斗中，柴云振昏死过去后不久，3营就撤离了。友邻部队及时赶到，发现了身负重伤、昏迷不醒的柴云振，把他送到战地医院。

几天后，当柴云振苏醒过来时，已经被送回国内。在住了一年多医院养好伤后，柴云振被评为残废军人，带着一千斤大米票证作为"复员费"，悄悄地返回家乡，从此和老部队失去了联系。

柴云振回乡后，积极参加生产，先后担任生产队长、大队党支部书记、公社党委书记和乡长等职务。但他从未向别人提起当年自己在朝鲜战场上的英雄事迹。

直到30年后，已改编为空降兵第15军的老部队在整理战史时，派人四处查找柴云振的下落，并在《四川日报》上连续刊登了寻人启事。

此事很快在群众中传开。柴云振的儿子也看到了报纸，觉得跟父亲的经历差不多，便要父亲前往部队联系。就这样，失去音讯多年的英雄终于"回家"了。

当组织上问他还有什么要求时，柴云振平静地回答："我那一个班都牺牲了，只剩下我，我活在世上，应该代我的战友做点事，对组织没有任何要求。"

秦基伟回忆道：

一次，柴云振到北京来开会，我曾接他到家里来吃饭，望着这个满脸生活风霜、朴实憨厚的农村汉子，我的眼前又浮现出那些生龙活虎般活跃于朝鲜战场的小伙子们。是啊，那时候我们跨过鸭绿江，就是为了保家卫国，个人生死完全置于脑后，当我们的战士们同敌人进行殊死搏斗的时候，谁会想到以后去要个名要个利要个什么官当呢？世界上最纯洁最美丽的，是战士的情感呵！我这个当军长的，真为有这样的部下而感到骄傲。

柴云振，一个忠勇的士兵，一个纯朴的农民。

在芝浦里阻击战中，不知还有多少像柴云振这样的英雄。志愿军正是靠这种视死如归的精神和舍我其谁的气概，用简陋的武器，打退了"联合国军"一次次疯狂的进攻，牢牢地守住了阵地。

1951年6月4日，朴达峰阻击战已经打了整整六个昼夜，134团完成了预定的阻击任务，于当夜奉命转到二线阵地。

打到这时，美军也已是筋疲力尽，进攻成了强弩之末，被15军将士们死死地挡在二线阵地前，不能再向前迈进一步。

至7日夜，15军完成了在芝浦里地区阻敌十天的任务，撤出战斗。

此战，15军以1200多人的伤亡代价，歼敌5700余人，击落、击伤飞机4架，击毁坦克13辆，粉碎了敌人攻占铁原、金化，截断志愿军东线主力退路的企图。

对此，"联合国军"总司令李奇微无奈地承认："敌人再次以空间换取了时间，并且在其大批部队和补给完整无损的情况下得以安然逃脱。"而美军再也无法承受在攻击中越来越重的伤亡了，自10日起转入全线防御，空前惨烈的第五次战役就此结束。

被志愿军击毁的敌坦克

参 考 书 目

中国军事百科全书编审委员会：《中国军事百科全书》，军事科学出版社，1997年

《当代中国》丛书编辑部：《抗美援朝战争》，中国社会科学出版社，1990年

军事科学院军事历史研究部：《抗美援朝战争史》（第一卷），军事科学出版社，2000年

军事科学院军事历史研究所：《抗美援朝战争史》（上、下卷），军事科学出版社，2011年

全国政协文史资料委员会：《支援抗美援朝纪实》，中国文史出版社，2000年

中共中央文献研究室：《毛泽东年谱》，人民出版社、中央文献出版社，1993年

《毛泽东传（1893-1949）》，中央文献出版社，1996年

《毛泽东军事文集》：军事科学出版社、中央文献出版社，1993年

《彭德怀传》，当代中国出版社，1993年

《杨得志回忆录》，解放军出版社，1992年

杨得志：《为了和平》，长征出版社，1987年

洪学智：《抗美援朝战争回忆》，解放军文艺出版社，1991年

杜平：《在志愿军总部》，解放军出版社，1989年

江拥辉：《三十八军在朝鲜》，辽宁人民出版社，1989 年

吴信泉：《朝鲜战场 1000 天：三十九军在朝鲜》，辽宁人民出版社，1996 年

吴瑞林：《抗美援朝中的第 42 军》，金城出版社，1995 年

柴成文、赵勇田：《抗美援朝纪实》，中共党史资料出版社，1987 年

《抗美援朝的凯歌：纪念中国人民志愿军赴朝参战四十周年》，中国大百科全书出版社，1990 年

《为了和平而战：纪念抗美援朝 50 周年》，湖南人民出版社，2001 年

杨凤安、孟照辉、王天成：《我们见证真相：抗美援朝战争亲历者如是说》，解放军出版社，2009 年

袁永生、沈鹤翔：《志愿军老兵回忆录》，四川大学出版社，2013 年

陈孝兴、刘文、褚秉耕：《中国好儿女：中国人民志愿军将士赴朝参战实录》，黑龙江人民出版社，2005 年

康海：《作战科长的秘录》，黄河出版社，1992 年

齐德学：《你不了解的抗美援朝战争》，辽宁人民出版社，2011 年

齐德学：《改写历史决定未来的较量》，长征出版社，2013 年

徐焰：《毛泽东与抗美援朝战争：正确而辉煌的运筹帷幄》，解放军出版社，2003 年

袁伟等：《抗美援朝战争纪实》，解放军出版社，2000 年

王树增：《中国人民志愿军重点纪实》，解放军文艺出版社，2002 年

姜廷玉：《解读抗美援朝战争》，解放军出版社，2010 年

朱世良：《彭德怀在朝鲜战场》，辽宁人民出版社，1996 年

林源森等：《难忘的一千天：中国人民志愿军抗美援朝出国作战五十五周年纪念文集》，中国文史出版社，2005 年

林源森等：《震撼世界一千天：志愿军将士朝鲜战场实录》，中国社会科学出版社，2003 年

丁伟：《血火三千里：朝鲜战争》，军事科学出版社，2000 年

张嵩山：《摊牌：争夺上甘岭纪实》，江苏人民出版社，1998 年

周晓鹏：《中国人民解放军著名战役战斗·第四卷》，蓝天出版社，2013 年

萨苏：《铁在烧：中国人民志愿军铁原大战实录》，文汇出版社，2011 年

罗胸怀：《中美空中较量（1950-1968）》，人民出版社，2008年

刘峥：《朝鲜·1950》，人民出版社，2010年

姚旭：《从鸭绿江到板门店》，人民出版社，1985年

（美）格登：《朝鲜战争：未透露的内情》，解放军出版社，1990年

（美）哈伯斯塔姆：《最寒冷的冬天：美国人眼中的朝鲜战争》，重庆出版社，2010年

（韩）白善烨：《最寒冷的冬天：一位韩国上将亲历的朝鲜战争》，重庆出版社，2010年

付良碧：《抗美援朝战争中钢铁运输线》，解放军出版社，1992年

《"三八线"上的交锋：抗美援朝战争纪实》，解放军文艺出版社，2010年

陈彻：《旋风部队：第40军朝鲜战争传奇》，新华出版社，2010年

双石：《开国第一战》，中共党史出版社，2004年

林勇：《汉江拉锯战：1951年夏秋季防御战役战事报告》，军事科学出版社，2007年

林勇、殷力：《金城唱绝响：1953年夏季反击战役战事报告》，军事科学出版社，2007年

殷力：《汉城争夺战：第三次战役战事报告》，军事科学出版社，2007年

解放军报社：《我们打败侵略者》，长征出版社，2000年

赵建国、马爰：《朝鲜大空战》，中国人事出版社，1997年

张少宏、李阳、李涛：《中国人民解放军战例》，黄河出版社，2014年

声　明

　　本书在编写过程中，参考引用了大量的图片资料。由于资料的来源广、头绪众多，在客观上难以逐一进行核实。特在此郑重声明：希望图片资料版权的所有者予以谅解，并向他们致以衷心的感谢。凡认定自己是本书所使用的某张图片资料的版权所有者，请提供可靠的证明材料，并请及时与作者或出版社联系，我们将根据有关规定，合理支付报酬。

图书在版编目（CIP）数据

战典.13, 中国人民志愿军征战纪实·上 / 李涛著 . — 北京：作家出版社，
2017.10

ISBN 978-7-5063-9769-8

Ⅰ.①战… Ⅱ.①李… Ⅲ.①纪实文学—中国—当代 Ⅳ.①I25

中国版本图书馆 CIP 数据核字（2017）第 266417 号

战典 13：中国人民志愿军征战纪实·上

作　　者：李　涛
责任编辑：张　平
装帧设计：北京高高国际文化传媒
出版发行：作家出版社
社　　址：北京农展馆南里 10 号　　　邮　　编：100125
电话传真：86-10-65930756（出版发行部）
　　　　　86-10-65004079（总编室）
　　　　　86-10-65015116（邮购部）

E-mail:zuojia@zuojia.net.cn

http://www.haozuojia.com（作家在线）

印　　刷：北京亚通印刷有限责任公司
成品尺寸：170×240
字　　数：337 千
印　　张：20
版　　次：2018 年 1 月第 1 版
印　　次：2018 年 1 月第 1 次印刷
ISBN 978-7-5063-9769-8
定　　价：45.00 元